Cölfen/Walther

Abgeführt
Care & Crime Ser

CW01666088

für

Monique, Walter &
Stan

... hoping that this
will be the beginning of
a completely new
life ...

Herman & Sabine

Hermann Cölfen
Sabine Walther

Abgeführt
Care & Crime

Unter Mitarbeit von Angelika Abt-Zegelin

Verlag Hans Huber
Bern · Göttingen · Toronto · Seattle

Dr. Hermann Cölfen MA, Hochschulassistent, Duisburg
Sabine Walther Dr. (c), Krankenschwester, Studium der Germanistik, Psychologie und Pädagogik, Lektorin, Autorin; Duisburg

Die Deutsche Bibliothek - CIP-Einheitsaufnahme

Cölfen, Hermann:
Abgeführt : Care & Crime Serie / Hermann Cölfen ; Sabine Walther. Unter Mitarb. von Angelika Abt-Zegelin. – 1. Aufl. – Bern ; Göttingen ; Toronto ; Seattle : Huber, 2001
ISBN 3-456-83450-0

1. Auflage 2001

Anregungen und Zuschriften an:
Verlag Hans Huber
Lektorat: Pflege
Länggass Strasse 76
CH-3000 Bern 9
Tel: 0041 (0)31 300 4500
Fax: 0041 (0)31 300 4593
E-Mail: georg@hanshuber.com

Lektorat: Jürgen Georg, Dr. Klaus Reinhardt, Gaby Burgermeister
Bearbeitung: Angelika Abt-Zegelin
Titelillustration: pinx. Winterwerb und Partner, Design-Büro, Wiesbaden
Herstellung: Peter E. Wüthrich
Satz, Druck und buchbinderische Verarbeitung: Kösel, Kempten
Printed in Germany

Wie alles begann...

Im Dezember 1998 sitzen die Krankenschwestern Sabine Walther und Angelika Abt-Zegelin erschöpft aber zufrieden nach einem Robert Bosch Begleitkolleg[1] in einem Zug von Potsdam ins Ruhrgebiet. Die beiden sind gerade in ein Gespräch über ihre Studienzeit vertieft, die eine in der Sprach-, die andere in der Erziehungswissenschaft. Ganz nebenbei stellt sich heraus, dass sie schon seit Jahren begeisterte Krimileserinnen sind. Angelika erzählt Sabine von ihrem lang gehegten Wunsch, einen Krimi im Pflegemilieu lesen oder gar schreiben zu wollen.

Ideen zu haben ist eine Sache, sie zur geschriebenen Sprache zu bringen, eine andere, und so denken die beiden darüber nach, wie man das Ganze in die Tat umsetzen könnte. An dieser Stelle kommt Hermann Cölfen ins Spiel, Sabines schreibfreudiger und ebenfalls krimibegeisterter Lebensgefährte. Eigentlich hat sich Hermann, genau wie Angelika und Sabine, bisher eher mit wissenschaftlichen Texten an die Öffentlichkeit gewagt, aber das musste ja nicht so bleiben.

Allerdings genügt ja Schreiben allein noch nicht, und so tritt Jürgen Georg, belastungs- und begeisterungsfähiger Lektor im Berner Hans Huber Verlag, auf den Plan. Das Quartett verbindet nicht nur die Faszination für Kriminalromane, sondern auch eine distanziert-ironische und zugleich ihrem Beruf gegenüber wertschätzende Haltung, die ihnen die nötige Energie und den Ideenreichtum gibt.

So nimmt die Geschichte ihren Lauf: Angelika ruft Jürgen an, man verabredet sich, und bis tief in die Nacht, nach der einen oder auch anderen Flasche Wein, denken die Vier sich die Geschichte in ihren Grundzügen aus. Beim nächsten Treffen geht es ins Detail. Charaktere nehmen Gestalt an, und

---

1 Die Robert Bosch Stiftung förderte von 1992 bis 2000 Pflegende für die Qualifizierung in Lehr- und Leitungspositionen mit Promotions- und Habilitationsstipendien.

während Angelika mit Sabine und Hermann in einer lauen Sommernacht auf dem Balkon ihrer Wohnung über Morde spekuliert, machen sich die Nachbarn wohl ernsthafte Gedanken über die Absichten ihre Mitbewohner. Dann folgt für Hermann und Sabine eine Phase intensiver Schreibarbeit, die bis zum Frühjahr 2000 andauert.

Immer wieder wird auch die Frage erörtert, was Annika, die Heldin unseres Krimis, zu einer Detektivin werden ließ. Wir stellten viele Ähnlichkeiten zwischen pflegerischer, ärztlicher und kriminalistischer Arbeit fest. Hier wie dort wird gesucht, gesichert, gemessen, interviewt, dokumentiert, beschriftet, kategorisiert – kurzum: Es werden Daten erhoben und erschlossen, es geht um Spurensicherung und Indizienbeweise. Was dort Verdacht heißt, nennt man hier Hypothese. Kripobeamte raten nicht, sie schlussfolgern in logischen Prozessen, und die meisten berühmten Detektivromane folgen ihrem ganz eigenen Aufklärungsansatz.

Annikas eigentliches Interesse gilt den Menschen mit ihren Schwächen und Stärken. In unserer Geschichte wird deutlich, dass Annikas Stärken in einer Verbindung aus Intuition und analytischen Fähigkeiten bestehen, und nicht zuletzt deshalb wird sie in den Gang der Ereignisse immer mehr hineingezogen.

In der Tat kommt die Arbeit in der Pflege nicht ohne kriminalistischen Spürsinn aus. Krankenschwestern und -pfleger brauchen in ihrem Alltag eine gehörige Portion Beobachtungsgabe, Phantasie und klaren Verstand. Schon deshalb ist es erstaunlich, dass Pflegende in Literatur und Film bisher fast nur als opferbereite, assistierende oder garnierenden Figuren aufgetreten sind.

Wir sind der Überzeugung, dass sich alle – vom potenziellen Patienten über die Pflegenden und Mediziner bis hin zur Gesundheitsministerin – in unserer Geschichte ein Stück weit wieder finden werden.

Angelika Abt-Zegelin

Die Personen des Romans

Die Personen werden in alphabetischer Reihenfolge – je nachdem, wie sie im Text genannt werden – mit Vor- oder mit Nachnamen aufgeführt.

Andrea: Stationssekretärin

Anne: Krankenschwester

Annika Meinke: Krankenschwester

Arndt: Krankenpfleger (Aushilfe)

Baumann, Rudi: Patient

Frau *Bär*: Patientin

Beimer, Harry: Kriminalbeamter

Bertram, Ernst: Pathologe

Bettina: Krankenschwester (Aushilfe)

Bolte, Jürgen, Dr.: Chefarzt

Herr *Dachs*: Patient

Dagobert Fromm: Polizist

Herr *Dohle*: Patient

Frau *Dreier*: Putzfrau

Eduard (*Edi*) Meinke: Zwillingsbruder von Hauke Meinke und Annikas Lieblingsonkel

Herr *Engkhoff*: Patient

Gerd: Krankenpfleger

Gesine Prinz: Krankenschwester

Harald Bauer: ein Freund Annikas; arbeitet als Mediziner in der Pharmaindustrie

Hauke Meinke: Annikas Vater; arbeitet als Professor für Mediävistik

Kai: Annikas Nachbar

Karl-Heinz (*Kalle*): Zivildienstleistender

Klaus Adler: ein Freund Annikas; arbeitet als evangelischer Pfarrer in der Duisburger Ruhr-Klinik

Herr *Kowalski*: Patient

Magdalene: Krankenschwester

Marc: Krankenpfleger

Max Roth: Weinbauer

Mechthild: Krankenpflegehelferin

Mechthild Meinke: Annikas Mutter und engagierte Grundschullehrerin

Herr *Mertens*: Patientin

Dr. *Mezger*: Stationsarzt

Pia: Auszubildende der Krankenpflege (3. Lehrjahr, Oberkurs)

Frau *Pleines*: Pflegedienstleitung

Frau *Rose*: Patientin

Sandra: Krankenschwester

Dr. *Schlincke*: Dienst habender Arzt

Herr *Schranz*: Patient

Simone: Auszubildende der Krankenpflege (2. Lehrjahr, Mittelkurs)

Sörensen, Edgar: ermittelnder Hauptkommissar

Swedlana Wojdagowicz: Krankenschwester; Freundin und Kollegin von Annika Meinke

Thörnphlix, Hanno-Sepp: Patient

Thörnphlix, Michael: Onkel von Hanno-Sepp Thörnphlix

Tina Beier: Krankenschwester und Annikas beste Freundin; arbeitet in einer Hagener Klinik

Thomas Meinke: Annikas ‚kleiner' Bruder

Trabert: Oberarzt

Ulrike: Krankenschwester und Stationsleitung

Yvonne: Auszubildende der Krankenpflege (1. Lehrjahr, Unterkurs)

Freitag, 1. November

Ein gellendes Krächzen erfüllte den Raum, als Annika Meinke um 4 Uhr 30 in ihrem stockdunklen Schlafzimmer aufwachte. Der Lärm kam aus dem Lautsprecher in ihrem neuen Wecker, ein Geschenk von Harald, mit dem sie den gestrigen Abend in eher mittelmäßiger Stimmung verbracht hatte. Der Apparat sah aus wie eines dieser Hühner aus der Werbung, die sich auf ihre baldige Schlachtung zu freuen scheinen. Auf der Brustseite hatte ein hemmungsloser Spielzeugdesigner eine Uhr montiert – ein potthässliches Monstrum, das in regelmäßigen Abständen Laute ausstieß, die man nur entfernt als Krähen bezeichnen konnte.

Mit steifen Gliedern versuchte Annika, sich aus dem Bett zu quälen und den Krach abzustellen, aber das war im Dunkeln kaum zu schaffen. Annika hatte als bekennende Spätaufsteherin ohnehin genug Schwierigkeiten, um diese Zeit wach zu werden, und konnte auf weitere Komplikationen gut und gerne verzichten. Mit einer ungeschickten Bewegung stieß sie das Huhn von einem Regal, und es fiel hinter die Stereoanlage – vorläufig für sie unerreichbar. Annika entschied sich, das Krähen bis auf weiteres zu ignorieren, schaltete die Deckenleuchte ein und zwängte sich in die winzige Nasszelle ihrer Wohnung. Mit einem kurzen «Ploff» verabschiedete sich die Spiegelleuchte – die einzige Lichtquelle im Bad.

Annika gab kurzatmig einen Fluch von sich und holte sich den siebenarmigen Kerzenleuchter aus dem Wohnzimmer. Das Ding war zwar reichlich verstaubt, versprach aber zu funktionieren. Nachdem sie die Kerzen der Reihe nach angezündet hatte, ohne sich dabei die Finger zu verbrennen, stellte sie den Leuchter auf die Waschmaschine. Jetzt konnte sie einen ersten Blick auf ihr Gesicht im Spiegel werfen. Zu wenig Schlaf und endlose Diskussionen mit Harald hatten erkennbare Spuren hinterlassen. Früher hatten wohlmeinende Freundinnen ihr Gesicht schon einmal mit dem der jungen Michelle Pfeiffer verglichen, aber jetzt schien es ihr eher dem der älteren Bette Middler nach einer Nacht mit Woody Allen zu ähneln. Nach einer widerwillig absolvierten und entsprechend kurzen Dusche griff sie mit ergebenem Seufzen zur Schminke – nach dem Motto: kein Wrack, das sich nicht mit ein wenig Spachtel flicken ließe.

In Wirklichkeit konnte man Annika selbst mit den schlechtesten Absichten nur als auffallend gut aussehend beschreiben. Wie die meisten schönen Menschen kokettierte sie gern mit diversen kleinen körperlichen Mängeln, nach denen man aber selbst nach ihren detaillierten und dramatischen Schilderungen lange suchen musste. Auch an diesem Morgen wäre das Urteil beim größten Teil der Bevölkerung wesentlich freundlicher ausgefallen als bei ihr selbst. Das milde Kerzenlicht verbreitete eine wohlige Stimmung, die im grotesken Gegensatz zum Lärm des immer noch krähenden Elektrovogels stand, der um seine Hinrichtung zu betteln schien.

Entnervt ging Annika ins Schlafzimmer, um dem Krach ein Ende zu bereiten. Mittlerweile fühlten sich ihre Glieder schon geschmeidiger an, und mit einem beherzten Griff hinter den HiFi-Tower zog sie das Huhn aus der Umarmung einiger Kabel und konnte nun endlich die morgendliche Stille genießen; das einzig Positive, das sie dem Morgengrauen – sie betonte dabei immer *Grauen* – abgewinnen konnte. Ihr Blick auf die Uhr der Stereoanlage ließ sie zusammenfahren: 5 Uhr 50. Das Huhn hatte einen anderen Vorschlag: 5 Uhr 10. Eine dritte Meinung wäre hilfreich, und mit dem Hühnerwecker in ihrer rechten Hand begab sie sich in die Küche. Die Funkuhr über dem Gefrierschrank hatte sich auf die Seite der Stereoanlage geschlagen. Kein Zweifel, in zehn Minuten würde die Frühschicht beginnen, und Annika warf einen letzten, sehnsüchtigen Blick auf die Kaffeemaschine, bevor sie zurück ins Schlafzimmer ging, um sich anzuziehen.

*

Die ersten Herbsttage in Duisburg waren wie üblich klamm und diesig, und Annika zog den Gürtel ihres etwas zu großen Ledermantels, den sie von ihrem Lieblingsonkel Edi abgestaubt hatte, enger. Onkel Edi hatte ihr vor kurzem auch einen alten, zweifarbig lackierten Mercedes vermacht, der an diesem Morgen mit Tau und erstem Herbstlaub bedeckt war. Flüchtig fegte sie ein paar große Eichenblätter von der Windschutzscheibe, setzte sich hinters Steuer und zog am Starter. Annika fixierte immer noch etwas misstrauisch das silberfarbene Etwas auf der Armaturentafel, das aussah wie ein Salzstreuer. Beim Vorglühen färbte sich in seinem Innern ein Draht nach etwa einer halben Minute orange. Dann zog sie den Starter ganz heraus, und mit einem kraftvollen Tuckern setzte sich der alte Dieselmotor in Gang.

Für die Strecke von ihrer Wohnung zum Krankenhaus benötigte sie um diese Zeit nur knapp 10 Minuten, aber vom Personaleingang bis zur Station waren weitere fünf Minuten zurückzulegen. Sie würde auf jeden Fall zu spät kommen und die vorwurfsvollen Blicke ihrer Kolleginnen ertragen müssen. Jetzt rannte sie über den Parkplatz, wartete ungeduldig darauf, dass die Automatiktür sich öffnete und warf sich in den Aufzug, der sie in die vierte Etage zur internistischen Station brachte.

Durch die Glasscheibe des Stationszimmers konnte sie sehen, dass die Übergabe* bereits angefangen hatte. Swedlana musste in dieser Woche den Nachtdienst übernehmen, weil Sonja, eine der Dauernachtwachen, krank geworden war. Swedlana kauerte erschöpft am Kopfende des

* Am Ende des Textes befindet sich ein Glossar, in dem Fachausdrücke erklärt werden.

Tisches, das der Eingangstür zugewandt war, und hatte bereits mit der Übergabe begonnen, die mehr oder minder konzentriert von sechs weiß gekleideten Gestalten verfolgt wurde. Heute hatten außer Ulrike, die jetzt seit gut zwei Jahren Stationsschwester war, noch Annika, Gesine, die beiden Schülerinnen Yvonne und Simone und Kalle, der Zivi, Dienst. ‹Nicht das schlechteste Team›, dachte Annika, wenn man mal von Kalle absah, der so hilfreich war wie eine Notaufnahme kurz vor Schichtende. Wie üblich glotzte er teilnahmslos aus dem Fenster, während Swedlana von den Ereignissen der vergangenen Nacht berichtete.

«Aha, wird das ein Besuch, oder möchtest du auch ein bisschen was arbeiten», krähte Gesine Annika fröhlich entgegen. Annika trug unter dem Ledermantel schwarze Jeans und einen dicken roten Pullover – der einzige Farbfleck inmitten der weißen Pracht, die sich um den bürograuen Tisch versammelt hatte. Drei der vier überdimensionalen Kaffeetassen waren bereits gefüllt, und Annika setzte sich unaufgefordert neben Kalle und goss sich Kaffee ein.

«Nö, ich mache meine Hausbesuche immer um fünf Uhr früh», gab sie zurück.

«Wir haben bereits zehn nach sechs, jedenfalls nach mitteleuropäischer Zeitrechnung», meinte Ulrike leicht gereizt.

«Kommt, Leute, ich will mit der Übergabe weitermachen», sagte Swedlana ungeduldig und fuhr mit ihrem Bericht fort, ohne weitere Kommentare abzuwarten. Die vergangene Nacht war offenbar ein Albtraum gewesen: Herr Meier hatte reanimiert werden müssen, wurde aber anschließend auf der Intensivstation nicht angenommen. Kurz vor sechs kam dann noch eine Patientin mit einem Asthma-Anfall notfallmäßig aus der Aufnahme. Im Moment war Mezger, der Stationsarzt, bei ihr, um die Medikation einzustellen.

Annika goss sich zweimal Kaffee nach und versuchte, so gut es ging, sich die wichtigsten Details einzuprägen. ‹Das wird wieder ein traumhafter Tag›, dachte sie und betrachtete Ulrikes angespannte Miene. Seit man Ulrike dazu überredet hatte, die Leitung der Station zu übernehmen, wirkte sie zunehmend abgeschlafft und reizbar. Im Moment war es für sie aber auch alles andere als leicht. Zwei Kolleginnen hatten im Laufe des Jahres gekündigt, und die Verwaltung ließ es sich nicht nehmen, eine der beiden Stellen zu streichen. Die zweite konnte bisher angeblich nicht wieder besetzt werden, aber Annika hatte so ihre Zweifel, ob das vonseiten der Pflegedienstleitung überhaupt ernsthaft versucht wurde.

«Ja, und jetzt kommt die letzte Katastrophe dieser Nacht. Herr Baumann ist gestorben.»

Annika wurde abrupt aus ihren Gedanken gerissen. «Was? Baumann ist tot? Aber dem ging's gestern doch noch bombig. Mein Gott, der sollte doch die Tage entlassen werden.»

Annika war völlig verwirrt. Sie hatte Baumann während seines Aufenthaltes auf der Station kennen gelernt und mochte ihn gern. Seit zwei Wochen hatte sie fast täglich mit ihm zu tun.

«Ja, Mezger kann sich das auch nicht so recht erklären. Andererseits, überlegt mal: Baumann hatte Herzinsuffizienz, Asthma und dann noch die AVK. Denkt mal daran, in welchem Zustand der gekommen ist.»

Swedlana gab sich redlich Mühe, die anderen davon zu überzeugen, dass Baumanns Tod die normalste Sache der Welt und einfach eine Folge seiner langjährigen Herzerkrankung war.

«Vielleicht, ja», murmelte Annika leise, «kann alles sein. Aber er hat sich so darauf gefreut, nach Hause zu gehen.»

Am Ende der Übergabe war klar, dass es eine anstrengende und lange Schicht werden würde. Annika machte sich auf und eilte in das als Umkleideraum umfunktionierte Badezimmer, das schräg gegenüber dem Stationszimmer lag, um sich endlich umzuziehen. Sie zog Hose und Kasack einem Kittel vor. Weil sie noch immer fröstelte, wickelte sie sich in mehrere T-Shirts, bevor sie in die Jacke schlüpfte.

In den kommenden Stunden war sie damit beschäftigt, Patienten zu wecken, beim Waschen und Ankleiden zu helfen, Betten zu machen, Medikamente zu stellen und auszuteilen, Messungen vorzunehmen, Essen zu verteilen und währenddessen zuzuhören, zu trösten und beruhigen oder Fragen von Patienten und den beiden Schülerinnen Yvonne und Simone zu beantworten. Das lenkte sie ein wenig von Baumanns Tod ab. Bei all dem blieb kaum Zeit für ein Schwätzchen mit Gesine oder Ulrike, aber sie konnte es heute immerhin vermeiden, mit Kalle über den Sinn seiner Arbeit zu diskutieren. Kalles Interessen galten ausschließlich seinem Bodybuilding und Videos, wobei es ihm als Kriegsdienstverweigerer pikanterweise vor allem Kriegsfilme angetan hatten. Auf der Station war er ständig auf der Flucht vor unangenehmen und besonders unappetitlichen Arbeiten. Meistens konnte er sich auch tatsächlich davor drücken, weil die Kolleginnen selbst die unbeliebtesten Arbeiten einer Diskussion mit ihm vorzogen.

Inzwischen war es bereits 10 Uhr, und Annikas Laune hatte sich etwas gebessert. Gleich konnte sie endlich frühstücken, und zudem hatte Herr Dachs soeben nach zwei Tagen vergeblicher Bemühungen endlich eine Stuhlprobe abgeliefert. ‹Nur noch das Etikett von der Folie lösen und auf das Glasröhrchen kleben›, dachte sie, als plötzlich ein schrilles Pfeifen aus dem Lautsprecher der Sprechanlage kam. Sie zuckte zusammen, ließ dabei das Röhrchen fallen und rief giftig: «Was ist»?

«Ich wollte nur eben Bescheid sagen, dass die Sprechanlage wieder funktioniert», säuselte eine Kreidestimme, und mit einem wenig Vertrauen erweckenden Kratzen endete die Durchsage. Annika sah frustriert auf den Boden, auf dem sich die «Sammlung Dachs» malerisch verteilt hatte.

In diesem Moment kam Ulrike ins Stationszimmer. «Hat eigentlich ...», begann sie, hielt aber mit Blick auf den Boden mitten im Satz inne. «Oh, nein. Das ist doch hoffentlich nicht die Probe ...»

«Doch, genau die ist es», unterbrach Annika sie. «Klappt alles ganz ausgezeichnet heute.»

«Aha», meinte Ulrike und grinste einen Moment lang. «Was anderes: Hast du eigentlich Kalle gesehen? Herr Baumann muss unbedingt runtergebracht werden. Mezger war jetzt endlich bei ihm. Wir brauchen auch langsam das Zimmer.»

«Ich mach das und nehm Yvonne mit», entgegnete Annika. «Dafür kann Kalle die Sauerei hier aufwischen.»

Ohne eine Antwort abzuwarten, ging sie – mit durchaus gemischten Gefühlen – zu dem Zimmer, in dem sie sich gestern noch von einem sehr lebendigen Herrn Baumann verabschiedet hatte. Obwohl sie im Krankenhaus schon eine Menge Menschen hatte sterben sehen, breitete sich immer wieder ein undefinierbares Gefühl in ihr aus, wenn sie in das Zimmer eines Gestorbenen trat. Die Grenze zwischen Leben und Sterben schien ihr so unbeständig und schwer greifbar zu sein.

Sie öffnete langsam die Tür und näherte sich bedächtig dem einzigen Bett im Raum, in dem Herr Baumann, wüsste man es nicht besser, entspannt zu schlafen schien. Ließ sich in seinen Gesichtszügen lesen, wie es ihm in seinen letzten Minuten ergangen war?

Annika hoffte immer wieder, dass sie irgendwann einmal ein Gesicht finden würde, auf dem sie Zufriedenheit und Glück erkennen konnte. Irgendjemand, der nicht schweren Herzens oder unter Schmerzen gegangen war.

Gelesen hatte sie davon, aber gab es das wirklich? Andererseits – konnte man Gefühle wie Glück oder Zufriedenheit erwarten, wenn jemand im Krankenhaus sterben musste, und oft zudem noch ganz allein? Sie betrachtete Baumann und stutzte plötzlich. Das war ja wirklich seltsam. In diesem Augenblick betrat Yvonne das Zimmer.

«Sollen wir los?», wollte sie wissen.

Annika war immer noch ein wenig irritiert, aber bevor sie sich Herrn Baumann noch einmal ansehen konnte, hatte Yvonne sein Gesicht schon wieder zugedeckt.

Bis zum Ende der Schicht überließ Annika sich der täglichen Routine, wobei ihr immer wieder die Bilder aus dem Sterbezimmer in den Sinn kamen. Draußen schien es heute nicht wirklich hell werden zu wollen; ein düsterer und trüber Herbsttag, dessen Stimmung sich in den Mienen der Patienten spiegelte. Die dunklen Tage Anfang November waren die Zeit der unterdrückten Ängste, Kreislaufstörungen und diffusen Beschwerden. «Die Festwochen auf der Inneren», wie Mezger oft ironisch sagte. Die Mittagsübergabe verlief dementsprechend – Annika berichtete über die Patienten und Ereignisse aus ihrem Bereich und hörte kaum noch zu, als Ulrike und Gesine anschließend weitermachten. Müde und verspannt verabschiedete sie sich von Gesine, Ulrike und den Spätdienstlern Magdalene, Gerd und Pia und ging sich umziehen. Auf dem Weg zum Parkplatz grüßte sie geistesabwesend einige Kolleginnen und Kollegen, während sie über den weiteren Verlauf des Tages nachdachte.

Den heutigen Abend wollte sie mit Tina verbringen, mit der sie seit der Ausbildungszeit eng befreundet war. Tina war nur ein paar Tage älter als Annika, temperamentvoll, unternehmungslustig und hatte die Kondition einer Marathonläuferin. Was Annika ihr an Attraktivität voraus hatte, machte Tina durch ihren quirligen Charme und Witz wett. Ganz gleich, wo Tina auftrat: Schon nach wenigen Momenten zog sie die Aufmerksamkeit auf sich. Annika war immer wieder fasziniert, wie sonst schüchterne und zurückhaltende Menschen in Tinas Nähe plötzlich aus sich herausgingen. Neidlos genoss sie diesen Zauber, wenn sich die Stimmung und mit ihr die Menschen zu verwandeln schienen.

Heute freute sie sich noch mehr als sonst auf einen Abend mit Tina, denn schon seit Wochen wollte Annika mit ihr in Ruhe und vor allem unter vier Augen reden. In den vergangenen Monaten hatte Annika immer weniger Zeit mit Harald verbracht. Weil sie wusste, dass Tina ihn von Anfang an nicht mochte, war sie einem Gespräch mit Tina über ihre Beziehung zu ihm ausgewichen. Der vergangene Abend hatte aber gezeigt, dass sich ihre Gespräche mit Harald im Kreis bewegten. Annika lächelte in sich hinein, als sie sich vorstellte, wie Tina Haralds spröde Gesten gnadenlos imitieren würde. Ein leichtes Spiel für ihre kabarettistisch begabte Freundin.

Mittlerweile war es draußen etwas heller geworden, was Annika entzückt zur Kenntnis nahm. Sie freute sich darauf, vor dem Treffen mit Tina noch etwas Schlaf nachholen zu können und fuhr auf direktem Weg zurück in ihre Wohnung. Wie immer zu dieser Zeit pumpte die A 40 einen endlosen Konvoi von Fahrzeugen in die Innenstadt, sodass man nur im Schritttempo weiterkam. Annika betrachtete das hektische Gedränge mit gemischten Gefühlen und versuchte, einen dicht auffahrenden BMW zu ignorieren, der sich immer näher an ihre Stoßstange schob. Kurz entschlossen fuhr sie auf den Parkplatz eines Supermarktes, um noch ein paar Kleinigkeiten einzukaufen.

Im Gegensatz zur überfüllten Innenstadt konnte man die Kunden im Geschäft an zwei Händen abzählen. Vor dem Süßigkeitenregal suchte sie eine Zeit lang vergeblich nach ihrer Lieblings-Schokoladensorte und wandte sich schließlich an eine Verkäuferin.

«Wenn sie nicht im Regal ist, ist sie nicht da», leierte ihr die überschminkte Geschlechtsgenossin entgegen, ohne sie dabei anzusehen. «Toll», gab Annika zurück und ersparte sich und der Einzelhandels-Fachkraft eine Diskussion über den Sinn solcher Auskünfte. Stattdessen schnappte sie sich schnell ein Fünferpack Zartbitter-Marzipan minderer Qualität, legte noch ein Pfund Kaffee und eine gigantische Fleischwurst in den Einkaufswagen und begab sich mit dieser obskuren Sammlung zur Kasse. Die Kassiererin teilte offensichtlich den Charme ihrer Kollegin. Sie hielt die Gegenstände mit starrem Blick vor den Scanner und blaffte schließlich: «20 Mark 93. Tüte kostet extra.» Annika verzichtete auf «Tüte extra» und trug ihre Beute mit beiden Händen zum Auto.

Nach dieser desillusionierenden Episode zog es sie noch mehr als zuvor nach Hause. In ihrer Wohnung angekommen, ließ sie sich in ihrem Lieblingssessel nieder, der im Wohnzimmer direkt neben der Tür zum Balkon stand und von dem aus sie einen ausgezeichneten Blick auf die Straße hatte. Während sie in wenigen Minuten eine der fünf Schokoladentafeln verschlang, spürte sie deutlich ihre Erschöpfung. Draußen wurde es schon wieder dunkel, und die Autos fuhren jetzt mit eingeschalteter Beleuchtung. Annika gab sich ihrer Müdigkeit hin. Sie legte sich ins Bett, wickelte sich umständlich in zwei Bettdecken und schlief nach wenigen Minuten ein.

*

Auf der Station bemühten sich Magdalene, Gerd und Pia, das Chaos zu beseitigen, das der Frühdienst hinterlassen hatte, und bisher war ihnen das auch ganz gut gelungen. Magdalene wollte gerade an der Zimmertür von Frau Barl anklopfen, als sie den Stationsarzt hinter sich rufen hörte:

«Schwester Magdalene… »?

Magdalene stutzte. ‹Was macht Mezger denn noch hier?

Der sollte doch nach seinem Nachtdienst eigentlich längst zu Hause sein›, dachte sie leicht verärgert und sagte:

«Doktor Mezger, würden Sie sich vielleicht dazu durchringen, uns mit Nachnamen anzusprechen?», und ohne eine Antwort abzuwarten setzte sie hinzu: «Okay, was gibt's?»

Mezger schien den Rüffel zu überhören und kam gleich zur Sache: «Frau Barl soll ja heute noch die Lungendrainage bekommen. Könnten Sie sie bitte runter in die Ambulanz bringen?»

«Frau Barl soll eine Drainage bekommen? Davon weiß ich nichts.»

«Doch, das ist heute Morgen schon entschieden worden. Hat man wohl vergessen, Ihnen zu sagen.»

«Anscheinend», murmelte Magdalene.

Wahrscheinlicher schien ihr aber, dass Mezger selbst vergessen hatte, die Information weiterzugeben. Wäre ja nicht das erste Mal gewesen. Er war seit gut einem halben Jahr Stationsarzt auf der I 41, und keiner mochte ihn besonders gerne. Er wollte mit aller Gewalt Karriere machen und schleimte sich beim Chefarzt ein, wo immer sich dazu Gelegenheit zu bieten schien. Bevor er Stationsarzt geworden war, hatte das Team der I 41 eigentlich nur mit dem Chefarzt zu kämpfen. Der ließ sich allerdings zur Zufriedenheit aller nicht besonders oft blicken und war auch sonst dafür bekannt, einen nicht unbeträchtlichen Teil seiner Arbeit dem Oberarzt zu überlassen, mit dem sich alle prima verstanden.

Verstimmt fragte Magdalene: «Weshalb soll sie denn die Drainage bekommen?»

Mezger antwortet knapp: «Erguss in der linken Lunge.»

«Weiß sie Bescheid?», wollte Magdalene wissen.

«Nein, ich sag es ihr gleich, und dann kann sie runtergebracht werden.»

Mezger ging kommentarlos in das Zimmer von Frau Barl, während Magdalene sich auf die Suche nach Pia machte, um sie mit Frau Barl in die Ambulanz zu schikken. Von weitem sah sie, dass Pia schon die Infusionen für 15 Uhr vorbereitete, während Andrea, die Stationssekretärin, dabei half, Medikamente aus der Apotheke in die Schränke zu räumen.

Als sie das alles geschafft hatten, war es mittlerweile fast 16 Uhr geworden. Im Stationszimmer fanden sie Mezger, der sich einige Röntgenbilder ansah.

Magdalene fragte ihn: «Hat Frau Barl alles gut überstanden?»

«Ja, ja. Ich hab sie auch schon an den Sog angeschlossen. Bitte steigern Sie den Druck bis heute Abend auf 200. Falls sie Schmerzen hat, kann sie Tramaltropfen bekommen.»

Gerd hatte sich währenddessen an der Kaffeemaschine zu schaffen gemacht und meinte: «Prima. Leute, was haltet ihr von einer Tasse Kaffee, bevor wir weitermachen?»

Mezger fühlte sich offenbar nicht angesprochen, verließ das Stationszimmer wortlos und hielt beim Hinausgehen Pia, die eine Nase für frischen Kaffee hatte, die Tür auf. Die drei setzen sich für ein paar Minuten und besprachen bei Kaffee und einer frisch angebrochenen Packung *Süße Last* von Bahlsen, was noch zu erledigen war.

«Habt ihr übrigens gehört, dass Herr Baumann am Montag obduziert werden soll?», meinte Pia.

«Woher weißt du das denn?», wollte Magdalene wissen.

«Als ich gerade mit Frau Barl in der Ambulanz war, hab ich mitbekommen, wie Mezger mit Trabert gesprochen hat.»

«Und Baumanns Frau ist einverstanden?», erkundigte sich Gerd verwundert.

«Einverstanden ist gut», sagte Pia mit ironischem Unterton. «Die verlangt das doch, weil die Todesursache wohl nicht so ganz klar ist.»

«Und die Obduktion soll erst am Montag stattfinden? Weiß Bertram denn schon von seinem Glück»? Damit spielte Magdalene auf die im ganzen Krankenhaus bekannte Obduzierwut des Pathologen Ernst Bertram an. Er war nach einhelliger Meinung ein sympathischer Bursche, der schon seit ewigen Zeiten im Klinikum arbeitete und seinen Beruf über alles liebte. Leider war ihm seine Routinearbeit im Krankenhaus nicht aufregend genug, und er hätte wohl am liebsten als Gerichtspathologe gearbeitet. Weil das aber bisher nicht geklappt hatte, hoffte er unermüdlich, eines Tages einen spektakulären Fall auf den Tisch zu bekommen.

«Na, vielleicht ist es diesmal der Fall seines Lebens», bemerkte Pia ironisch und nahm sich das letzte Schokoladenplätzchen. Bevor die drei weiter über pathologische Leidenschaften spekulieren konnten, wurden sie über die Rufanlage daran erinnert, dass sie noch ein paar Stündchen zu arbeiten hatten – Herr Meier wollte von seiner Infusion befreit werden.

Magdalene räumte den Tisch ab und fragte währenddessen: «Pia, bringst du nachher noch den Pflegearbeitsraum in Ordnung? Ich glaube, das haben die heute Morgen auch nicht mehr geschafft.»

Pia wirkte wenig begeistert, meinte aber: «Ja, gut, kann ich machen, aber ich muss vorher noch den neuen Patienten aufnehmen.»

«Der hat einen ziemlich witzigen Namen, ne?», schaltete sich Gerd ein, der ansonsten eher zurückhaltend war und sich nur selten persönlich zu Patienten äußerte.

«Ja, warte, muss ich noch mal gucken.» Pia blätterte in den Unterlagen. «Thörnphlix», rief sie, sichtlich amüsiert, nach einer Weile.

«Thörnphlix? Ist das der mit der Lungenentzündung?», erkundigte sich Magdalene, weil er nicht zu ihrem Bereich gehörte.

«Ja. Pneumocystis carinii vermutlich. Es besteht wohl Verdacht auf eine HIV-Infektion. Aber ich hab keine Ahnung, ob er das selber weiß. Das wird bestimmt kein leichtes Gespräch», seufzte Pia. Sie griff sich die Unterlagen und machte sich auf den Weg.

Zum Erstaunen und zur Freude der drei verliefen die restlichen vier Stunden bis zum Ende der Spätschicht ohne Komplikationen. Swedlana kam schon eine Viertelstunde früher, sodass Pia, Magdalene und Gerd pünktlich um 20.30 Uhr nach Hause gehen konnten.

*

Annika wurde von einem Lärm geweckt, den sie zuerst nicht identifizieren konnte. Bald aber wurde ihr klar, dass ihr renovierungswütiger Nachbar mal wieder ein neues Elektrogerät in sein Nest geschleppt haben musste, für dessen Erprobung ihm wie üblich die Abendstunden am geeignetsten erschienen. Familie Sebollk lebte seit gut zwei Jahren in ihrer Wohnungs-Baustelle wie unter Tage, und wenn ihr, was selten geschah, der bauschuttgepuderte schmächtige Familienvater begegnete, wusste sie nie, ob sie ihn begrüßen oder lieber gleich einen Notarzt rufen sollte, weil er so erbarmungswürdig erschöpft aussah.

Heute kam ihr das Getöse ausnahmsweise als Weckruf gelegen. Während sie ihren Fantasien über monströse Baumarkt-Produkte freien Lauf ließ, machte sie sich im Bad frisch und legte ein dezentes Make-up auf. Tina hatte angekündigt, heute Abend mit ihr – oder an ihr – die neue Fritteuse zu testen. Tinas Kochkünste waren im Gegensatz zu ihren sonstigen Talenten leider überaus begrenzt, und Annika hoffte darauf, dass man beim Frittieren nicht allzu viel falsch machen konnte.

Obwohl Tina bereits seit einigen Jahren in einer anthroposophischen Klinik in Hagen-Haspe arbeitete, wohnte sie noch in ihrem Hexenhäuschen in Mülheim, dicht an der Duisburger Stadtgrenze. Sie wollte das originelle aber kleine Haus nicht aufgeben, das ihre Mutter ihr vererbt hatte. Aber so sehr sie auch daran hing – es war anstrengend, darin zu wohnen und die vielen Reparaturen zu überstehen.

Tina und Annika hatten gemeinsam ihre Ausbildung zur Krankenschwester in Duisburg absolviert und sich in dieser Zeit angefreundet. Nach dem Examen wollten beide in der Hagener Klinik arbeiten, aber nur Tina wurde eingestellt. Ihrer Freundschaft tat das keinen Abbruch; im Gegenteil: Jetzt diskutierten sie oft stundenlang heftig über das Für und Wider anthroposophischer Pflege, wobei die beiden ihrem Temperament freien Lauf ließen.

Annika griff sich eine Flasche Weißwein aus dem kleinen Weinregal in der Küche, warf sich ihren Mantel über und machte sich auf den Weg. Von ihrer Wohnung im Duisburger Stadtteil Rheinhausen bis zu Tinas Haus konnte man es, wenn es keinen Stau auf der A 40 gab, in gut 20 Minuten schaffen. Heute Abend war der Verkehr zwar dicht, aber immerhin in Bewegung, und nach einer knappen halben Stunde lenkte sie ihren Wagen in die Einfahrt zu Tinas Haus. Der Dieselmotor war nicht zu überhören, sodass Tina schon in der Haustür stand, als Annika den Wagen abschloss.

«Ich hab deinen Wagen schon vor fünf Minuten gehört», flachste Tina. «Nur kein Neid», rief Annika und steckte die Weinflasche in ihren Mantel. Zum Hauseingang führten sechs Treppenstufen, und Annika machte auf atemlos: «Ganz schön anstrengend für eine alte Frau», keuchte sie bemüht.

«Jetzt reiß dich ein bisschen zusammen, Schwester, sonst streich ich dir dein Nikotin», entgegnete Tina. Die beiden nannten sich gegenseitig oft ironisch «Schwester», während sie im Krankenhaus auf diese Anrede allergisch reagierten. Nachdem Annika abgelegt hatte, gingen sie direkt vom Hausflur in die Küche. Tinas Haus war noch mit einer der Küchen ausgestattet, die nicht wie heute üblich von skrupellosen Architekten ausschließlich für das Aufwärmen von Fastfood eingerichtet werden. Hier gab es einen großen Tisch, an dem acht Personen gemütlich Platz nehmen konnten, drei schöne Weichholz-Schränke und keine der so genannten Arbeitsplatten, die man bei Einbauküchen verwendet. Stattdessen gab es einen Herd, einen Kühlschrank und – für Tina das wichtigste und am häufigsten gebrauchte Küchengerät – eine Geschirrspülmaschine.

Annika setzte sich unaufgefordert an den Tisch und jammerte sofort: «Können wir erst mal essen?»

«Ja, klar, der Kellner nimmt gleich deine Bestellung auf», meinte Tina und bemühte sich unter Flüchen, die Fritteuse aus einer dieser krakenhaften Styropor-Verpackungen zu befreien. Schließlich schnitt sie das Gerät samt Styropor mit einem Küchenmesser aus dem Karton, stellte es auf den Küchentisch und hielt einen kleinen Vortrag über die Vorzüge von Fettfiltern, Klarsichtfenstern und unterschiedlichen Frittierfett-Sorten. Annika hörte mit halbem Ohr hin und versuchte mit einem so bewundernd wie möglich intonierten «du schaffst das schon», nicht weiter in eine Diskussion über Küchentechnik hineingezogen zu werden. Tina kannte Annika aber lange genug, um dezente Hinweise mit Erfolg zu ignorieren und meinte weiter:

«Wir können Garnelen frittieren, selbstgeschnittene Pommes machen oder sogar auch Hähnchenflügel ins Öl schmeißen. Ich hab alles hier. Frisch oder gefroren.»

«Ja, gut, mach mal», sagte Annika unentschlossen.

«Wie, mach mal? Was denn? Alles zusammen?», fragte Tina irritiert nach.

Annika warf einen kurzen Blick auf die Fritteuse und die zerstörte Verpackung und sagte: «Ja, nee, ich mein: alles, aber nacheinander. Ich hab einen Riesenhunger.»

«Ach du Scheiße, kommen wir denn da bei allem Kochen überhaupt noch zum Quatschen?», warf Tina besorgt ein.

«Mach dir mal keine Sorgen, du kämpfst mit dem heißen Fett, und ich besorg das Reden», meinte Annika grinsend. «Jede nach ihren Gaben.»

«Also Arbeitsverteilung wie üblich», grunzte Tina und nahm mehrere undefinierbare Tüten aus dem Kühlschrank. «Dann fang ich mal mit Garnelen an. Mal was anderes: Wie war es denn gestern mit Harald?»

«Schwer zu sagen», gab Annika nach einer Weile zurück. «Wir haben bis in die Nacht geredet und geredet, aber irgendwie hatte ich zunehmend so ein Gefühl, das Interesse am Gespräch zu verlieren. Ich meine nicht, dass ich das nicht ernst gemeint hätte, was ich gesagt hab. Aber je länger wir geredet haben, desto öfter haben wir uns wiederholt. Es läuft immer wieder auf das Gleiche hinaus: Harald macht seinen Job, will Geld für eine Familie scheffeln, will Kinder und Haus und das Übliche. Ein Pauschal-Arrangement mit fest verteilten Rollen, bei dem ich mir wie ein Teil der Besetzung vorkomme.»

«Wieso könnt ihr denn nicht einfach weiter jeder das machen, was ihr gerade wollt?», wandte Tina ein.

«Das ist es ja gerade. Er will jetzt, wie er sagt, verlässliche Entscheidungen treffen. Also, im Grunde will er, dass *ich* mich zu bestimmten Entscheidungen durchringe. Und am Ende läuft das eben auf das ganz normale Haus-Kinder-Urlaubs-Projekt hinaus, bei dem uns seine Eltern mit Freuden helfen würden.» Die letzten Worte betonte Annika, wobei sie mit den Augen rollte.

Tina warf ein gigantisches Stück weißliches Fett in die Fritteuse, schloss den Deckel, schaltete das Gerät ein und musterte Annika aufmerksam: «Das ist doch alles andere als originell oder dramatisch. Wenn ihr Kinder haben wollt, werdet ihr doch wohl praktischerweise in einem Haus wohnen, und man darf dann doch auch gemeinsam in Urlaub fahren, oder?»

«Sei nicht blöd, Tina, du weißt genau, was ich meine. Ich komme mir schon komisch genug vor: als Krankenschwester, die mit einem Arzt liiert ist. Auch wenn er in der Pharmaforschung arbeitet. Ich habe doch nicht die Ausbildung gemacht, um einen Arzt zu heiraten und unsere gemeinsamen Kinder zu versorgen. Außerdem hab ich bis jetzt keine Lust aufs Mutter-Sein. Hab ich bisher auch noch nie gehabt. Und anfangs war das auch nie ein Problem. Aber Harald meint plötzlich, er wird bald 40 – in fünf Jahren, haha – und will nicht so lange warten, bis er dann seine Kinder mit dem Gehgestell zur Schule bringen muss.»

Tina musste bei der Vorstellung mit dem Gehgestell lachen, meinte dann aber: «Ja, wenn das so klar ist, dann weiß ich nicht, was ihr beiden noch groß zu besprechen habt. Wenn eure Vorstellungen so weit auseinander liegen, dann wird das wohl nichts mehr werden. Dann werdet ihr euch wohl trennen müssen.»

Annika wich Tinas fragendem Blick aus und sagte nach einer Weile: «Ja, das klingt so richtig vernünftig, aber so einfach ist das nicht. Wir sind jetzt seit fünf Jahren zusammen, und so lange habe ich es noch nie mit jemandem ausgehalten. Wir haben uns bisher ja auch köstlich zusammen amüsiert, in jeder Hinsicht. Und uns gegenseitig auch viel geholfen. Das Blöde ist ja, dass ich von mir aus noch nie ernsthaft über Familie und so nachgedacht hab. Und auch nicht darüber, mich von ihm zu trennen. Irgendwie kommt mir das vor, als hätte mir jemand ein Problem aufgedrängt, das er selber loswerden wollte. So kenne ich Harald gar nicht, und ich weiß auch nicht, wieso er jetzt plötzlich damit so viel Gas geben möchte. Lass es mich mal wie Politiker formulieren: Ich sehe da keinen Handlungsbedarf.»

«Das entscheidest du ja nicht allein», entgegnete Tina. «Wenn das jetzt ein Problem ist, musst du dich wohl oder übel damit befassen, auch wenn es dir gerade nicht in den Kram passt.»

«Gerade das ist es ja: Erstens passt es mir gerade nicht in den Kram, und zweitens hab ich das Gefühl, dass ich die ganz falsche Adresse für solche Diskussionen bin. Ich sehe für mich die nächsten Jahre viele Möglichkeiten, ganz wenige Zwänge und schon gar keine endgültigen Entscheidungen.»

Annika und Tina sahen sich eine Weile schweigend an, bis der Summer in der Fritteuse darauf aufmerksam machte, dass das Öl jetzt heiß genug sein sollte. Tina warf den Inhalt einer Tüte mit gefrorenen Garnelen in den Frittierkorb, öffnete den Deckel und versenkte den Korb samt Garnelen im heißen Fett. Dabei zischte es höllisch laut, weshalb Tina erschrocken den Deckel schloss.

«Du siehst viele Möglichkeiten für *dich*», sagte Tina unvermittelt. «Vielleicht ist das ja das eigentliche Problem. Vielleicht hast du ja einen anderen Blick oder eine andere Perspektive. Harald will etwas Gemeinsames, und du planst weiter für dich allein, wobei Harald dann ein Teil *deiner* Welt ist. Das ist doch nicht das Gleiche oder?»

Annika schaute nachdenklich und ernst in einen Winkel der Küche und meinte nach einer Weile: «Kann sein. Aber wenn das so ist, dann kann ich das nicht ändern. Ich lass mich auf keinen Fall in eine Geschichte verwickeln, die ich mir nicht selbst mit ausgedacht habe. Nie im Leben.»

«Das würde ich dir auch nicht raten», sagte Tina sofort. «So hast du mich auch hoffentlich nicht verstanden. Nur solltest du so fair sein, und das in dieser Klarheit auch Harald zu verstehen geben. Und zwar so früh wie möglich.»

«Ja, schön, ist alles richtig», gestand Annika ein, «aber im Moment habe ich dermaßen die Nase voll von abendlangen Diskussionen. Mir ist im Moment viel mehr nach Vergnügungen. Die Stimmung auf der Station ist zurzeit ziemlich beschissen. Das Übliche: zu wenig Leute, ein durchgeknallter Zivi und dann auch noch Herbst. Nicht sehr erbaulich.»

Dabei musste Annika wieder an Baumann denken. Ob sie Tina von ihren Eindrücken erzählen sollte? Oder machte sie sich damit nur lächerlich? Vielleicht hatte sie sich das Ganze nur eingebildet. Immerhin war sie schrecklich müde gewesen. Kurz entschlossen schob sie die Gedanken beiseite und versuchte, sich wieder auf Tina zu konzentrieren, die sich ja wirklich redlich Mühe gab, eine angenehme Stimmung zu schaffen.

«Tja, Schwester», frohlockte Tina und holte sie damit wieder in die Gegenwart zurück, «wenn es Ihnen soo schlecht geht, dann sollten Sie mal meine selbstverbrühten Garnelen kosten.» Tina runzelte ihre Stirn, schnupperte und sah misstrauisch zur Fritteuse herüber und meinte: «Dem Geruch nach sollten sie jetzt durch sein.»

Samstag, 2. November

Am nächsten Tag hatte Annika Spätdienst, und den konnte sie ausgeruht und entspannt beginnen. Sie hatte mit Tina noch bis Mitternacht über alles Mögliche geredet, sich dann aber rechtzeitig verabschiedet, um die für sie optimalen acht Stunden Schlaf zu bekommen. Ausgeruht und in wesentlich besserer Stimmung als am Tag zuvor fuhr sie in die Klinik. Im Stationszimmer saß Ulrike allein am Schreibtisch. Es war Samstag, und nur die Hälfte der Besatzung musste arbeiten. Annika liebte diese Wochenenden ohne tausende von Untersuchungen und Hektik. Wenn nicht allzu viel zu tun war, konnte man sich viel intensiver um einzelne Patienten kümmern als wochentags.

Ulrike schien zu grübeln. «Hey. Heute ist doch nicht schon wieder was passiert? Du siehst so komisch aus», fragte Annika besorgt.

«Frau Dreier hat sich heute Morgen an einer Kanüle verletzt, die irgend ein Trottel in den normalen Müll geschmissen hat», entgegnete Ulrike. Frau Dreier war seit vielen Jahren als Putzfrau auf der Station, und alle – einschließlich der Patienten – mochten sie gern.

«Oh verdammt. Aber das kann...» – Annika suchte nach Worten. «Das ist doch seit Jahren nicht mehr passiert. Das darf doch wohl nicht wahr sein.»

Annika wurde zusehends wütender. Seit sich vor fünf Jahren Gerd, ein Krankenpflegeschüler, durch eine ähnliche Verletzung mit Aids infiziert hatte, war man mehr als sorgfältig mit dem Abfall umgegangen. Wer neu kam, musste sich diese Geschichte anhören. Man hatte nach dem Unfall vereinbart, dass jeder, der dabei erwischt wurde, Kanülen in den normalen Abfall zu werfen, das ganze Team zum Essen einladen musste. Weil das angesichts des kargen Gehalts ein echtes Opfer wäre, waren bisher alle bei der Entsorgung sehr vorsichtig gewesen.

«Das kann unmöglich jemand von uns gewesen sein.» Annika wurde fast laut.

«Jetzt reg dich wieder ab. Ich bin genauso wenig begeistert wie du. Aber wer kommt denn sonst infrage?»

«In welchem Sack war denn die Kanüle?», fragte Annika und versuchte, ruhiger zu werden.

«Frau Dreier kann sich nicht erinnern. Sie hat wie immer die Säcke gesammelt und zum Container gebracht. Als sie den letzten hinterher schieben wollte, hat sie sich verletzt. Sie hat mich dann gerufen, und als ich den Sack geöffnet habe, um nach der Nadel zu suchen, habe ich allerdings noch etwas Merkwürdiges entdeckt.»

Annika schaute sie fragend an.

«Hatten wir in den letzten Tagen irgendjemanden am Perfusor?», wollte Ulrike wissen.

Annika überlegte kurz. «Nicht, dass ich wüsste. Aber dazu brauchen wir uns doch nur die Kurven anzusehen.»

«Hab ich schon gemacht. Es gab nichts, wozu wir eine 50-Milliliter-Spritze benötigt hätten. Aber im Sack war eine. Mit Kanüle, aber ohne Schlauch. Was sagst du dazu?»

Annika war irritiert. «Vielleicht hat damit jemand Blumen gegossen oder so was gemacht.» Sie bemühte sich um Erklärungen, obwohl sie selbst wusste, dass sie im Moment lediglich Vermutungen anstellen konnte.

«Ich habe über alle möglichen Gründe nachgedacht und schon mit Yvonne, Simone, Pia und Kalle gesprochen, ob ihnen vielleicht jemand die Perfusorspritze erklären wollte. Aber von denen weiß keiner irgendwas.»

Annika sah ein, dass sie so nicht weiterkommen würden. «Na ja, vielleicht sollten wir nicht gleich eine Affäre draus machen. Wahrscheinlich will sich nur jemand vor der Einladung zum Essen drücken. Oder das Ganze klärt sich am Montag auf, wenn alle da sind. Was meinst du?»

Ulrike schien nicht wirklich überzeugt, meinte aber: «Vermutlich hast du Recht. Weißt du, in der letzten Zeit mache ich mir oft Gedanken, ob ich als Stationsleitung wirklich die Richtige bin. Und wenn dann immer wieder was schief läuft…»

Das ging Annika nun aber doch zu weit: «Jetzt hör aber auf. Irgendwas läuft immer schief. Das hier ist die erste größere Panne seit langem. Wenn du dich nicht wohl fühlst, ist das kein Wunder. Jetzt arbeitest du schon das dritte Wochenende ohne Unterbrechung. Du brauchst dringend mal ein paar freie Tage.»

In diesem Moment kamen Gerd und Yvonne in offenbar bester Laune ins Stationszimmer, und da es jetzt höchste Zeit für die Übergabe war, legten sie das Thema erst einmal ad acta.

Der Spätdienst ging für Annika schnell vorüber, nicht zuletzt wohl auch deshalb, weil ihre Gedanken immer wieder zum gestrigen Abend mit Tina und zu Herrn Baumann abschweiften. Mehrmals gab sie sich schwer fassbaren, düsteren Gedanken hin, wurde aber immer wieder in die Wirklichkeit zurückgeholt. Als sie in einer kurzen Pause wieder über die Nadel in der Mülltüte nachdachte, wurde sie durch Swedlanas Stimme hinter sich aus ihren Gedanken gerissen.

«Entschuldigung, ich wollte dich nicht erschrecken», sagte Swedlana in ihrer überkorrekten Aussprache, die sie, seit sie in Deutschland lebte, unermüdlich zu perfektionieren suchte.

«Ist schon in Ordnung», lenkte Annika ein, «irgendwie bin ich heute nicht ganz dabei.» Als sie Swedlanas blasses Gesicht sah, erschrak sie ein wenig.

«Du liebes bisschen, was ist denn mit dir los? Du bist ja weiß wie die Wand.» Als Swedlana nur zustimmend nickte, hakte Annika nach: «Hast du schlecht geschlafen, oder was ist los?»

«Ja, ach...» Swedlana zögerte, als sei sie nicht sicher, ob sie reden wolle.

«Nun komm schon. Erzähl, was los ist», bedrängte Annika sie.

«Aber die Übergabe ... und Yvonne», stammelte Swedlana.

«Yvonne habe ich schon nach Hause geschickt. Es war kaum was los. Also mach dir darüber keine Sorgen. Erzähl ruhig. Was ist denn los?»

«Ach, Annika...» Swedlana brach plötzlich in Tränen aus. «Ich glaube, ich bin Schuld an Baumanns Tod.»

«Du?» Annika schaute sie ungläubig an. «Das glaub ich nicht. Wie kommst du denn darauf?»

«Gestern Nacht war doch hier alles so durcheinander. Ich wusste gar nicht, wo mir der Kopf stand. Irgendwann ist mir plötzlich eingefallen, dass ich Herrn Baumann noch nicht sein Bricanyl gegeben hatte. Und du weißt ja, Frau Barl hatte so starke Schmerzen, dass sie Morphium bekommen sollte. Ich hab beide Spritzen aufgezogen und auf ein Tablett gelegt. Dann bin ich erst zu Herrn Baumann und danach zu Frau Barl.»

«Aber Frau Barls Schmerzen haben doch nach der Spritze nachgelassen, oder nicht?», warf Annika ein.

«Nein, das ist es ja. Sie hatte nach zwei Stunden noch genau solche Schmerzen wie vor der Spritze. Deshalb musste ich Mezger ja noch mal wecken. Verstehst du?» Swedlana schaute verzweifelt zu Annika.

«Aber du weißt doch, dass es Menschen gibt, die auf bestimmte Schmerzmittel nicht reagieren», versuchte Annika Swedlana zu beruhigen. «Das bedeutet zunächst mal gar nichts.»

«Ich habe ihn umgebracht», flüsterte Swedlana unter Tränen.

Annika fühlte sich hilflos. Wie sollte sie Swedlana beruhigen? Und vor allem: Wie sollte Swedlana die Nacht überstehen? Sie konnte sie jetzt unmöglich allein lassen. Außerdem konnte sie ihre Ängste gut nachempfinden. Hatte sie nicht selbst schon oft zweifelnd im Bett gelegen, weil sie sich nicht mehr genau erinnern konnte, was sie wie gemacht hatte? Und je intensiver man darüber nachdachte, desto wahrscheinlicher schien es einem dann, wirklich einen Fehler gemacht zu haben. Einmal war sie nachts aufgewacht, plötzlich fest davon überzeugt, eine Infusion falsch zubereitet zu haben. Gesine, die seinerzeit im Nachtdienst war, hatte einige Mühe, ihr zu versichern, dass alles in bester Ordnung sei. Bisher war immer alles gut gegangen – was angesichts der Hektik in letzter Zeit schon fast an ein Wunder grenzte. Ja, sie konnte Swedlana gut verstehen, aber sie wollte ihren Zweifel auf keinen Fall weiter verstärken. Und endgültige Klarheit konnte ohnehin nur die Obduktion schaffen.

«Weißt du was, ich glaube einfach nicht, dass du was falsch gemacht hast. Versuch doch erst mal, die Sache bis Montag zu vergessen. Wieso sollst du dich jetzt verrückt machen? Am Ende ergibt die Obduktion ganz normales Herzversagen. Baumann war nicht mehr der Jüngste und in ziemlich schlechter Verfassung.»

Swedlana schniefte immer noch ein bisschen, versuchte aber, ein – wenn auch wenig überzeugendes – Lächeln zu Stande zu bringen.

«Was hältst du davon, wenn ich uns beiden jetzt mal einen Kaffee mache? Dann erzähl ich dir schnell, was heute Nachmittag los war, und während du deinen Durchgang machst, stell ich schon mal die Tabletten für morgen. Okay?»

Swedlana protestierte nur schwach, und man merkte ihr an, dass sie Annika dankbar war. Annika hatte sich dazu entschieden, so lange zu bleiben, bis Swedlana sich wieder beruhigen konnte. Dann würde sie heute eben nicht ihre acht Stunden Schlaf bekommen. Wäre ja nicht das erste Mal. Und morgen war schließlich Sonntag, und dann würde es hoffentlich ruhiger werden.

Montag, 4. November

Swedlana wurde durch lautes Hämmern an der Tür ihres Appartements im Personalwohnheim geweckt. Sie schaute auf ihren kleinen schwarzen Wecker. 14 Uhr. Verdammt. Sie hätte gut noch zwei Stunden länger schlafen können. Das Hämmern wurde heftiger, und sie beeilte sich, ihren Bademantel überzuwerfen und zur Tür zu gehen. Als sie durch den Türspion Annika erkannte, fuhr ihr der Schrekken in die Glieder. Jetzt fiel ihr alles wieder ein: die Spritzen, ihre Befürchtungen und ihre Beichte bei Annika. Sie schloss die Tür auf und sah Annika mit vom Wind zerzausten Haaren. Annikas Atem ging schnell.

«Bist du gerannt, oder warum hechelst du so», fragte Swedlana bemüht arglos, doch mit zittriger Stimme. Die unvermeidlichen Gedanken schossen ihr durch den Kopf: ‹Was hat die Obduktion ergeben? Bin ich schuldig? Bist du deshalb hier?› Aber sie traute sich nicht, danach zu fragen.

«Herr Baumann ist an einer Luftembolie gestorben», sagte Annika unvermittelt und ohne sie zuvor zu begrüßen.

«An einer Luftembolie? Aber … das kann nicht sein.» Swedlana war aufgeregt. «Du erinnerst dich doch an unsere Fortbildung vor zwei Wochen?»

«Ja, daran habe ich auch sofort gedacht», meinte Annika knapp. Kann ich erst mal reinkommen?

Swedlana öffnete die Haustür weiter, und sie setzten sich in zwei enorm große Sessel, die um einen kleinen runden Couchtisch aufgestellt waren. Einen Moment lang war es ganz still, bis Swedlana, jetzt zu Annikas Erstaunen sichtlich ruhiger, weitersprach: «Wurde da nicht gesagt, dass man an einer Luftembolie nur sterben kann, wenn die Luftmenge mindestens 100 ml beträgt und wenn die Infusionsgeschwindigkeit sehr hoch ist? So war's doch, oder?»

Annika stimmte ihr zu. «Ja, das hab ich letztens auch Yvonne erklärt, als sie von einem Patienten danach gefragt wurde. Der hatte zwei klitzekleine Luftblasen in seinem Infusionsschlauch entdeckt. Bertram hat's uns heute auch noch mal erklärt.»

«Aber verstehst du nicht Annika, dann bin ich aus dem Schneider. Dann kann ich es nicht gewesen sein.»

«Aber die Infusion. Du hast Baumann doch eine Infusion angehängt», gab Annika zu Bedenken.

«Nein, eben nicht. Der ZVK war nicht durchgängig, und deshalb musste Mezger kommen. Aber davon abgesehen: Ich bin mir hundertprozentig sicher, dass im Infusionsschlauch Flüssigkeit war. Ich habe nämlich wie immer die Infusion kurz angestellt, um zu prüfen, ob der Schlauch gefüllt ist, und dabei habe ich seine Bettdecke etwas versaut. Mein Gott, ich war's nicht, Annika.» Swedlana war überglücklich.

Annika schien ihre Freude nicht zu teilen. Nach einer Weile sagte sie: «Mich musst du nicht überzeugen. Aber ob die Polizei das auch so sieht?»

«Die Polizei?» Swedlana schien fassungslos. «Was hat die Polizei damit zu tun?»

«Baumann ist offensichtlich keines natürlichen Todes gestorben. Trabert blieb nichts anderes übrig, als die Polizei zu benachrichtigen. Hätte er es nicht getan, hätte Frau Baumann das gemacht. Ihr Sohn ist Arzt, und der hat auf einer Obduktion bestanden. Er wollte von Bertram persönlich den Obduktionsbericht sehen. Als er dann Luftembolie gelesen hat, wollte er sofort mit dem Chef sprechen. Zum Glück ist Bolte mal wieder auf einer Tagung und kommt erst am Mittwoch wieder.»

Bolte war der allseits unbeliebte Chefarzt, der es immer wieder verstand, selbst an einem entspannten, ruhigen Tag Chaos zu erzeugen. Gab es wirklich Probleme, versuchte man irgendwie, ihn fern zu halten.

«Wann wollen sie denn kommen? Oder soll ich gleich rüber?», fragte Swedlana.

«Nein, lass das lieber. Sie sprechen gerade mit Mezger. Ich vermute, dass sie dann sowieso zu dir kommen. Sag denen bloß nicht, dass ich hier war. Wer weiß, was die daraus machen.»

Swedlana zappelte immer ungeduldiger auf ihrem Sessel: «Aber ich bin doch unschuldig, Annika! Verdammt noch mal.»

«Ist ja gut, ich wollte bloß vermeiden, dass alles noch komplizierter wird, als es ohnehin schon ist.» Annika erhob sich.

«Entschuldige», murmelte Swedlana. «Ich …»

«Ist schon okay», unterbrach Annika sie. «Ich würde mich genauso fühlen.» Annika erhob sich und schien einen Moment lang unschlüssig, was sie tun sollte. «Ich geh jetzt besser. Ruf mich nachher an, ja?»

In diesem Moment klopfte es an der Türe. «Au weia», entfuhr es Annika.

Swedlana ging schnell an Annika vorbei und öffnete die Türe. Draußen im halbdunklen Flur standen zwei Männer. Beide sahen ein bisschen zerknittert aus und waren offensichtlich übermüdet.

«Frau Wojdagowicz?», fragte der ältere von beiden.

«Ja?»

«Hauptkommissar Sörensen, Kriminalpolizei. Das ist mein Kollege Beimer», sagte der ältere, untersetzte, mit einer schlaffen Geste in Richtung seines Begleiters. «Entschuldigen Sie bitte die Störung. Wir wissen, dass Sie Nachtdienst hatten, aber wir müssen Ihnen leider ein paar Fragen stellen. Dürfen wir reinkommen?»

Während die Herren entspannt darauf zu warten schienen, was jetzt als Nächstes passiert, nahm der jüngere von beiden seinen Dienstausweis aus der Manteltasche und hielt ihn so, dass Swedlana ihn ansehen konnte. Sie nickte nur kurz und bat die beiden mit einer Geste herein. Beimer machte, im Gegensatz zu seinem Kollegen, einen überaus gepflegten und smarten Eindruck. Abgesehen von zwei deutlich erkennbaren Augenringen schien alles an ihm wie aus einem Werbespot für Jever-Pils entnommen zu sein. Sörensen pflanzte sich unter vernehmlichem Ächzen in den nächstgelegenen Sessel und überließ seinem Kollegen vorerst die Konversation.

«Na ja, ein ganz so schlechtes Gewissen müssen wir wohl doch nicht haben. Ihre Kollegin ist uns ja schon zuvorgekommen, wie ich sehe.» Dabei blickte er mit erwartungsvollem Grinsen, so als habe er einen ganz tollen Satz abgelassen, zu Annika. ‹Lackaffe›, dachte sie und gab ein deutlich überzogenes Grinsen zurück.

«Dürfen wir uns setzen?», fragte Beimer mit vorwurfsvollem Blick auf seinen bereits sitzenden Kollegen, der auf merkwürdige Weise nicht mehr am Geschehen teilzunehmen schien.

«Ja, selbstverständlich», murmelte Swedlana und räumte eine Decke und mehrere Bücher von der schwarzen zweisitzigen Couch, die an einer Wand stand, ziemlich weit weg vom Couchtisch.

Annika bemerkte, wie Swedlana von Minute zu Minute mehr in sich zusammensackte. Sie sah jetzt blass und müde aus, und ihre Freude darüber, dass sie an Baumanns Tod keine Schuld traf, schien wie weggefegt. Das dunkle Haar fiel ihr wirr und ungekämmt ins Gesicht, und ihre kleine, zarte Gestalt versank fast in dem großen beigefarbenen Sessel. Annika hatte schon des Öfteren die sorgenvollen Blicke von Patienten oder Angehörigen beobachten können, wenn Swedlana sich ihnen vorstellte. ‹Woher nimmt so ein Hauch von Frau bloß die Kraft?›, dachte Annika.

Hatten die Patienten sie aber erst einmal ein paar Tage bei der Arbeit erlebt, verwandelten sich die Bedenken fast immer in begeisterte Anerkennung. Swedlana war eine wunderbare Krankenschwester, mit feinem Gespür für die Kleinigkeiten, die im Alltagswirrwarr sonst untergehen. Sie war nicht nur fachlich versiert, sondern schien den für sie idealen Beruf gefunden zu haben, in dem sie sich rundum wohlfühlte. Vielleicht war es vor allem das, was Annika und Swedlana verband. Sie waren beide einfach glücklich in ihrem Beruf und hatten nicht das Bedürfnis wie etliche ihrer Kolleginnen, auszusteigen oder zu studieren. Egal, ob Swedlana einen Fehler gemacht hatte oder nicht, sie musste ihr helfen. Nur wie? Auf jeden Fall würde sie erst einmal bleiben und abwarten, wie sich das Gespräch weiter entwickelt. Vor allem musste die Stimmung etwas aufgelockert werden.

«Soll ich vielleicht einen Kaffee kochen?», fragte Annika in die Runde. «Du hast doch bestimmt noch nichts getrunken, Swedlana, oder?»

«Ja, das wäre lieb», sagte Swedlana.

«Für Sie auch?», fragte Annika mit gerunzelter Stirn und sah dabei in Sörensens teilnahmslose Miene.

«Nein, danke», antwortete er knapp.

«Also, für mich gern», beeilte sich Beimer zu sagen und lächelte dabei unermüdlich in Annikas Richtung, die sich zu seinem Bedauern völlig unbeeindruckt zeigte. Annika zog sich in die Kochnische zurück und suchte nach den nötigen Utensilien.

«Ja, Frau Wojdagowicz. Ich vermute, Frau Meinke hat Ihnen bereits erklärt, warum wir hier sind», fragte Sörensen.

«Weil Herr Baumann an einer Luftembolie gestorben ist», antwortet Swedlana eingeschüchtert.

«Wissen Sie, was eine Luftembolie ist?», fragte Sörensen nach.

«Natürlich weiß sie das», zischte Annika aus dem Hintergrund, «sie ist schließlich examinierte Krankenschwester.»

Sofort mischte sich Beimer ein: «Frau Meinke, wenn wir herausfinden möchten, was Sie so alles wissen, dann kommen wir schon rechtzeitig auf Sie zu. Jetzt fragen wir Ihre Kollegin, und ich muss Sie bitten, sich zurückzuhalten. Ansonsten müssten wir Sie leider bitten, die Wohnung zu verlassen.»

Annika fühlte, wie ihr das Blut ins Gesicht stieg, aber als sie Swedlanas flehenden Blick sah, schluckte sie ihre Wut herunter.

Sörensen ignorierte Annikas Einwurf und fuhr fort: «Also, noch einmal, Frau Wojdagowicz. Wissen Sie, wie es zu einer Luftembolie kommen kann?»

«Ja», stieß Swedlana gepresst hervor.

«Können Sie sich vorstellen, auf welche Weise die Luft in Herrn Baumanns Venen gekommen ist?», fragte Sörensen weiter.

Swedlana schien nun gefasster. Mit leicht erhobenem Kopf sagte sie: «Nein, das kann ich mir nicht vorstellen. Ich kann mir nur zwei Möglichkeiten denken: entweder über die Infusion oder mit der Spritze, die Herr Baumann von Doktor Mezger erhalten hat. Aber beides könnte ich mir nicht erklären. Ich habe die Infusion und auch die Spritze zubereitet und bin hundertprozentig sicher, dass nirgendwo Luft drin war. Vielleicht ein paar winzige Bläschen in der Antibiotika-Spritze, aber niemals so viel, dass davon jemand gestorben wäre.»

«Aber der Pathologe hat es eindeutig nachgewiesen», hielt ihr Beimer entgegen.

«Dann irrt der sich eben», gab Swedlana mit ruhiger Stimme zurück. «Die Infusion war in Ordnung.»

Sie hatte nun ein wenig Sicherheit zurückgewonnen. Beimer schien ernsthaft über ihre Antwort nachzudenken, worüber Annika, die ihn in ihrer Fantasie schon geteert und gefedert hatte, sich wunderte. Nach einigen Augenblicken des Schweigens bat Beimer Swedlana, die Nacht, in der Baumann gestorben war, noch einmal zu schildern. Er wollte haarklein jedes Detail wissen, auch wenn es noch so belanglos schien. Swedlana beschrieb den Tag aus ihrer Sicht und war gerade an der Stelle angelangt, als sie in Baumanns Zimmer gegangen war, um eine Infusion anzuhängen.

«Wie spät war es da?», wollte Beimer wissen.

«Gegen zwölf, höchstens ein paar Minuten später. Aber ich konnte die Infusion nicht anhängen, weil der Katheter verstopft war. Deshalb habe ich das Zimmer wieder verlassen, um Doktor Mezger anzurufen.»

Beimer dachte nach. «Und die Infusion haben Sie im Zimmer gelassen?»

«Ja, natürlich», entgegnete Swedlana verwundert. «Die sollte Herr Baumann ja noch kriegen.»

«Wecken Sie die Patienten eigentlich, wenn Sie Ihnen nachts eine Infusion anhängen, oder lassen Sie sie weiterschlafen?», erkundigte sich Sörensen unvermittelt.

Swedlana drehte sich zu ihm um. «Ich versuche schon, sie vorsichtig zu wecken, damit sie sich nicht erschrecken. Aber bei Herrn Baumann war das immer schwierig. Er hatte einen sehr tiefen Schlaf.»

«Es wäre also vorstellbar, dass auch eine fremde Person unbemerkt bei Herrn Baumann, na sagen wir, etwas hätte machen können?», fragte Sörensen weiter.

«Wie meinen Sie das denn?», schaltete sich Annika wieder ins Gespräch ein. «Es war doch sonst niemand auf der Station. Und außerdem: Baumann lag in einem Dreibettzimmer, und die beiden anderen hatten einen ziemlich leichten Schlaf.»

«Nein, Moment mal, jetzt fällt es mir ein.» Swedlana war ganz aufgeregt. «Als ich gegen zwölf ins Zimmer gegangen bin, ist Herr Engkhoff gerade aufgestanden. Weil er nicht schlafen konnte, wollte er im Aufenthaltsraum Fernsehen gucken. Und Herr Kowalski ist mir später auf dem Flur begegnet.»

«Es ist also möglich, dass Herr Baumann eine Zeit ganz alleine im Zimmer war», resümierte Beimer.

«Ja, das ist möglich», stimmte Swedlana zu.

«Noch mal eine ganz andere Frage», warf Sörensen dazwischen. «Welche Menge Luft ist eigentlich tödlich? Sie sagten ja vorhin, so ein paar Bläschen wären nicht so schlimm. Wie viel ist denn dann schlimm?»

Swedlana fühlte sich angesprochen und dozierte: «Na ja, das lässt sich so einfach nicht sagen, weil man Tod durch Luftembolie nur schwer bestimmen kann. In den Büchern gibt es dazu keine genauen Angaben. Man geht davon aus, dass um die 100 Milliliter schon tödlich sind, je nachdem, auf welchem Weg die Luft zum Herzen gelangt. Bei

Herrn Baumann hätten wohl schon viel weniger als 100 Milliliter gereicht, weil er einen ZVK hatte. Und dann kommt es noch darauf an, wie schnell die Luft zum Herzen kommt.»

Beimer hob abwehrend beide Hände und sagte: «Moment, langsam – bitte zum Mitschreiben: Was ist denn ein ZVK?»

«ZVK ist die Abkürzung für einen zentralen Venen-Katheter. Das ist so eine Art Schlauch, meist ungefähr 30 cm lang, der in der Vene liegt und bis kurz vor das Herz führt. Wenn man da dann Luft hineininjiziert, ist die Luft sofort im Herzen und kann nicht vorher zum Teil noch resorbiert werden, wie eben bei einer normalen Infusion, die zum Beispiel am Arm angeschlossen ist. Deshalb reicht dann vermutlich schon weniger Luft. Uns wurde jedenfalls eingeschärft, dass beim ZVK schon 20 Milliliter gefährlich sein können.»

«Sie wissen ja sehr gut darüber Bescheid. Lernt man das alles in der Ausbildung?», erkundigte sich Sörensen misstrauisch.

«Ich war vor kurzem auf einer Fortbildung», erklärte Swedlana knapp.

«20 Milliliter», wiederholte Sörensen mit einem undefinierbaren Blick auf Beimer. «Das heißt, eine 50-Milliliter-Spritze mit Luft gefüllt und direkt in die Vene gespritzt würde genügen, um jemanden umzubringen?»

«Ich vermute, ja», stimmte Swedlana zu.

«Frau Wojdagowicz: Haben sie in der fraglichen Nacht eine solche 50-Milliliter-Spritze benutzt?» Sörensen zog eine Perfusor-Spritze aus seiner Tasche. Annika erschrak. Erst jetzt erinnerte sie sich wieder an das Gespräch mit Ulrike. Meine Güte, wieso hatte sie Swedlana nichts davon gesagt?

«Nein, ich habe keine gebraucht», sagte Swedlana mit Nachdruck.

«Wie erklären Sie es sich dann, dass eine solche Spritze in einem Abfallsack gefunden wurde?» Swedlana schaute sprachlos von einem zum anderen.

«Ich habe keine Ahnung», meinte sie, sichtlich irritiert.

«Ist Ihnen sonst irgendetwas oder irgendjemand aufgefallen?», fragte Sörensen weiter, aber Swedlana fiel offenbar nichts mehr ein. Sie schüttelte den Kopf und sah ihn aufmerksam an.

«Ja, gut», gab Sörensen brummig von sich. Er stand plötzlich überraschend flink auf und gab Beimer ein Zeichen, es ihm nachzutun. Wie auf Verabredung erhoben sich auch Annika und Swedlana.

Die Verabschiedung wollte wohl Beimer übernehmen: «Falls Ihnen doch noch etwas einfallen sollte, oder Ihnen…», Beimer drehte sich zu Annika um, und sie meinte, ein Zucken um seine Mundwinkel zu erkennen, «… dann scheuen Sie sich nicht, bei uns anzurufen.» Er gab zuerst Annika und dann Swedlana eine Visitenkarte. «Egal, ob tagsüber oder nachts», fügte er hinzu. «Und wenn ich nicht im Büro bin, dann können Sie mich übers Handy erreichen.»

Er hatte die Hand schon auf der Türklinke, als Annika plötzlich etwas einfiel. «Gab es eigentlich keine Fingerabdrücke auf der Spritze? Ich denke, das kann man doch alles untersuchen oder nicht?»

«Ja, das kann man», entgegnete Beimer gedehnt. «Allerdings dürfte das in einem Krankenhaus wohl nicht viel bringen. Da wird man doch beinahe überall dazu aufgefordert, Handschuhe zu tragen, wenn ich mal übertreiben darf. Auch neben Herrn Baumanns Bett haben wir eine Packung dieser Latex-Handschuhe gefunden.»

Alle vier standen jetzt in dem winzigen Appartement und sahen sich eine Zeit lang stumm an. Schließlich brach Beimer das Schweigen und sagte: «Wer auch immer die Spritze benutzt hat, wird uns erklären müssen, was er oder sie damit gemacht hat. Auf bald dann, meine Damen. Wir sehen uns bestimmt wieder.»

«Soll das eine Drohung sein?», fragte Annika gereizt nach.

«Aber nicht doch», sagte Beimer im Plauderton. «Ich kann daran nichts Bedrohliches finden.»

Bevor Annika eine passende Bemerkung dazu einfiel, waren die beiden bereits verschwunden. Swedlana sah Annika erschöpft an und meinte: «Ich glaube, das Schlimmste kommt noch.»

*

Kurz nach dem Besuch der beiden Polizisten wurde Swedlana von der Pflegedienstleitung angerufen. Man ließ sie wissen, dass sie heute nicht zum Nachtdienst kommen müsse: Gesine würde für sie einspringen, hieß es, und sie solle erst einmal zwei Wochen Urlaub nehmen. Dasselbe hatte man Mezger geraten. Als Grund wurde ihnen genannt, dass die meisten Patienten von dem Vorfall erfahren hätten und man sie nicht unnötig aufregen wolle. Ihre Stelle würde in dieser Zeit von einer Aushilfskrankenschwester vertreten.

Annika blieb bis gegen Abend bei Swedlana. Sie diskutierten die Ereignisse der letzten Tage, kamen aber zu keinen neuen Einsichten. Schließlich verabschiedete sich Annika und fuhr nach Hause, als es längst dunkel geworden war. Sie machte noch kurz bei Il Nodo, ihrem italienischen Lieblings-Restaurant, halt und ließ sich eine gigantische Pizza einpacken. Wie immer versuchte der Küchenchef, sie davon zu überzeugen, dass man eine Pizza sofort essen müsse, aber sie konnte ihm schließlich klarmachen, dass sie vor Müdigkeit im Restaurant einschlafen würde. Man hatte Erbarmen und ließ sie mit wahrscheinlich einer der bestisoliertesten Pizzen ziehen, die je aus einem Restaurant getragen wurden.

Der Tag hatte sie erschöpft und verwirrt, und nachdem sie in ihrer Wohnung angekommen war, ließ sie sich zuerst ein Bad ein. Sie liebte dampfende Vollbäder mit einer Überdosis dieses orangefarbenen Kneipp-Entspannungsbades. Im Schlafzimmer drehte sie vorsorglich die Heizung voll auf, bevor sie es sich mit einem Glas Wein in der Badewanne gemütlich machte. Die Pizza würde sie sich nachher – mit schlechtem Gewissen – in der Mikrowelle wieder warm machen müssen, denn im Moment war ihr noch nicht nach Essen zu Mute. Obwohl sie heute außer zahllosen Zigaretten und reichlich Kaffee nicht allzu viel zu sich genommen hatte, wollte sich noch kein Hunger einstellen.

Irgendwie konnte sie all das, was sich in den letzten Tagen abgespielt hatte, nicht zusammenbringen. Was ihr seit langem das Gefühl von Stabilität gegeben hatte, schien mit einem Mal Risse zu bekommen: erst ihre Beziehung zu Harald, jetzt die Spannung auf der Station. Ihre ach so vorbildliche Station. Was hatte sie anderen nicht immer vorgeschwärmt: dass alles so ausgezeichnet funktioniert und alle zusammenhalten. Durchs Feuer würde sie für alle ihre Kolleginnen gehen, hatte sie immer gedacht. Jetzt war sie unsicher geworden. Sagt Swedlana wirklich die Wahrheit? Und wenn ja, wie lässt sich dann Baumanns Tod erklären? Wann hätte sich Bertram mal geirrt? Bertram würde sich nie irren. Aber das wusste Swedlana auch. Was also war in dieser Nacht wirklich passiert? Und welche Rolle spielte Mezger?

Annika trank ihr Glas leer, ließ noch ein wenig heißes Wasser nachlaufen und gab sich der wohligen Wärme hin. Fast wäre sie eingedöst, da wurde sie durch das Gedudel ihres Telefons abrupt in die Wirklichkeit zurückgeholt. Was für ein blödes Geräusch. Genau so überflüssig wie diese unsäglichen Melodien, mit denen man traktiert wurde, wenn man in einer der so genannten Warteschleifen am

Telefon seinem frühen Ende entgegendämmerte. Sie verspürte absolut keine Lust, jetzt aus der Wanne zu steigen. Womöglich war das am Ende Harald, der ihre unerquickliche Diskussion fortsetzen wollte. Nein, das nun lieber nicht. ‹Wahrscheinlich hat Tina recht›, dachte Annika. ‹So wird das nichts. Wir sind mittlerweile in unterschiedlichen Richtungen unterwegs und sollten uns nicht weiter gegenseitig das Leben schwer machen. Wozu auch? Man soll aufhören, wenn's am schönsten ist, haha. Aber dafür ist es schon beinahe zu spät›. Annika nahm sich fest vor, Harald morgen anzurufen. Das Wasser wurde schon wieder kälter, und sie zog sich widerwillig mit einem kräftigen Ruck aus der Wanne. ‹Meine Güte, schon zehn Uhr. Und morgen schon wieder Frühdienst. Mist!›, fluchte Annika still vor sich hin. Sie aß ein Stück von der kalten Pizza, schleppte sich zu ihrem Bett und war nach wenigen Sekunden eingeschlafen.

Dienstag, 5. November

«Ulrike, ich geh gerade in die Cafeteria zum Frühstücken. Kommst du mit oder bleibst du lieber hier?» Annika bereitete gerade alles für den Verbandswechsel bei Frau Barl vor, den sie nach dem Frühstück machen wollte.

«Ich fürchte, ich muss hier bleiben», seufzte Ulrike. «Die Pleines will gleich noch vorbeikommen, und im Moment hab ich keine Lust auf Ärger mir ihr. Du weißt ja, das geht bei der schnell.»

Frau Pleines, Pflegedienstleitung seit gut 15 Jahren, war zumeist guten Willens und setzte sich durchaus auch einmal für die Pflegenden ein. Leider hatte sie nicht die stärksten Nerven, und man fragte sich immer wieder, wie sie an diesen Job gekommen war und vor allem, wie sie das die ganzen Jahre hindurch ausgehalten hatte.

«Wollen die anderen nicht mitkommen?», erkundigte sich Ulrike.

Annika war schon fast aus der Tür. «Nee. Yvonne ist noch bei Herrn Wieder, und Pia erklärt Bettina noch die Station. Geh ich eben allein. Bis nachher.»

Als Annika in der Cafeteria an der Theke stand, sah sie von weitem Klaus, den jungen schlaksigen, fast zwei Meter großen Krankenhauspfarrer. Er winkte ihr zu und gab ihr Zeichen, sich zu ihm zu setzen. Klaus arbeitete seit gut einem Jahr in der Klinik, und während dieser Zeit hatten die beiden sich in etlichen Gesprächen, vor allem beim gemeinsamen Frühstücken, kennen und mögen gelernt. Bisher war es komischerweise fast immer so gewesen, dass Annika Klaus zugehört hatte, weil sie selbst nicht das Bedürfnis verspürte, mit ihm über ihre Probleme oder Konflikte zu sprechen. Klaus' Arbeitsalltag war im Gegensatz zu ihrem vor allem dadurch gekennzeichnet, dass er nicht so recht wusste, was er eigentlich tun sollte, weil nur selten jemand direkt nach ihm verlangte. Annika dachte oft, dass einigen Patienten ein Gespräch mit ihm gut tun würde, denn Klaus war ein ausgezeichneter und einfühlsamer Gesprächspartner.

Statt sich in seinem Büro aufzuhalten, strich Klaus oft durch die Flure und Dienstzimmer, immer zu einem kleinen Gespräch bereit, wenn man ihn dazu ermutigte. Vor allem beim weiblichen Personal war er zu seinem Leidwesen sehr beliebt. Nur Annika wusste, welche Probleme Klaus in seinem Beruf hatte, weil er schwul war.

«Hey», begrüßte er Annika, die sich mit ihrem reichlich beladenen Frühstückstablett zu ihm setzte. «Habt ihr euch verkracht oder warum bist du heute ganz alleine hier unten?», erkundigte er sich vergnügt.

Annika schüttelte den Kopf. «Nö. Die anderen haben noch zu tun, und mir knurrt einfach der Magen.» Sie nahm sich ein Käsebrötchen und biss kräftig ab.

«Was ist eigentlich los bei euch? Ich hab gehört, die Polizei war da?»

«Mhm», ließ Annika mit vollem Mund undeutlich vernehmen. Sie erzählte Klaus, was in den letzten Tagen passiert war. Harald erwähnte sie allerdings nicht.

Eine Zeit lang beobachtete Klaus schweigsam, wie Annika mit der Routine von Leuten, die an kurze Pausenzeiten gewöhnt sind, ihr Frühstück verschlang. Dann sagte er: «Puh, das ist wirklich vertrackt. Und jetzt sucht die Polizei einen Schuldigen.»

«Oder eine Schuldige, genau», stimmte Annika zu. «Infrage kommen ja eigentlich nur Swedlana oder Mezger. Aber beide sind sich hundertprozentig sicher, dass sie nichts falsch gemacht haben. Andererseits: Wer sonst? Was mich total irritiert: Ich habe das Gefühl, dass in dieser Nacht noch irgendwas passiert ist, was die beiden entweder nicht erzählen wollen oder was sie vielleicht auch nicht wissen.»

«Wie kommst du denn darauf?», fragte Klaus verwundert.

«Weiß ich nicht. Ist nur so ein Gefühl, und vielleicht spinne ich ja auch, aber…» Annika machte eine kurze Pause. «Versprichst du mir, dass du es niemandem erzählst? Ich will mich nicht unnötig lächerlich machen.»

«Nie im Leben, es reicht völlig, wenn du dich wie sonst lächerlich machst», antwortete Klaus und versuchte damit, dem Gespräch ein wenig den Ernst zu nehmen.

Annika zögerte einen Moment, ging aber nicht auf Klaus' ironischen Ton ein. «Also, gut. Erinnerst du dich an unser Gespräch darüber, ob die Gesichtszüge von Toten etwas über ihr Sterben verraten?»

«Ja.» Klaus merkte, dass Ironie jetzt nicht gefragt war und hörte aufmerksam weiter zu.

«Bevor wir Herrn Baumann in die Prosektur gebracht haben, war ich kurze Zeit allein bei ihm. Da hatte ich Zeit, mir sein Gesicht genau anzusehen. Und…» Annika zögerte für einen Moment. «Es sah irgendwie anders aus als die Gesichter, die ich bisher so gesehen habe.»

«Anders?»

«Ja. Völlig anders. Es war wie eine Mischung aus Staunen und Entsetzen. Weißt du, als wenn jemand zum Schluss bei ihm gewesen wäre, jemand, den er so angeguckt hat.»

«Wie willst du denn so was erkennen können?», fragte Klaus. «Ich meine, gut, ich kann mir vorstellen, dass man Stimmungen im Gesicht von Toten sehen kann. Gefühlsregungen wie Staunen, Entsetzen oder Schmerz. Manchmal auch Erleichterung. Das habe ich auch schon gesehen. Aber mehr zu sagen, kommt mir doch ein bisschen, na ja, verwegen vor.»

«Ja, ich hab keine Ahnung, wie ich darauf komme, und ich will das auch gar nicht mit Sicherheit behaupten. Deshalb hab ich das ja bisher auch noch niemandem erzählt.»

Klaus ließ sich Zeit zum Nachdenken. Schließlich sagte er: «Vielleicht geht ja auch ein bisschen die Fantasie mit dir durch. Jetzt, wo die Polizei hier aufgetaucht ist. Meine Güte, nachher stellt sich heraus, dass er ganz einfach gestorben ist. Ist denn Bertrams Diagnose schon so sicher?»

Annika nickte. «Daran ist nicht zu rütteln. Gut, wir wissen ja, dass er ein Faible für forensische Pathologie hat, aber wenn er so weit geht, die Polizei zu informieren… Ich wünschte, ich würde die Bilder aus dem Kopf kriegen. Natürlich, ich war ziemlich kaputt an dem Tag. Aber eigentlich neige ich nicht zu Visionen. Jedenfalls bis jetzt nicht. Außerdem: Ich wusste doch noch gar nicht, woran er gestorben ist. Verstehst du? Bis dahin dachte ich, es wäre Herzinfarkt.»

Annika sah einen Moment lang grübelnd aus dem Fenster. «Aber egal, das glaubt mir sowieso keiner. Vielleicht sollte ich das einfach vergessen.»

Sie sah Klaus fragend an, als erwarte sie von ihm jetzt einen Rat. Statt zu antworten, sagte er: «Können denn nachts Fremde unbemerkt auf die Station kommen?»

«Ja, das haben mich die Bullen auch schon gefragt. Normalerweise werden die Türen gegen neun immer alle abgeschlossen, aber das kann man ja auch schon mal vergessen. Das lässt sich jetzt sowieso nicht mehr sagen, und der Hausmeister meint, dass er alle Türen abgeschlossen hat.»

«Also könnte jemand reingekommen sein. Vielleicht auch vor neun?», wollte Klaus wissen.

«Ja. Und dann wären Mezger und Swedlana aus dem Schneider.» Annika schien dieser Gedanke nicht unsympathisch zu sein. «Aber warum sollte überhaupt jemand Baumann umbringen wollen? Er hatte doch sowieso eine miserable Prognose. Lange hätte er doch sowieso nicht mehr gelebt.»

«Genau das wäre überhaupt die Frage. Warum sollte jemand den Mann umbringen wollen?» wiederholte Klaus Annikas Frage. «Da ist doch alles möglich: Erbschleicherei, Hass, Intrigen. Erinnere dich, was in deiner eigenen Familie los war.»

«Jetzt mach aber mal nen Punkt», empörte sich Annika. «Mit wem geht jetzt die Fantasie durch? Bei uns wurde doch keiner umgebracht!»

Klaus beeilte sich zu sagen: «Gut, in deiner Familie nicht, aber in anderen. Hast du Baumanns Angehörige kennen gelernt?»

«Ja, seine Frau und seine Tochter. Die sind beide total nett und immer rührend um ihren Vater besorgt. Und Baumann selbst war auch allen sympathisch. Du hast ihn doch auch mal kurz kennen gelernt. Ich wüsste niemanden, der ihn nicht mochte. Nein, kann ich mir nicht vorstellen.» Annika schüttelte heftig den Kopf.

«Und er hatte sonst keine Angehörigen? Oder Freunde?», hakte Klaus unbeirrt nach.

«Doch, Freunde kamen des Öfteren, aber an die kann ich mich nicht mehr genau erinnern. Und einen Sohn hat er noch, aber der wohnt irgendwo im Süden. Ich glaub, in München. Der ist Arzt, deshalb war er auch nur einmal hier, nehm ich mal an.»

Plötzlich fühlte Annika, wie sich eine Hand auf ihre Schulter legte. Beide waren so in ihr Gespräch vertieft, dass sie Pia nicht bemerkt hatten, die an ihren Tisch gekommen war. «Ich denke, wenn du dich nicht bald oben blicken lässt, kriegt Ulrike einen Anfall», meinte Pia und setzte sich ungefragt auf einen der noch freien Stühle.

«Oh Scheiße», entfuhr es Annika. Mit einem Blick auf ihre Uhr stellte sie fest, dass sie schon eine Dreiviertelstunde mit Klaus hier gesessen hatte. «Okay, ich komm sofort. Tut mir Leid», sagte sie, zu Klaus gewandt. «Wir reden später weiter.» Damit drehte sie sich um, nahm ihr Tablett und verschwand. Pia sah ihr nach und wandte sich mit strahlendem Lächeln an Klaus: «Und, Pater, was gibt's Neues in den oberen Gefilden?»

Klaus lächelte ergeben und schwieg.

*

Der Rest des Arbeitstages lief ohne weitere Überraschungen oder Komplikationen ab. Annika fuhr direkt nach Dienstende in ihre Wohnung, warf ihre Tasche in eine Ecke des Flurs, streifte ihre Schuhe ab und ließ sich auf ihr kleines, lindgrünes Sofa plumpsen. Von da aus konnte sie sehen, wie das Lämpchen ihres Anrufbeantworters hektisch blinkte. Drei Anrufe. Mit Sicherheit war auch einer von Harald dabei. Annika ließ sich noch einmal den Streit mit Ulrike durch den Kopf gehen. Ulrike war ziemlich wütend gewesen, als Annika mit zwanzig Minuten Verspätung auf der Station wieder eintraf, und sie musste wohl oder übel zugeben, dass Ulrike mit Recht verärgert war. Sie war in letzter Zeit tatsächlich des Öfteren zu spät zur Arbeit gekommen. Ulrike brauchte dringend ein paar freie Tage, und nach den letzten Ereignissen musste sie sich darauf verlassen können, von zuverlässigen Kolleginnen vertreten zu werden.

Seit Hanna, ihre Stellvertreterin, vor einem Monat gekündigt hatte, war noch keine Nachfolgerin bestimmt worden. Ulrike hatte Annika seitdem schon mehrmals gefragt, ob sie sich vorstellen könne, stellvertretende Stationsleiterin zu werden, aber Annika hatte immer wieder abgelehnt. Sie hatte einfach kein Interesse daran, einen großen Teil ihrer Zeit mit organisatorischen Arbeiten und Verwaltungskram zu verbringen. Die Gehaltsverbesserung wäre ohnehin lächerlich gering – weshalb in aller Welt sollte sie sich darauf einlassen? Allerdings hatte sie Ulrike versprochen, hin und wieder einzuspringen, bis sich jemand Neues gefunden hatte. Ausgerechnet jetzt, wo Ulrike ihre Hilfe nötiger hatte als je zuvor, schien es Annika nicht zu gelingen, eine verlässliche Kollegin nach ihren eigenen Maßstäben zu sein. Sie versank in der Grübelei über ihre Launen und Stimmungen während der letzten Tage, und ihre Gedanken drehten sich dabei im Kreis.

‹So geht das nicht weiter›, sagte sie laut und entzog sich dadurch ihren düsteren Gedanken. Schwerfällig quälte sie sich aus dem Sofa, und hockte sich auf den Boden vor den Anrufbeantworter, der leicht erhöht auf dem untersten Regal einer Bücherwand stand. Sie schaltete auf *Wiedergabe* und hörte sich alle drei Ansagen an. Der erste Anruf war tatsächlich von Harald. Er hatte gestern Abend noch angerufen, während sie in der Badewanne saß. Danach hörte man nur das durchdringende Piepsen und die monotone, elektronische Stimme des Anrufbeantworters, die Datum und Uhrzeit bekannt gab. Hier hatte offenbar jemand keine Lust, aufs Band zu sprechen. Der dritte Anruf kam unverkennbar von ihrer Mutter.

«Annilein», säuselte sie, «meld dich doch mal, wenn du Zeit hast. Ich geb am Wochenende eine kleine Feier für die Senioren unseres Ortsvereins, und ich dachte, du könntest mir vielleicht helfen. Das wäre wirklich lieb. Also meld dich. Bis dann. Mutti».

Annika stöhnte bei dem Gedanken an Veranstaltungen dieser Art, die ihre Mutter unverdrossen für oder gegen – das konnte man nie so genau sagen – ihre Gäste organisierte. Eine Fete dieses Kalibers war wirklich das Letzte, was sie momentan ertragen konnte. Ständig gaben ihre Eltern irgendwelche Empfänge für einen ‚guten Zweck'. Als Annika noch zu Hause gewohnt hatte, verging kaum ein Wochenende, an dem sie ihrer Mutter, die als Grundschullehrerin nicht ausgelastet schien, nicht bei den Vorbereitungen helfen musste. Mit bemerkenswerter Ignoranz nahm Mutter Meinke dabei nicht zur Kenntnis, wie wenig der Rest ihrer Familie von ihren Aktivitäten begeistert war.

Nicht nur deshalb kam es zwischen Annika und ihrer Mutter häufig zu heftigen Auseinandersetzungen, was Annika dazu bewogen hatte, sehr früh eine eigene Wohnung zu beziehen. Obwohl sie im Haus ihrer Eltern fast eine Etage für sich hatte, war ihr die Distanz jetzt doch lieber. Aus sicherer Entfernung fiel es ihr einfach leichter, ihre Eltern zu mögen, und seitdem sie sich nur hin und wieder sahen, schaffte es Annika sogar, sich über die exotischen Marotten ihrer Mutter zu amüsieren. Aber das kommende Wochenende brauchte sie jetzt einfach für sich, und – so anstrengend es sein würde, das ihrer Mutter beizubringen – das wollte Annika als Erstes klären. ‹Okay›, dachte sie sich, und legte sich einen kleinen Plan zurecht: ‹Erst Mutti, dann Harald, dann Ulrike. Aber zuerst einen Kaffee›.

Sie schlurfte in ihren Sockenschuhen in die Küche, füllte Wasser in den Kocher und gab mit einem Messlöffel Kaffeepulver in den Filter. Dann nahm sie noch einen halben Teelöffel Kakaopulver aus einer Blechdose und streute zum Schluss noch eine Prise Salz über die Mischung. Wenn sie genug Zeit hatte, bereitete sie ihren Kaffee immer auf diese Weise zu: handgefiltert und in ihrer Lieblingstasse, einem überdimensional großen Steingut-Pott, verziert mit Motiven aus dem Dschungelbuch. Annika hatte eine groteske Vorliebe für übergroße, bunte Tassen, und diese mochte sie ganz besonders. Nachdem der Kaffee durch den Filter gelaufen war, machte sie sich mit Tasse, schnurlosem Telefon, Adressbuch und einer dicken flauschigen Decke auf den Weg zurück ins Wohnzimmer und ließ sich dort wieder auf ihrem Sofa nieder. Während sie genüsslich die ersten Züge des Kaffees schlürfte, überlegte sie, was sie ihrer Mutter erzählen sollte. Dann griff sie zum Telefon und wählte die Nummer.

«Meinke?», hörte sie nach zweimaligem Läuten die fragende Stimme ihrer Mutter.

«Ja, hier auch. Hallo Mutti. Wie geht's?» Ohne ernsthaft auf eine Antwort zu warten, fuhr Annika fort: «Hör mal, das mit dem Wochenende, das wird nichts. Ich hab an beiden Tagen schon was vor.»

Wie zu erwarten, ließ sich Frau Meinke dadurch nicht aus dem Konzept bringen: «Aber das macht doch nichts, dann bring doch deine Verabredung mit. Wer ist es denn? Harald? Tina? Wirklich, bring sie mit, du weißt doch, wie sehr wir uns über Besuch freuen.»

‹Wie *du* dich über Besuch freust›, dachte Annika im Stillen, denn sie wusste genau, wie sehr ihr Vater seine Ruhe liebte. «Nein Mutti, das geht nicht. Wir wollen wegfahren», log sie.

«Wie blöd. Schade. Na ja, dann eben nicht. Ja, tut mir Leid, Anni, aber ich muss jetzt auflegen. Irmi wartet auf mich. Ich meld mich noch mal die Tage. Bis dann. Tschüss.»

Bevor Annika noch etwas erwidern konnte, hatte ihre Mutter schon aufgelegt. ‹Na, das ging ja leichter als erwartet. Glück gehabt›, sagte sich Annika verwundert. So schmerzlos war sie bisher noch nie davongekommen. Nach einer kurzen Pause wählte sie Haralds Büroanschluss, denn es war mehr als unwahrscheinlich, dass er schon zu Hause war.

«Bauer», meldete Harald sich sofort nach dem ersten Läuten in geschäftsmäßigem Tonfall.

«Hey, ich bin's», flötete Annika und bemühte sich, aufgeräumte Stimmung zu vermitteln.

«Oh, Annika, ich kann gerade nicht lange sprechen, weil gleich ein wichtiger Anruf kommt», sagte Harald spürbar bekümmert.

Annika war ein wenig enttäuscht, wollte aber unbedingt noch ihren Vorschlag anbringen. «Ich wollte dich auch nur fragen, ob du Lust hast, heute Abend mit mir ins Il Nodo zu gehen?»

«Ja, warum nicht? Gute Idee. Il Nodo, acht Uhr?», antwortete Harald ohne zu zögern.

«Ja, acht passt gut», stimmte Annika zu. «Dann ruf ich an und bestell einen Tisch. Wir treffen uns da?», wollte sie noch wissen.

«Ja, genau», gab Harald knapp zurück und verabschiedete sich.

Das anschließende Telefongespräch mit Ulrike verlief wesentlich angenehmer als befürchtet. Ulrike war überraschend gut gelaunt und zerstreute Annikas Selbstvorwürfe mit ein paar bösartigen aber amüsanten Anekdoten über die Idiotie der Verwaltung. Sie lachten beide reichlich und herzhaft und wünschten sich gegenseitig einen schönen Abend.

Danach räumte sie schnell ein wenig auf, füllte Wasch- und Spülmaschine und kuschelte sich dann auf dem Sofa unter eine flauschige Decke. Sie war immer wieder davon fasziniert, wie ihr technische Geräte – wenn sie funktionierten – ungeliebte Arbeiten abnahmen. Dankbar und zufrieden genoss sie das ferne Rauschen der Spülmaschine und schlief dabei nach wenigen Augenblicken ein.

*

Pünktlich um acht Uhr saß Annika in ihrem Lieblingsrestaurant an einem Tisch für zwei Personen. Das Lokal bestand aus nur einem Raum, der höchstens 40 Personen Platz bot, und zeichnete sich neben einer exzellenten italienischen Küche durch die gemütliche Atmosphäre aus, für die sich Annika schon bei ihrem ersten Besuch begeistert hatte. Paolo, der Besitzer des Restaurants, war zugleich Bedienung und Virtuose mit dem Salatsoßenlöffel. Aus beeindruckender Höhe ließ er das hausgemachte Dressing auf die Teller der staunenden Gäste laufen, wobei es ihm gelang, ohne Spritzer immer genau den Salat und nicht die Kleidung zu treffen. Bei ihrem ersten Besuch hatte Annika instinktiv mit ihrem Stuhl einen Ruck nach hinten gemacht und dafür ironische Missbilligung geerntet. Mit seinem (echten) italienischen Akzent hatte er damals bemerkt: «Glauben Sie, das bringt was?», wobei er genüsslich weiter Dressing auf den Salat pullern ließ.

Heute wollte sie aber nicht nur Grünzeug bestellen, denn nach der bedenklich unausgewogenen und mageren Kost der letzten Tage verspürte Annika beinahe Heißhunger auf etwas Handfestes und Herzhaftes wie zum Beispiel Lammfilet mit Kartoffelscheiben und Blattspinat. Sie hatte für sich bereits Fungi a la Crema als Vorspeise bestellt, und just als der Teller mit den dampfenden Pilzen aufgetragen wurde, kam Harald durch die Tür. Er grüßte knapp, hängte seinen Mantel in die Garderobe, setzte sich Annika gegenüber und öffnete die Speisekarte. Annika hatte nie verstanden, wozu er sich immer wieder die Karte ansah, wenn er doch stets dasselbe bestellte. Erwartungsgemäß klappte er sie nach wenigen Augenblicken zu und wählte wie üblich überbackenen Blattspinat als Vorspeise und eine Pizza mit Meeresfrüchten zum Hauptgang.

Paolo kannte die beiden schon und wusste, dass Annika immer enorm viel Zeit zum Auswählen brauchte. Sie nahm sich ihre Karte und bestellte nach gut fünf Minuten genau das Lammfilet, an das sie bereits bei der Auswahl ihrer Vorspeise gedacht hatte. Harald wusste, dass man sie während des Speisekarten-Studiums auf keinen Fall stören durfte. Lustige Vorschläge, ironische Bemerkungen und Hinweise auf Filme wie *Harry und Sally* waren keinesfalls willkommen. Stattdessen ergänzte er mutig ihre Bestellung um eine Flasche Chianti für beide.

Nachdem nun die Speisenfolge geklärt war, ergriff Harald das Wort. Er erzählte ihr von einem neuen Projekt, in dem es darum ging, das Immunsystem von Transplantations-Patienten zu stärken. Der überbackene Spinat wurde gebracht, und während Harald gleichzeitig aß und erklärte, worum es im Einzelnen ging und welche Aufgaben er dabei übernehmen sollte, hörte Annika nur zu. Sie war dankbar, erst einmal ihn reden lassen zu können. Als der Hauptgang gebracht wurde, aßen sie fast schweigend, nur von kurzen Kommentaren unterbrochen, in denen vom Essen und Genuss die Rede war. Beide umkreisten das Thema, um das es ihnen eigentlich ging, und trotzdem schien klar zu sein, dass sie heute nicht nur nach einem anstrengenden Tag zu zweit eine warme Mahlzeit einnehmen würden.

In den vergangenen Wochen war es immer wieder um ihre gemeinsame Zukunft gegangen, und nun, nachdem unzählige Argumente und Möglichkeiten zur Sprache gekommen waren, lief alles auf eine Entscheidung hinaus. Eine Entscheidung, die Annika treffen musste, wenn es nach Harald ging. Genau das aber hatte sie bis heute nicht einsehen wollen: Weshalb konnte Harald die Bedingungen nennen, für oder gegen die sie sich nun entscheiden sollte? Immerhin kannten sie sich nun schon seit fünf Jahren, und es war durchaus nicht so, dass sie sich nicht mehr mochten. Aber die Entscheidung für oder gegen eine Familie ließ keine Kompromisse zu. Annika war mit dem Essen wie immer als Letzte fertig und sah versunken in Haralds Augen. Sie suchte in seinem Blick nach einem Ausweg, einer bisher übersehenen schlauen Idee, die ihr eine harte Entscheidung ersparen konnte.

«Hast du über unsere letzte Diskussion nachgedacht?», sagte Harald und brach damit das lange Schweigen.

«Oft», entgegnete Annika einsilbig.

«Und?», gab Harald zurück.

«Ich wünschte, du würdest mich nicht zwingen, eine Entscheidung zu treffen. Es ist so verdammt schwer», murmelte Annika.

«Verstehst du mich denn? Worum es mir geht und warum es keinen Sinn hat, das in der Luft hängen zu lassen?», erwiderte Harald erregt.

«Nicht richtig. Ich kann das mit den Kindern ja zum Teil nachvollziehen, aber nicht im Ganzen. Es will mir einfach nicht in den Kopf, wieso jetzt alles davon abhängt, ob wir uns vermehren wollen oder nicht. Mal abgesehen davon, dass ich finde, dass du deinen plötzlichen Kinder- und Familienwunsch noch längst nicht gut genug überlegt hast: Wenn es uns nur als Familie geben soll, was ist denn dann unsere Beziehung wert? Ich glaube, dass du aus einer fixen Idee heraus plötzlich Kinder haben willst, und da ich gerade da bin, kann ich das ja mitmachen. Und wenn ich das nicht will, dann musst du eben jemand anderen finden.»

Harald machte eine wegwerfende Handbewegung. «Das ist doch Schwachsinn. Ich habe immer gesagt, dass ich irgendwann Kinder möchte. Dass ich eine Familie möchte. Sicher, wir haben zuerst nicht allzu oft darüber geredet – wer weiß warum – aber ich hab das schon immer gewollt. Schon bevor wir uns kennen gelernt haben.»

Annika fiel ihm ins Wort: «Das ist es ja. Dein toller Lebensplan ist dir wichtiger als unsere Beziehung.»

«Ich sehe nicht ein, wieso man das gegeneinander ausspielen sollte», sagte Harald traurig. «Für mich gehört beides eben zusammen.»

Sie schwiegen und dachten daran, wie oft sie in den vergangenen Wochen an diesem Punkt stecken geblieben waren, wie sich all das immer wiederholte. Beide waren müde geworden, hörten, wie ihre eigenen Sätze fremd klangen und sahen sich erschöpft an.

Annika tastete über den Tisch hinweg nach Haralds Hand und sagte leise: «Ich kann das nicht, Harald. Ich....» Annika räusperte sich, weil ihre Kehle enger zu werden schien. «Wenn das für dich so wichtig ist, dann ist das eben so. Dann musst du nach jemand anderem suchen.» Annika zögerte einen Moment und fuhr dann fort: «Vielleicht bereue ich das irgendwann mal, aber dann muss ich eben damit klar kommen.»

Den letzten Satz sagte Annika ganz leise. Ihr war ein wenig schwindelig, und die Mischung aus einer halben Flasche Rotwein und ihrer traurigen Ansprache brachte sie für ein paar Momente völlig aus der Fassung. Sie starrte Harald an, unfähig, noch irgendetwas zu sagen. Es vergingen zwei oder drei Minuten, bis er antwortete. Er schien nicht unbedingt überrascht zu sein; jedenfalls machte er einen weitaus gefassteren Eindruck als Annika.

«Irgendwie wundert mich das nicht, dass du das so siehst – dass du dabei bleibst. Und was machen wir jetzt? Wenn ich Tinas Humor hätte, würde ich sagen: Hat mich sehr gefreut, Ihre Bekanntschaft zu machen. Empfehlen Sie mich weiter.»

Annika missglückte ein kurzes Lachen, das sich eher wie Quieken anhörte und meinte: «Wer hat schon Tinas Humor? Nicht mal Tina hat immer Tinas Humor.»

Beide sahen still auf den leeren Tisch vor sich, den Paolo schon vor einer Viertelstunde abgeräumt hatte. Er hatte mitbekommen, dass es heute bei den beiden nicht so vergnügt wie sonst zuging und hielt sich dezent im Hintergrund. Nach einer Weile rief Harald ihn zu sich und bat um die Rechnung. Als Annika ihr Portmonee herausholen wollte, winkte er ab und sagte:

«Lass mich bitte zahlen. Du kannst dich ja jederzeit revanchieren.»

«Kann ich das?», fragte Annika zweifelnd.

«Aber das will ich doch hoffen», sagte Harald tapfer, obwohl er ganz und gar nicht zuversichtlich war.

Die beiden verließen das Restaurant und blieben in der Nähe des Eingangs auf der menschenleeren Straße stehen. Beide sahen sich an und umarmten sich kurz und heftig. Annika war es, die sich aus der Umarmung löste und eilig auf den Heimweg machte. Harald sah ihr nach, bis sie an der Kreuzung nach rechts aus seinem Blickfeld verschwand. Er konnte nicht mehr sehen, dass sie weinte.

Mittwoch, 6. November

Als Annika am nächsten Tag aufwachte, schien eine kräftige Novembersonne, und der Himmel war so tiefblau wie im irischen Spätsommer. In der glasklaren Luft konnte Annika heute die Konturen der Häuser und Fabrikschornsteine auf der gegenüberliegenden Rheinseite erkennen. Als sie vor einigen Jahren ihre Wohnung in Rheinhausen bezogen hatte, war sie vollauf begeistert von dem Panorama, das sich ihr vom Wohnzimmer aus bot: Man konnte ein Stück vom Rhein sehen und an klaren Tagen wie heute sogar bis zur Homberger Autobahnbrücke.

Sie bereute es, so lange geschlafen zu haben, denn jetzt war keine Zeit mehr, vor dem Spätdienst noch ein wenig spazieren zu gehen und die Sonnenstrahlen zu genießen. ‹Eine Überdosis Serotonin würde mir gut tun›, dachte sie, denn obwohl sie heute mit einem Gefühl von Erleichterung aufgestanden war, machte sich langsam aber deutlich eine leichte Depression in ihr breit. Der gestrige Abend hatte ihr zugesetzt, und nun saß sie im Auto auf dem Weg zum Krankenhaus, wo sie ein arbeitsreicher Dienst erwartete. Sie hatte Ulrike versprochen, sie für ein paar Tage zu vertreten, damit sie endlich in den verdienten Kurzurlaub fahren konnte. Annika musste sich also zusammenreißen und sich ernsthafter als in den letzen Tagen auf ihre Arbeit konzentrieren.

Wie immer zur Mittagszeit gab es keinen freien Parkplatz vor dem Krankenhaus, und so musste Annika sich nach einer Parkmöglichkeit in einer der Seitenstraßen umsehen. Sie hatte es aufgegeben, sich darüber zu ärgern, dass es für das Personal – selbstverständlich mit Ausnahme der Chef- und Oberärzte – keine eigenen Parkplätze gab. Sie hatte ihren Wagen schon mehrmals einfach auf einen der reservierten Plätze gestellt. Einmal hatte sie deshalb Ärger mit einem Anästhesisten bekommen, der aber mitten im Streit via Handy von seiner Gemahlin nach Hause zitiert wurde. Das kostete ihn genug Würde, um die Jammerei aufzugeben und die Segel zu streichen.

Heute gab es aber doch noch eine Parklücke, relativ nah am Krankenhaus gelegen, und so traf sie zehn Minuten später auf der Station ein. Hier empfing sie die übliche Geschäftigkeit zur Mittagszeit. Die Essenstabletts wurden gerade abgeräumt, und im Flur standen zwei schmutzige Betten für den Transport zur Bettenzentrale. Zwei randvolle Wäschewagen mussten noch geleert werden; das wäre Kalles Job gewesen. Ohne Zweifel musste man ihn wieder einmal daran erinnern. Annika schlängelte sich am Essenswagen und den Betten vorbei und verschwand im Badezimmer, das seit langem zur Umkleidekabine umfunktioniert worden war, um sich umzuziehen. Hier war es bitterkalt. Die Fenster standen weit auf, und Annika schloss sie fluchend. Sie bemühte sich, mit dem Umziehen etwas schneller als üblich fertig zu werden, um so bald wie möglich aus diesem Kühlschrank herauszukommen.

Auf dem Flur kam ihr Mechthild entgegen, eine 51-jährige Krankenpflegehelferin, die seit zwanzig Jahren auf der I 41 arbeitete. Mechthild hatte nur eine halbe Stelle, genau wie Anne. Deshalb bekam man sie manchmal einen halben Monat lang gar nicht zu Gesicht. Annika arbeitete wegen ihrer ruhigen Art gern mit ihr zusammen. Egal, wie viel zu tun war oder wie nervtötend Patienten und Kollegen sich verhielten – Mechthild schien nichts aus der Ruhe bringen. Annika musste oft mit ihrem eigenen Temperament kämpfen und hatte Mechthild einmal gefragt, wie sie es schaffe, immer so ruhig zu bleiben. «Annika», hatte sie geantwortet, «das hier ist für mich Entspannung. Also sozusagen Erholung von zu Hause». Mechthild hatte vier Kinder, drei Jungen und ein Mädchen. Allerdings lebten jetzt nur noch zwei Kinder bei ihr zu Hause; der Jüngste war gerade dreizehn geworden.

«Mahlzeit», begrüßte Annika Mechthild. «Dich gibt's auch noch?»

«Ja, und wie. Lange nicht mehr gesehen. Erinnerst du dich noch?» Mechthild spielte auf das grauenvolle Wochenende vor zwei Wochen an. Drei Patienten waren in ihrer Schicht gestorben.

«Kann man nur hoffen, dass es heute ruhiger wird», antwortete Annika ein wenig besorgt.

«Wird schon werden», rief Mechthild im Vorbeigehen, kurz bevor sie im Badezimmer verschwand.

Annika begab sich auf die Suche nach Ulrike. Von weitem konnte sie sehen, dass sie sich mit Mezger unterhielt. Dem wollte sie nicht unbedingt begegnen, und so ging sie ins Dienstzimmer, um sich schon mal an die Apothekenbestellung zu machen. Das gesamte Sortiment an Tabletten, Zäpfchen, Tropfen, Säften, Cremes, Infusionen oder Ampullen musste kontrolliert und bei Bedarf nachbestellt werden. Eine nicht besonders aufregende, dafür aber ganz entspannende Verrichtung. Die Medikamente waren nach Darreichungsform und alphabetisch sortiert. Annika war gerade bis zum Buchstaben *B* gekommen, als sie schon von Ulrike unterbrochen wurde, die zu ihr ins Dienstzimmer gekommen war.

«Hallo, wie geht's?» grüßte Ulrike.

«Großartig», log Annika und hoffte, dass man ihr nichts anmerken würde. Ulrike war aber viel zu geschafft, um auf solche Feinheiten zu achten. Sie schien wirklich Urlaub nötig zu haben.

Ulrike setzte sich an den Besprechungstisch und meinte: «Ich habe Neuigkeiten, die dich noch mehr aufheitern werden. Bolte kommt erst nächsten Montag wieder. Er ist krank.»

«Der ist krank?», versetzte Annika. «Ich dachte, nur lebende Wesen können krank werden. Was hat er denn?»

Ulrike grinste und erklärte: «Ich würde sagen: das Übliche. Tagungs-Nachwehen.»

Nicht selten stand der Chefarzt nach Konferenzen einige Tage lang nicht zur Verfügung. Weil er aber kaum vermisst wurde, regte sich auch niemand darüber auf.

«Na prima, dann können wir ja in Ruhe arbeiten», sagte Annika grinsend.

«Das sehe ich auch so», stimmte Ulrike ihr zu. «Sollen wir uns kurz den Dienstplan ansehen?»

Mit dieser Frage trat sie an den DIN-A 3-Bogen, der an einer großen Magnettafel über dem Tisch hing.

Routiniert fuhr sie fort: «Es wäre ganz gut, wenn du Donnerstag und Freitag Frühdienst machen könntest. Deine drei freien Tage bleiben auf jeden Fall. Ich habe schon mit den anderen gesprochen. Außerdem machst du ja ab Dienstag Nachtdienst. Ich werde bis zum 13. November, also bis Mittwoch, frei nehmen. Falls irgendjemand krank werden sollte, kannst du die Pleines anrufen. Wegen unserer zwei freien Stellen steht uns auf jeden Fall eine Aushilfe zu. Ich hoffe aber, dass das nicht nötig wird.»

Annika nickte zustimmend. «Es wird schon alles gut gehen, Ulrike. Mach dir mal keine Sorgen und genieß die freien Tage. Es ist ja nicht das erste Mal, dass wir auf dich verzichten müssen.»

«Ja, ich weiß. Aber bisher gab's auch noch niemals solche Probleme», gab Ulrike zu bedenken.

«Hat sich denn die Polizei wieder gemeldet?», wollte Annika wissen.

«Trabert und Pleines haben noch einmal mit diesem Herrn Beimer geredet. Man kann oder will weder Swedlana noch Mezger was anhängen. Die Beweise reichen angeblich nicht aus. Allerdings will der Sohn von Baumann jetzt das Krankenhaus verklagen.»

«Oh Gott», stöhnte Annika. «Das hört sich ja alles gar nicht gut an.»

«Nein», Ulrike schüttelte heftig den Kopf. «Das kann man nicht gerade sagen.»

*

Nach der Übergabe und einer kurzen Besprechung machten sich Annika, Mechthild und Yvonne an die Arbeit. Als Annika zum hinteren Wäscheschrank ging, um ein paar frische Kopfkissenbezüge zu holen, sah sie Herrn Kowalski allein in dem kleinen, heute lichtdurchfluteten Aufenthaltsraum sitzen. Es war ihr ein Rätsel, wie manche Menschen mit ihrer Einsamkeit zurecht kamen. Wie hielten die das aus? Wieso waren sie überhaupt allein? Konnte man das verhindern oder passierte das einfach? Würde sie eines Tages genauso verloren in einem Krankenhauszimmer sitzen und ins Leere starren?

Annika grübelte weiter und einem spontanen Impuls folgend, ging sie in den Aufenthaltsraum, obwohl ihr heute eigentlich gar nicht nach möglicherweise komplizierten Gesprächen zu Mute war. Mit Kowalski hatte sie bisher nur wenig zu tun gehabt. Sie stellte sich neben ihn und versuchte, freundlich zu klingen, als sie ihn fragte:

«Guten Tag, Herr Kowalski. Wie geht's Ihnen?»

Kowalski hatte eine aufgeschlagene Zeitschrift vor sich liegen, die er vermutlich nur durchblättern und nicht lesen würde. Sein Gesicht hatte einen leichten Grauton. Bald würde es sich gelblich einfärben, dachte Annika traurig. Herr Kowalski war vor zehn Tagen mit Bauchspeicheldrüsenkrebs zu ihnen gekommen, und bisher hatte es niemand geschafft, sich länger mit diesem introvertierten, wortkargen Mann zu unterhalten. Man wusste lediglich, dass seine Frau vor zwei Jahren an Krebs gestorben war und dass die beiden keine Kinder hatten. Besuch bekam Kowalski fast nie. Lediglich einmal hatten sie einen Mann seines Alters bei ihm angetroffen, aber das war auch schon wieder einige Tage her. Mit wem würde so jemand seine Sorgen und Ängste besprechen?

Annika setzte sich auf einen der vier Stühle, die um den einzigen, kleinen runden Tisch gruppiert standen. Kowalski schien durch sie hindurchzusehen, und machte keine Anstalten, auf ihre Frage einzugehen.

«Haben Sie nach dem Mittagessen schon einen Kaffee getrunken?», versuchte Annika es im zweiten Anlauf.

«Nee, der bekommt mir nich so gut», erklärte Herr Kowalski.

«Hätten Sie dann lieber Tee?», erkundigte sich Annika.

«Nee, im Moment nicht», erwiderte er und sah wieder in seine Zeitschrift.

«Was lesen Sie denn da?», bemühte sich Annika weiter.

«Das ist ein Artikel über Schrebergärten», kommentierte Kowalski abweisend, ohne dabei aufzusehen.

«Haben Sie auch einen?», wollte Annika wissen.

«Ja, schon seit dreißig Jahren. Aber jetzt, wo ich allein bin, komm ich da kaum noch hin.» Immerhin: endlich redete er ein wenig. «Und im Moment ist es ja ganz schlecht. Wo ich hier bin. Eigentlich müsste ich mich ja um das ganze Laub im Garten kümmern. Aber das geht ja jetzt nicht. Na ja, sobald ich wieder draußen bin, hol ich das nach.»

Annika sah hier eine Gelegenheit, etwas mehr von ihm in Erfahrung zu bringen: «Haben Sie denn niemanden, der Ihnen das jetzt abnehmen könnte?»

«Ach, die haben doch alle mit ihrem eigenen Garten zu tun», sagte Kowalski abschätzig. «Und außerdem», setzte er hinzu, «möchte ich nicht, dass jemand mit meinen Sachen rumwerkelt, wenn ich nicht dabei bin. Man kann ja heutzutage niemandem mehr trauen.»

«Ja, man muss schon jemanden haben, dem man vertauen kann», pflichtete Annika ihm bei und versuchte, das Gespräch weiter in diese Richtung zu lenken. «War der Mann, der letztens bei Ihnen war, ein Freund?»

«Nee, das ist ein Cousin meiner Frau. Der kommt ab und zu mal. Früher, als meine Frau noch lebte, da war der häufiger bei uns. Da waren überhaupt viele bei uns. Seit meine Frau gestorben ist, sehe ich kaum noch jemanden. Das hat schon angefangen, als es Trude immer schlechter ging. Von Tag zu Tag kamen weniger. Als sie dann gestorben ist, war ich ganz alleine. Aber jetzt will ich sie auch nicht mehr sehen, die feige Bande», presste er zornig hervor.

Dann verstummte er wieder. Annika hätte gern gewusst, wie Kowalski mit Baumanns Tod fertig geworden war. Immerhin hatten sie etliche Tage zusammen auf engstem

Raum gelebt. Einige Male konnte man sie gemeinsam über den Flur spazieren sehen. Annika vermutete, dass sich die beiden ein wenig angefreundet hatten. Gerade mit Blick auf Kowalskis Situation war der Verlust Baumanns unter Umständen besonders schmerzhaft. Annika war sich jedoch nicht sicher, ob es richtig war, jetzt darüber zu reden. Womöglich wollte er das gar nicht, und vielleicht quälte ihn das nur unnötig. Außerdem: Wie hätte sie das Thema geschickt anschneiden können? Alles, was ihr dazu im Moment einfiel, schien unpassend oder banal. So gab sie vorerst auf und erhob sich wieder.

«Ja, Herr Kowalski, ich muss noch ein bisschen was tun. Möchten Sie vielleicht doch noch einen Tee?»

Kowalski schüttelte ganz leicht seinen Kopf. «Nein danke, Schwester.»

«Na gut. Sagen Sie mir aber, wenn Sie doch irgendetwas möchten, ja? Also, bis nachher dann.»

Sie verließ den Raum und trottete, mit einem Packen Kissenbezüge beladen, in Richtung Dienstzimmer, wo sie ihren Arbeitswagen stehen gelassen hatte. Am Schreibtisch im Stationszimmer saß Mechthild über einer Patientenkurve und schien über einer Formulierung für den Pflegebericht zu brüten.

Als sie Annika bemerkte, fragte sie gleich: «Wie würdest du beschreiben, dass ein Patient auf seinen Hintern gefallen ist?»

«Wer ist denn hingefallen?», fragte Annika, anstatt zu antworten.

Mechthild verdrehte die Augen und sagte: «Frau Meier, was für eine Überraschung. Die ist schon wieder allein aufgestanden. Und dann, kaum raus aus dem Bett, direkt auf dem Boden gelandet. Hat sich aber nicht verletzt. Mezger war schon bei ihr.»

«Und was hat der in die Kurve geschrieben?», fragte Annika neugierig.

«Das kann kein Mensch entziffern. Ich frag mich manchmal, wie lange die üben müssen, bis sie so bescheuert schreiben können. Die haben zu viele Arztromane gelesen», sagte Mechthild entnervt.

«Das sowieso», stimmte Annika ihr zu.

«Also, Meisterin des Wortes», trällerte Mechthild kess. «Mach mir mal nen Vorschlag. Ich denk, dein Vater ist Deutschlehrer.»

«Professor, liebste Kollegin. Und dann für mittelalterliches Deutsch. Der könnte uns höchstens ein paar Kraftausdrücke liefern. Aber es ist ja nie ein Professor da, wenn man mal einen braucht, ne?» Annika überlegte kurz. «Wie wär's mit: *Patientin ist bei dem Versuch, ohne fremde Hilfe aus dem Bett aufzustehen, auf ihr Gesäß gefallen?*»

Mechthild überlegte nur kurz. «Das hört sich ehrlich gesagt ziemlich idiotisch an.»

«Ja, das kann schon sein», seufzte Annika, «aber *Gesäß* ist der einzige seriöse deutsche Begriff, der auch im Pschyrembel vorkommt, und alle werden ihn verstehen. Du könntest allerdings stattdessen auch *Nates, Clunes* oder *Ischium* schreiben. Oder in Englisch dann *buttocks*», schlug Annika grinsend vor und klappte triumphierend das dikke Buch zu.

«Okay, ich geb's auf. Warst du schon bei all deinen Patienten?», erkundigte sich Mechthild, während sie weiterschrieb.

«Nein», sagte Annika, «ich hab mich aber eine Zeit lang mit Herrn Kowalski unterhalten.»

Mechthild schaute sie fragend an. Da sie an diesem Nachmittag für einen anderen Bereich der Station zuständig war, kannte sie den Patienten nur aus dem Übergabebericht.

«Das ist dieser kleine schmächtige Mann mit der Halbglatze, der dich vorhin nach einem Glas gefragt hat», erklärte Annika.

«Ach so, der», meinte Mechthild. «Dem geht's gar nicht gut, was?»

«Nein, überhaupt nicht. Nicht genug damit, dass er Krebs hat...», begann Annika ihren Bericht, als Mechthild sie unterbrach.

«Ist das der Patient mit Pankreaskopf-Karzinom?», wollte sie wissen.

«Genau», bestätigte Annika. «Und das Schlimme ist, dass er ziemlich einsam sein muss. Seine Frau ist gestorben, Kinder hat er nicht, Freunde scheinbar auch nicht. Ich denke, um den müssen wir uns etwas mehr kümmern.»

«Wer bringt ihm denn frische Kleidung?»

«Wenn ich das richtig verstanden habe, macht das ein Bekannter.» Annika zögerte einen Moment und fuhr dann fort: «Es ist gar nicht so einfach, mit ihm zu sprechen. Ich glaube, er ist etwas unbeholfen beim Reden. Irgendwie schüchtern kommt er mir vor. Das war vielleicht ein Gewürge vorhin; von sich aus sagt der erst mal gar nichts. Vielleicht könnte ja Klaus mal einen Versuch wagen. Was meinst du?»

«Hm. Ich weiß nicht.» Mechthild schien zu zweifeln. «Ist Kowalski denn in der Kirche?»

«Warte, ich seh mal eben nach.» Annika kramte im Kurvenwagen nach Kowalskis Akte. «Ah ja, da steht's. Römisch-katholisch.»

«Gut, aber das muss ja nicht heißen, dass er auch wirklich gläubig ist. Das sind ja inzwischen die wenigsten. Außerdem ist Klaus evangelischer Pfarrer», gab Mechthild zu bedenken.

«Ach was, das muss ja kein offizielles seelsorgerliches Gespräch werden, nach dem Motto «Guten Tag, ich bin hier der Krankenhauspfarrer» oder so. Zumindest nicht am Anfang. Ich denke, Klaus würde es schaffen, ihn aus der Reserve zu locken. Damit er einen Gesprächspartner hat. Vielleicht möchte Kowalski ja gar nicht so gerne mit *uns* sprechen. Vielleicht denkt er, er würde uns von der

Arbeit abhalten. Das wär doch nicht das erste Mal, oder? Erinnerst du dich noch an Frau Blume?»

«Klar, die vergess ich nicht so schnell. Die hat uns alle ganz schön auf Trab gehalten», seufzte Mechthild.

«Genau. Die war zu Anfang grauenvoll. Und Klaus war der Einzige, mit dem sie geredet hat. Obwohl sie Atheistin war, wie sie immer wieder betont hat.»

«Schwester?», krächzte es schrill aus der zentralen Rufanlage.

Die beiden sahen sich an und antworteten fast gleichzeitig: «Ja?»

«Frau Barl kann vom Röntgen abgeholt werden, und Frau Meier braucht Hilfe, um zur Toilette zu gehen.»

«Jo, danke», sagte Mechthild. «Ich hol Frau Barl schon ab», bot sie sich an, obwohl es nicht ihre Patientin war.

«Das ist nett. Dann kann ich eben zu Frau Meier und den anderen», sagte Annika und machte sich auf den Weg.

Gegen viertel vor vier klopfte Annika an die Zimmertür von Herrn Thörnphlix. Er lag in einem Einbettzimmer am hinteren Ende der Station. Während ihres Durchgangs war er unter der Dusche, und Annika wollte jetzt noch einmal nach ihm sehen. Außerdem bekam er Infusionen, und um 16 Uhr war die nächste fällig, die Annika gleich mitgebracht hatte. Angesichts seiner Lungenentzündung und HIV-Infektion ging es ihm körperlich und psychisch erstaunlich gut. Pia, die das Aufnahmegespräch geführt hatte, war richtig erstaunt, wie viel Energie und Optimismus er zeigte.

Als Annika das Zimmer betrat, verabschiedete er sich gerade von einem Freund. «Oh, komm ich ungelegen?», entschuldigte sie sich.

Thörnphlix saß auf dem Rand seines Bettes und sagte: «Aber nein. Bleiben Sie nur hier. Das ist mein Bruder.» Bruder Thörnphlix lächelte kurz in Annikas Richtung, verabschiedete sich und verließ das Zimmer.

«Wir kennen uns noch gar nicht so richtig», sagte Annika. «Mein Name ist Meinke. Ich arbeite hier als Krankenschwester. Wie geht es Ihnen, Herr Thörnphlix?»

Thörnphlix ließ sich entspannt ins Bett fallen, verschränkte die Arme hinter dem Kopf und meinte: «Och, mir geht's eigentlich ganz gut. Ein bisschen schlapp vielleicht, aber das hängt wohl auch mit dem Fieber zusammen, oder?»

«Ja, das kann ziemlich schwächen», stimmte Annika zu.

«Aber ansonsten fühl ich mich wohl. Ich langweile mich schon fast. Heute Morgen hat mich einer meiner Mitarbeiter angerufen, da hab ich richtig Sehnsucht bekommen.»

Er lächelte, als wolle er sich für die letzte Bemerkung entschuldigen. Thörnphlix hatte ein sympathisches, fast spitzbübisches Gesicht, das mit Sommersprossen übersät war. Die kräftigen roten Haare unterstrichen das noch, und er machte einen weitaus jüngeren Eindruck als andere Vierzigjährige. Annika gefiel er auf Anhieb.

«Was für ein Geschäft haben Sie denn?», fragte sie interessiert nach.

«Einen Verlag», ließ er sie wissen.

«Einen Verlag?», wiederholte Annika erfreut.

«Mögen Sie Bücher?», erkundigte er sich freundlich.

«Oh ja. Ich bin sozusagen in Bücherbergen aufgewachsen. Mein Vater ist Mediävist. An der Uni in Köln.»

Thörnphlix lächelte und nickte, als er sagte: «Ja, an der Uni habe ich auch mal gearbeitet. Fünf Jahre lang, in Marburg. Das ist jetzt, warten Sie mal, gut zehn Jahre her. Aber als mein Vater mir seinen Verlag vererbt hat, musste ich mich entscheiden. Entweder verkaufen oder damit weitermachen. Es ist nur ein ganz kleiner Laden, aber ich bin mein eigener Herr. Klein aber fein. Und es macht Spaß. Mir jedenfalls.» Er geriet dabei ins Schwärmen, und man konnte ihm seine Begeisterung direkt ansehen.

«Bevor ich krank geworden bin, hatten wir uns gerade dazu entschlossen, demnächst auch Romane zu machen.

Die ersten Manuskripte sind schon da, aber im Moment komm ich leider über Comics nicht hinaus, weil ich beim Lesen immer einschlafe. Aber wenn das Fieber runter ist, wird's ja wieder besser werden.» Er sagte das so, als ob kein Zweifel daran bestehen konnte.

«Sie wollen mir sicher die Infusion anhängen, nicht wahr?», erkundigte er sich mit einem Blick auf die Plastikflasche, die Annika auf dem Tisch abgestellt hatte.

«Ja, genau. Vorher würde ich aber gern noch Puls und Temperatur messen. Das Ohrthermometer kennen Sie ja schon», sagte Annika, während sie die Sonde vorsichtig in die Ohrmuschel einsetzte.

«Ja, das hat Ihre Kollegin schon gemacht. Ist ja echt toll, wie schnell das geht.»

Nach ein paar Sekunden piepste es auch schon, und Annika las das Ergebnis auf dem Display ab. «37,8», gab Annika bekannt.

«Oh, das ist klasse. Heute Morgen waren es noch 38,4. Sehen Sie, es geht aufwärts.»

«Ja.» Annika ließ sich von seiner Begeisterung anstekken. Nachdem sie den Puls gemessen und die Infusion angehängt hatte, verabschiedete sie sich und verließ das Zimmer. Es war erst kurz nach 16 Uhr, sodass sie noch genug Zeit für die Apothekenbestellung hatte, bevor um 17 Uhr das Abendessen gebracht wurde.

Bis Gesine um 20 Uhr kam, konnte sie ihre üblichen Routinearbeiten ohne Unterbrechungen erledigen. Annika war gerade im Pflegearbeitsraum, als sie Gesine, wie immer etwas hektisch, in ihrem pinkfarbenen Anorak vorbeihuschen sah. Gesine war mit ihren fünfzig Jahren nach Mechthild die Zweitälteste auf der Station.

Annika leerte die Wanne mit der Desinfektionslösung und bereitete eine frische zu. Dann ging sie ins Stationszimmer, um die kleine Infusion zu holen, die Thörnphlix um 20 Uhr bekommen sollte. Gesine war noch im Badezimmer, und Annika wusste, dass sie sich Zeit lassen konnte. Gesine brauchte mit Abstand am längsten von allen auf der Station, um sich umzuziehen. Dabei war es egal, ob sie kam oder ging. Vor allem im Winter wickelte sie sich immer in mehrere Schichten aus Pullovern, T-Shirts und Jacken, und es brauchte halt einige Zeit, sich daraus zu befreien. Annika musste innerlich lachen, als ihr bewusst wurde, dass sie in dieser Hinsicht nicht so viel von Gesine unterschied. Sie schaffte es selbst einfach nur schneller, die Sachen zu wechseln.

Annika öffnete vorsichtig die Türe von Thörnphlix' Zimmer. Der lag im Bett und schnarchte kräftig. Sie stupste ihn vorsichtig an der Schulter. Er öffnete daraufhin die Augen und sah einen Moment lang erstaunt aus.

«Es tut mir Leid, dass ich Sie wecken muss, aber die Infusion...», entschuldigte Annika sich.

«Nee, ist schon okay», kam die Antwort aus rauer Kehle. «Ich hab jetzt den ganzen Tag so viel geschlafen, dass ich wahrscheinlich die Nacht über kein Auge zukriege.»

Nachdem Annika die Infusion angelegt hatte, kontrollierte sie noch einmal die Temperatur. «Prima. Ihnen geht's ja wirklich stündlich besser. Sie haben 37,3.»

Thörnphlix war plötzlich hellwach. «Ha. Da kann ich ja vielleicht Ende der Woche schon nach Hause, oder?»

«Was hat Doktor Mezger denn gesagt?», fragte Annika ausweichend zurück.

«Na ja, der meinte, die Infusionen müsste ich schon eine Woche lang bekommen.»

«Ja, dann ist es wahrscheinlicher, dass sie erst Anfang der nächsten Woche gehen können. Aber sprechen Sie doch einfach morgen mit dem Doktor darüber», schlug Annika vor.

Wenn Annikas Bemerkung seine Stimmung verschlechtert haben sollte, dann ließ er es sich jedenfalls nicht anmerken. «Auch gut», meinte er schließlich, «dann lass ich mir hier noch ein bisschen den Arsch nachtragen, wenn ich das mal so formulieren darf, und mach mich eben erst am Montag auf.»

«Ah ja», stammelte Annika verdutzt, denn solch grobe Ansprache hatte sie von einem Verleger schöngeistiger Literatur nicht erwartet. ‹Zum Teufel mit den Klischees›, dachte sie sich und stellte sich auf den lockeren Ton ein: «Gut, dann seh ich mal zu, wie wir Ihren hohen Ansprüchen genügen können. Haben der Herr noch Wünsche, bevor ich mich zurückziehe?», flachste sie.

Thörnphlix breitete seine Arme aus und intonierte dramatisch mit leichtem Tremolo: «Was könnte ich mir noch wünschen: Zu trinken habe ich ja intravenös, und wenn ich frische Drogen brauche, rufe ich den Nachtportier.»

Donnerstag, 7. November

Annika wälzte sich im Bett hin und her. Der schnelle Wechsel zwischen Spät- und Frühdienst war ihr noch nie bekommen. Sie konnte nicht richtig einschlafen, und weil sie immer Angst hatte, morgens nicht rechtzeitig wach zu werden – bei ihr eine durchaus berechtigte Angst –, waren diese Nächte immer die kürzesten. Sie war noch immer irritiert, wenn sie morgens jetzt von einem Summer und nicht mehr vom Krähen ihres elektronischen Hahns geweckt wurde. Weil sie nicht an Harald erinnert werden wollte, hatte sie das ohnehin lädierte Gerät in die hinterste Ecke ihres Kleiderschranks verbannt.

Schlaftrunken taumelte sie zuerst zur Kaffeemaschine, die sie vorsorglich gestern Abend schon gefüllt hatte und jetzt nur noch einschalten musste. So sehr sie eine gemütliche Kaffeezeremonie sonst liebte: frühmorgens wäre ihr auch das Spülwasser von McDonalds – wie nannten die das: Heißgetränk mit Sowieso-Geschmack? – recht gewesen. Dann schwankte sie unsicher ins Bad. Ihr Blutdruck hatte wahrscheinlich gerade einen kritischen Tiefpunkt erreicht. Sie versuchte es auf die harte Tour mit einem kalten Gesichtsbad, was allerdings nur dazu führte, dass sie sich wieder in ihr kuscheliges, warmes Bett zurück wünschte.

Annika hatte vor kurzem ein interessantes Buch gelesen, das ihr gute Argumente gegen das frühe Aufstehen lieferte. Leider würde man sich im Krankenhaus davon sicher nicht beeindrucken lassen, wie sie vermutete. Sie hätte da einige, ihrer Meinung nach hervorragende Vorschläge. Während sie den heißen Kaffee schlürfte, verlor sie sich in Fantasien über das Arbeiten in einer von ihr geleiteten Klinik, in der niemand gezwungen würde, vor acht Uhr zu arbeiten. Unglücklicherweise hatte man auf ihre Meinung zu diesem Punkt bisher keinen großen Wert gelegt, sodass sie sich wohl auch heute der vollen Härte bezahlter Lohnarbeit zu unmenschlichen Zeiten unterwerfen musste. Sie schlüpfte in ihren Ledermantel, wickelte sich ihren dicken, bodenlangen schwarzen Schal um den Hals, schnappte sich ihre Tasche und verließ die Wohnung.

Als sie gut zehn Minuten später ihr Auto vor dem Krankenhaus parkte und schon von dort aus mehrere Polizeiwagen vor dem Haupteingang stehen sah, schwante ihr nichts Gutes. Mit finsteren Vorahnungen verschloss sie das Auto und rannte die Außentreppe zum Krankenhaus hoch. Oben angekommen, sah sie von weitem eine Menschenmenge, die sich aus Polizisten, Krankenhauspersonal und Patienten zusammensetzte. Sie standen im Kreis um irgendetwas oder irgendjemanden herum. Annika fühlte sich plötzlich abgestoßen und wich dem Schauspiel aus. Sie ging einfach an der Menge vorbei und begab sich, ohne mit jemandem zu reden, auf die Station.

An der Tür zum Dienstzimmer stand Beimer. Er hatte sie eher entdeckt als sie ihn und schien sich wie zu Hause zu fühlen. «Guten Morgen, Frau Meinke», begrüßte er sie, als wäre das ein ganz normaler Tag und er hier morgens für die Begrüßungen zuständig. Sie gab den Gruß zurück.

«Sie haben wohl nicht gut geschlafen», bemerkte er mit leichtem Tadel.

«Nein, hab ich nicht», gestand sie zu seiner Überraschung ein. «Was ist denn passiert?», fragte sie besorgt.

«Ein Patient ist aus einem Fenster gestürzt», kam es von Beimer, und er schaute Annika dabei neugierig an.

«Ist er … Lebt er noch?», wollte sie von ihm wissen.

«Nein, leider nicht. Er muss schon eine Weile dort gelegen haben, bevor ihn heute Morgen jemand entdeckt hat.»

‹Bitte kein Patient von unserer Station›, flehte Annika in Gedanken. Es half nichts, sie musste es wissen: «Wissen Sie schon, wer es ist?», zwang sie sich, Beimer zu fragen.

«Ja. Ein Patient von Ihrer Station.»

Annika bemerkte, wie sie plötzlich zittern musste. Der Kaffee auf nüchternen Magen und jetzt das. Sie nestelte nervös in ihrer Manteltasche, auf der Suche nach etwas Süßem.

«Frau Meinke? Alles klar?», wollte Beimer wissen, der sich fragte, wonach sie mit sichtlichem Datterich da wohl im Einzelnen suchen mochte.

«Was? Ach ja, danke.» Sie fand schließlich ein Karamell-Bonbon, wickelte es geübt aus dem Papier, stopfte es sich in den Mund und wandte sich ihm wieder zu: «Wer war es denn, also ich mein, wie hieß der Patient?»

Beimer sah auf den Notizblock, den er die ganze Zeit in seiner linken Hand hielt und nannte ihr den Namen: «Thörnphlix.»

«Aber nie im Leben», entfuhr es Annika spontan, und sie rief das so laut, dass einige Personen zu ihnen hinüber sahen.

Beimer berührte Annika sanft an ihrem Arm und sagte aufmunternd: «Kommen Sie, gehen wir in Ihr Dienstzimmer. Wir sollten uns besser eine Weile hinsetzen.»

Im Dienstzimmer saßen bereits – sichtlich verstört – Gesine, Gerd, Mechthild und Simone. Mechthild hatte den Arm um Gesine gelegt, deren Gesicht vom Weinen rot verquollen war. Mit am Tisch saß ein junger Polizist, und es sah so aus, als hätte man Gesine gerade ins Verhör genommen.

Beimer ergriff die Initiative und wandte sich an die versammelten Personen: «Ich muss Ihnen jetzt noch ein paar Fragen stellen. Was passiert ist, wissen Sie ja alle», begann er sachlich. «Im Moment lässt sich nicht sagen, warum Herr Thörnphlix aus dem Fenster gestürzt ist. Deshalb benötigen wir Hinweise, die über die Gründe seines Todes Aufschluss geben könnten.»

Beimer blickte in die Runde. Als niemand etwas sagte, fragte er konkreter: «Könnte es einen Grund dafür geben, dass Herr Thörnphlix sich umbringen wollte?»

«Nein. Auf keinen Fall», kam es von Annika wie aus der Pistole geschossen.

Alle sahen sie erstaunt an. «Aber», gab Gerd vorsichtig zu bedenken, «immerhin war Thörnphlix HIV-positiv. Und er hat das doch erst hier bei uns erfahren. Vielleicht hat er das nicht verkraftet.»

«Aber ganz im Gegenteil», widersprach Annika vehement. «Ich habe mich gestern noch mit ihm unterhalten. Wenn jemand mit so einer Diagnose gut klargekommen ist, dann er. Er hat mir erzählt, was er alles vorhat, sobald er nach Hause kommt. Heute wollte er mit Mezger sprechen, ob er eher entlassen werden könnte. So jemand stürzt sich doch nicht aus dem Fenster.»

«Aber Stimmungen können doch schon mal umschlagen, vor allem bei einer schweren Krankheit, oder? Vielleicht wollte er nur tapfer wirken und hatte in Wirklichkeit Riesenangst. So was kommt doch vor?», fragte Beimer.

«Ja, sicher kommt so was vor», bestätigte Annika, «aber nicht bei Thörnphlix. Das hat auch Pia so empfunden wie ich. Wir haben uns noch darüber unterhalten. Sie können sie ja fragen, wenn sie heute Nachmittag kommt.»

Mechthild, die inzwischen aufgestanden und zum Fenster gegangen war, sah hinaus und sagte: «Worüber reden wir hier eigentlich? Wenn Thörnphlix sich nicht umbringen wollte, wieso ist er dann tot?» Alle schauten sie an, als hätte sie etwas vollkommen Absurdes gefragt. Aber niemand sagte etwas darauf.

Beimer erhob sich ebenfalls und nickte zustimmend: «Genau mit dieser Frage werden wir uns wohl in den kommenden Tagen auseinander setzen müssen: War es Selbstmord, ein Unfall oder vielleicht auch Mord? Herr Thörnphlix wird heute noch obduziert, und danach würde ich mich gerne noch einmal mit Ihnen unterhalten. Unter Umständen auch mit jedem von Ihnen einzeln. Ich weiß, dass das hier während der Arbeit schwierig ist, deshalb werde ich Sie vielleicht auch privat besuchen. Nur, damit Sie keinen Schrecken bekommen, wenn ich bei Ihnen zu Hause in der Tür stehe. Ja, das wär's dann erst mal.»

Er nahm seine dicke dunkel-blaue Steppjacke vom Stuhl, legte sie über den Arm und wollte gerade gehen, als er sich noch einmal an Gesine wandte: «Als Sie heute Morgen im Aufenthaltsraum nach Thörnphlix suchten, war da eigentlich das Fenster geöffnet oder geschlossen?»

«Geschlossen», antwortete Gesine, ohne zu zögern.

«Sind Sie da ganz sicher?», fragte Beimer nach.

«Ja. Hundertprozentig. Ich hab es doch selbst gegen halb zwei zugemacht. Als ich nachsehen wollte, ob die Männerrunde sich aufgelöst hat. Ich musste noch den Boden trockenwischen, weil es reingeregnet hatte und der Sturm sämtliche Zeitungen im Zimmer verteilt hat.»

Beimer wirkte nachdenklich, als er sagte: «Hm. Das bedeutet, es ist – trotz Ihres Zweifels –», wobei er seinen

Blick auf Annika richtete, «durchaus möglich, dass Thörnphlix sich das Leben genommen hat. Grund genug hatte er ja wohl.»

Nachdenklich blickte auch er jetzt aus dem Fenster, obwohl es da nicht viel zu sehen gab, denn draußen war es immer noch nicht hell geworden. Dann ging er unvermittelt mit dem jungen Polizisten aus dem Zimmer. Zurück blieben fünf mehr oder minder verstörte Menschen, die den Eindruck erweckten, als ob sie heute Hilfe gebrauchen könnten. Stattdessen erwartete man von ihnen, dass sie sich in wenigen Minuten um pflegebedürftige Patienten kümmern sollten.

Mittlerweile war es schon sieben Uhr, und irgendetwas musste jetzt geschehen. In einer halben Stunde würden noch Andrea und Kalle dazukommen. Mechthild, die von allen am besonnensten zu sein schien, ging zum Hörer und wählte die Nummer von Frau Pleines. Die Pflegedienstleitung musste sowieso informiert werden, und außerdem brauchten sie zumindest noch jemanden, der Gesines Nachtdienst übernahm. Es sah nämlich nicht so aus, als ob die das heute Abend schaffen würde. Es klingelte nur zweimal, bis am anderen Ende der Hörer abgenommen wurde.

«Pleines», klang es Mechthild deutlich und klar entgegen. ‹Offenbar ist das Management schon voll unter Strom›, dachte Mechthild, amüsiert über ihre eigene Formulierung, und antwortete:

«Ja hier Brauer, I 41. Es tut mir Leid, dass ich zu so früher Stunde stören muss, aber wir haben hier ein paar Schwierigkeiten», erklärte Mechthild.

«Ja, ich weiß schon Bescheid. Die Polizei war gerade bei mir. Ich bin in etwa 15 Minuten auf der Station.»

«Ach so. Ja, danke. Bis gleich», verabschiedete Mechthild sich und legte den Hörer auf. Eigentlich wäre es ja Annikas Aufgabe gewesen, die Initiative zu übernehmen und die Arbeit zu organisieren, aber Mechthild hatte schnell erkannt, dass Annika heute damit wohl überfordert zu sein schien. Also informierte sie die anderen, dass Frau Pleines gleich auftauchen würde und versuchte, so gut es ging, die Arbeit zu organisieren. Gerd, Simone und sie selbst schienen am wenigsten belastet, deshalb teilte sie die Arbeit unter sich auf. Simone war im Mittelkurs, die konnte sie gut allein losschicken. Wenn nachher Andrea und Kalle noch kamen, könnte man die Arbeit auch ohne Annika bewältigen.

Mechthild wollte ihr gerade anbieten, nach Hause zu fahren, als Annika sich aufrichtete und zu Mechthild hinübersah. «Und was soll ich machen?»

Mechthild war überrascht. «Ehrlich gesagt: ich hatte gerade nicht den Eindruck, dass du dich heute besonders gut konzentrieren kannst. Also, ich finde es besser, wenn du heute nicht arbeitest. Du musst dir deshalb keine Gedanken machen, wir kriegen das schon hin. Da wird der gute Karl-Heinz heute ausnahmsweise mitarbeiten müssen», setzte sie mit einem Grinsen hinzu.

Auf den meisten Stationen wäre es undenkbar, dass die rangniedrigere Krankenpflegehelferin an Stelle der Vertreterin der Stationsleitung den Arbeitsablauf organisiert. Auf der I 41 hatte es beim Stammpersonal jedoch bisher niemals Kompetenzrangeleien gegeben. Auch jetzt machte sich Mechthild lediglich Sorgen um Annika, die ihr schon während der letzten Tage ungewohnt matt und unkonzentriert vorgekommen war. Annika wusste das und war von ihrem Angebot gerührt. Aber sie hatte Ulrike ein Versprechen gegeben, und das wollte sie auf keinen Fall brechen. Außerdem wollte sie es dringend vermeiden, dass Ulrike vielleicht angerufen wurde oder vor die Tatsache gestellt würde, dass ihre Stellvertreterin schlappgemacht hätte.

«Danke, das ist wirklich lieb. Aber so schlecht geht's mir gar nicht. Das sieht nur so aus. Ich werd eben älter», sagte sie so gelöst wie möglich und lächelte ihr aufmunternd zu. «Das war vorhin nur der erste Schock. Außerdem sind wir doch alle ziemlich daneben, oder? Nee, keine Sorge. Ich bleib hier. Gleich kommt ja auch noch die Pleines, und da will ich hier sein. Okay?»

Mechthild spürte, dass es besser war zuzustimmen und lenkte ein: «Gut, ja. Ich fang dann schon mal mit den anderen an, und wenn du mich brauchst, meldest du dich.»

Erleichtert, dass Mechthild so schnell nachgegeben hatte, bedankte sich Annika, woraufhin Mechthild sich auf den Weg machte. Gesine und Annika blieben allein im Stationszimmer zurück, wo sie eine Weile ihren Gedanken nachhingen. Sie hätten nicht sagen können, wie viel Zeit vergangen war, bis Frau Pleines zur Tür hereinkam. Auch ihr hatte dieser zweite, unklare Todesfall sichtbar zugesetzt. Ihr kurz geschnittenes, kastanienbraun gefärbtes Haar war nachlässig gekämmt, und statt des sonst akkurat sitzenden Kostüms trug sie schwarze Jeans und einen dunkelbraunen Pullover. Die tiefen Ringe unter den Augen ließen darauf schließen, dass auch sie nicht besonders gut oder lange genug geschlafen hatte. Heute Morgen hätte man sie wesentlich älter als 60 Jahre geschätzt, wohingegen man ihr sonst ihr Alter nicht ansah. Wohl allen außer Frau Pleines war klar, dass sie mit Abstand der letzte Mensch war, den man sich jetzt auf der I 41 zur Unterstützung wünschte. Annika konnte nur hoffen, dass sie nicht allzu lange blieb.

Aufgeregt wie immer, redete sie ohne Begrüßung drauf los. «Mein Gott, wie ist denn das passiert? Das ist ja grauenvoll. Schon der zweite ungeklärte Todesfall. Wenn das so weiter geht, werden wir noch in der Lokalpresse landen. Oder bei RTL oder was weiß ich. Fürchterlich, fürchterlich.»

Annika und Gesine warteten schweigend, bis Madame eine Frage zu stellen geruhte, auf die man eine Antwort geben konnte.

«Frau Prinz», sie wandte sich an Gesine, «ich habe gerade mit dem Kripobeamten, dem Herrn … hach, wie hieß er noch?»

«Beimer», half Annika ihr weiter.

«Genau. Also, mit dem habe ich gesprochen, und der hat gemeint, dass der Patient wahrscheinlich schon mehrere Stunden tot war, bevor man ihn gefunden hat. Ich versteh das nicht. Haben Sie denn nicht regelmäßig nach den Patienten gesehen?»

Gesine war empört: «Natürlich hab ich das. Aber Herr Thörnphlix hatte mir in meiner ersten Nacht extra gesagt, dass ich nicht ständig nach ihm sehen soll. Weil er so einen leichten Schlaf hätte und davon wach würde. Das hab ich dann auch so gemacht. Übrigens hatte Doktor Trabert auch nichts dagegen.»

Frau Pleines schien sich bereits schlau gemacht zu haben: «Aber gestern Nacht war Herr Thörnphlix doch ziemlich lange wach, oder? Ging es ihm nicht so gut?»

«Es ging ihm sogar sehr gut», meinte Gesine. «Er hatte kein Fieber mehr und fast den ganzen Tag geschlafen. Da hätte ich an seiner Stelle auch kein Auge zumachen können. Deshalb war er eben wach und ist auf der Station rumgelaufen. Dann hat er noch zwei andere Nachteulen getroffen, Herrn Meier und Herrn Kowalski. Und mit denen hat er sich im Aufenthaltsraum noch lange unterhalten. Ich glaube, sie haben auch ein Spiel zusammen gemacht. Eins von denen, die da rumliegen. Gegen Mitternacht war ich das letzte Mal im Aufenthaltsraum. Da saßen dann aber nur noch Thörnphlix und Kowalski. Sie wollten gerade ins Bett gehen, zumindest hat Kowalski mir das gesagt. Als ich um halb zwei noch einmal nachgesehen habe, war der Raum leer.»

Frau Pleines ließ nicht locker: «Und Sie sind daraufhin nicht bei Herrn Thörnphlix gewesen, um nachzusehen, ob alles in Ordnung ist?»

Gesine fühlte sich mehr und mehr in die Ecke gedrängt: «Nein, natürlich nicht. Wieso denn auch? Dann hätte ich ihn doch wieder geweckt. Es gab ja dafür überhaupt keinen Grund.»

«Offensichtlich doch», bemerkte Pleines etwas spitz.

Jetzt reichte es Annika endgültig. «Frau Pleines, ich denke, Gesine hat gewissenhaft ihre Arbeit gemacht. Wir sind hier ja weder in der geschlossenen Psychiatrie noch im Gefängnis. Also müssen wir die Patienten, wenn es keine medizinischen Gründe gibt, ja nicht ständig überwachen, oder? Außerdem hat sie sich zusätzlich abgesichert und alles in der Kurve dokumentiert.»

Gesine schaute dankbar zu Annika rüber. «Und …», setzte Annika nach einer kurzen Pause hinzu, «…wenn Herr Thörnphlix sich wirklich hätte umbringen wollen, dann hätte er das auch dann geschafft, wenn Gesine alle zwei Stunden nach ihm gesehen hätte.»

«Glauben Sie denn nicht, dass er sich umgebracht hat?», fragte Frau Pleines verwundert.

«Nein, das glaube ich nicht», sagte Annika bestimmt. «Dazu war er nicht der Typ, und er hatte auch gar keinen Grund. Meine Güte, er war auf dem Weg der Besserung. Und seine Prognose war doch gar nicht so schlecht.»

«Aber», hob Pleines gerade zu einem weiteren Einwand an, als sie von draußen einen wütenden, lauten Schrei hörten. Alle drei hasteten auf den Flur und sahen, wie Gerd mit einer Gestalt um eine Kamera kämpfte, die an einem Tragegurt um deren Hals hing. Als sie näher kamen, konnten sie erkennen, dass Gerd es mit einer cirka 25- bis 30-jährigen Frau zu tun hatte, die ihm offenbar kräftemäßig ebenbürtig, wenn nicht sogar überlegen war. Frau Pleines schien sie zu erkennen, denn sie meinte gereizt:

«Aha, die Studenten-Elitetruppe vom Ruhr-Report. Womit wollen Sie denn ihr Druckfehler-Blättchen heute füllen? Noch ein paar Fotos aus der Ruhr-Klinik vielleicht, direkt aus dem Zentrum des Elends?»

Die Fotografin ging auf die Provokation ein und meinte: «Och, ich mach hier meinen Job. So wie es aussieht, hätte ich mir das aber sparen können, wenn Sie Ihren gemacht hätten, oder?»

Das Farbenspiel in Frau Pleines' Gesicht war erstaunlich, nach einigen Sekunden dominierte aber dann doch ein tiefes Rot. Sie hatte Mühe, nicht ausfallend zu werden und sagte mit sichtbarer Anstrengung: «Ich bin gerade dabei. Und als Erstes fordere ich Sie auf, die Station zu verlassen. Was Sie erfahren wollen, sagt Ihnen unsere Pressesprecherin. Für den Fall, dass Sie hier Fotos gemacht haben: Sie hatten von uns keine Erlaubnis dazu, und wenn Sie auch nur eins veröffentlichen, haben Sie eine Klage am Hals. Das sage ich hier unter Zeugen. Auf Wiedersehen.»

Frau Pleines deutete mit ihrem Arm in Richtung Ausgang, und die Fotografin zog grinsend ab. Der kleine Schlagabtausch hatte die Pflegedienstleitung sichtlich mitgenommen. Frau Pleines brummelte noch ein paar unverständliche Bemerkungen in Richtung Ausgang und verabschiedete sich von der staunenden Annika, die noch ganz unter dem Eindruck der Szene stand. Sie wollte gerade etwas zu Gesine sagen, aber die war bereits verschwunden.

«Wo ist Gesine eigentlich?» Annika drehte sich suchend im Kreis.

«Ich glaube, die ist wieder im Stationszimmer», meinte Gerd.

«Geht's?», fragte Annika ein wenig schuldbewusst, weil sie bisher noch nicht viel zur Unterstützung beigetragen hatte.

«Ja, ja. Bis jetzt ist alles in Ordnung», beruhigte sie Gerd und winkte ab.

Annika fühlte, wie sie langsam wieder Übersicht bekam: «Ich red noch kurz mit Gesine wegen heute Abend, und dann mach ich mit.»

In diesem Moment läutete im Stationszimmer das Telefon. Kurz danach steckte Andrea ihren Kopf aus der Türe. «Annika, das ist für dich.»

Daraufhin lief Annika zum Telefon. «Meinke», meldete sie sich.

«Ja, hier Beimer. Ich muss Sie dringend noch einmal sprechen. Geht es Ihnen inzwischen besser?», fragte er mit besorgter Stimme.

Sie konnte sich ihre Giftigkeit selbst nicht erklären, aber irgendetwas trieb sie dazu zu sagen: «Ja, klar, wir haben gerade eine Flasche Sekt aufgemacht und feiern unseren ersten Selbstmörder.»

Beimer schien die Bemerkung eine Weile verdauen zu müssen. Es verstrichen einige Sekunden, bevor er antwortete: «Ich möchte mich noch einmal mit Ihnen unterhalten. Es wäre mir aber lieber, wenn wir das nicht am Telefon machen würden», sagte Beimer.

Dass er auf ihre Attacke so mild reagierte, nahm ihr das Tempo, und sie konnte es kaum fassen, als sie sich sagen hörte: «Wir könnten uns heute Nachmittag so um 15 Uhr treffen.»

«Jetzt ginge es nicht?», fragte Beimer nach.

«Nein, absolut nicht. Hier ist sowieso schon alles durcheinander genug. Ich kann jetzt unmöglich weg. Wieso ist es denn so eilig?», wollte Annika wissen.

Beimer gab darauf keine Antwort und sagte stattdessen: «Gut, dann heute Nachmittag. Und wo?»

Annika überlegte kurz. Am besten erst einmal weg vom Krankenhaus. «Kennen Sie das Café Schradler in Friemersheim? Am Rheindamm?»

«Ja, das kenn ich.»

«Okay, dann treffen wir uns da um 15 Uhr.»

Annika legte langsam den Hörer auf. Sofort danach klingelte es wieder, und Frau Pleines war am Apparat. Sie wollte Gesine sprechen, und Annika rief sie ins Dienstzimmer.

Das Gespräch schien einseitig zu verlaufen, denn Gesine gab nur immer wieder nach längeren Pausen ein «Aha» oder «Ja» von sich. Schließlich wurde sie lauter und sagte: «Das finde ich großartig, wie Sie sich hinter Ihre Mitarbeiter stellen. Schönen Dank auch für Ihr Vertrauen.» Danach knallte sie den Hörer zurück in den Apparat und setzte sich an den Besprechungstisch.

«Was war das denn?», fragte Annika erstaunt.

«Das», sagte Gesine gespreizt, «war unsere geliebte Pflegedienstleitung. Immer für uns da, in guten und in schlechten Zeiten.» Sie machte eine kleine Pause, um Atem zu holen. «Die Kuh hat mich suspendiert.» Sie versuchte, Frau Pleines nachzuäffen: «So lange nicht endgültig geklärt ist, was in der vergangenen Nacht vorgefallen ist, wollen wir Sie erst einmal aus allem raushalten.» Gesine steigerte sich in ihre Wut hinein und rief mit sich überschlagender Stimme: «Die hat doch seit Jahren keine Nacht mehr auf einer Station verbracht. Die hat doch keine Ahnung. Am Ende hab ich ihn noch umgebracht, oder was?»

Annika hatte das Gefühl, dass sie jetzt dringend etwas Beruhigendes sagen sollte: «Jetzt mach erst mal halblang. Das ist doch nicht so schlimm. Vorhin wollte Mechthild mich auch schon nach Hause schicken. Von uns hier glaubt keiner, dass du irgendwas falsch gemacht hast. Und darauf kommt es schließlich an. Wer fragt denn schon die Pleines, was die dazu meint? Außerdem hat die doch bloß ihre Anweisungen von der Verwaltung bekommen. Das haben wir bestimmt der Presse zu verdanken.»

Gesine war jetzt ganz und gar nicht mehr streitlustig und saß zusammengesunken auf ihrem Stuhl. «Ich weiß nicht. Irgendwie hab ich ein ganz komisches Gefühl. Spinnen jetzt alle, oder was ist los?», sagte sie erschöpft. Dann hob sie trotzig ihr Kinn und meinte: «Gut, wenn ich nach Hause gehen soll, dann geh ich eben. Die müssen ja wissen, was sie wollen. Aber ich melde mich hier nicht mehr. Da muss mich erst die Pleines anrufen und mich um Entschuldigung bitten, bevor ich hier noch mal antanze.»

Sie ging aus dem Zimmer, ohne sich von Annika zu verabschieden, die ihr traurig hinterhersah. ‹Das wird hier immer besser›, dachte sie sich mit einem kräftigen Schuss Sarkasmus. Sie stützte sich mit den Ellenbogen auf dem Schreibtisch ab und versuchte zu verstehen, was in den letzten Stunden passiert war. Annika hatte das Gefühl, als hätte sie Doppelschichten hinter sich und fühlte sich ausgelaugt und steinalt. Den Kopf in den Armen vergraben, bemerkte sie erst gar nicht, wie jemand das Zimmer betreten hatte. Erschrocken fuhr sie mit dem Kopf hoch und sah Klaus vor sich stehen.

Ehrlich erleichtert sagte sie: «Gott sei Dank, du bist es. Du kommst gerade richtig. Hier braucht nämlich eine ganze Station seelsorgerlichen Beistand. Hat sich die Geschichte schon rumgesprochen oder muss ich erzählen?»

«Rumgesprochen hat sich schon so einiges, aber wer weiß, was davon stimmt?», fragte er zurück.

Annika berichtete noch einmal kurz, was heute passiert war. Klaus hörte aufmerksam zu, ohne sie zu unterbrechen. Das war wirklich eine seiner Stärken. Er schaffte es, jemandem zuzuhören, sich aber gleichzeitig Einzelheiten und Fragen zu merken, für die andere dazwischenfunken würden.

Annika schloss ihren Bericht und sagte noch: «Ich muss jetzt erst einmal telefonieren, um das mit der Nachtwache heute zu klären. Wärst du so nett, für uns hier ein kleines Frühstück zuzubereiten? Ich glaube, die anderen könnten auch was zu essen vertragen. Du weißt ja, wo die Sachen sind.»

Klaus hatte schon des Öfteren gemeinsam mit ihnen gefrühstückt. Während Annika telefonierte, deckte Klaus den Tisch, kochte Kaffee und Tee und beobachtete Annika. Sie sah erschöpft aus.

«Hast du jemanden gekriegt?», erkundigte er sich, als Annika sich zu ihm umdrehte.

«Erstaunlicherweise. Ich hol eben die anderen», gab sie knapp zurück.

Damit verschwand sie auch schon aus dem Zimmer. Nach wenigen Minuten trudelten alle nach und nach ein. Normalerweise aß man nur am Wochenende und an Feiertagen gemeinsam auf der Station, weil man wegen der schwachen Besetzung nicht mit mehreren in der Cafeteria frühstücken konnte. Es hatte seine Vor- und Nachteile, die Pausen auf der Station zu verbringen. Annika fand es schön, wenn sie alle beisammen waren, aber manchmal musste man alle paar Minuten das Frühstück unterbrechen, wenn die Schelle ging. Und auch wenn in der Vorstellung der meisten Leute Pflegepersonal eine enorm flexible Ekelschwelle haben musste, war es doch für niemanden appetitanregend, zwischen zwei Brötchenhälften jemanden von der Toilette zu holen. Das endgültige Ende eines Frühstücks war spätestens dann erreicht, wenn ein Patient sich übergeben hatte oder wegen starker Verschleimung kaum noch Luft bekam.

An dem zur Frühstückstafel umfunktionierten Tisch fanden sonst Besprechungen statt, zum Beispiel dreimal täglich die Übergabe. Der Tisch stand so, dass man, wenn man durch die Glasscheibe des Dienstzimmers sah, nur die Personen sehen konnte, die am Kopfende saßen. Jetzt zierte ihn eine knallrote Plastiktischdecke, die in kräftigem Kontrast zu den grellweißen Wänden stand. Annika wollte die günstige Gelegenheit, jetzt, wo alle versammelt waren, dazu nutzen, über den neuesten Stand der Ereignisse zu informieren. Sie berichtete von Beimers Anruf, ihrem Gespräch mit Gesine, und erklärte die Umgestaltung des Dienstplans.

«Bis alles aufgeklärt ist, werden wir außerdem nachts zu zweit arbeiten. Das heißt, es wird immer noch eine Schülerin mit wachen. Bis Sonntag übernehmen Simone und Anne den Nachtdienst. Danach Yvonne und ich, und dann wird hoffentlich alles wieder seinen gewohnten Gang gehen.»

Von dem Treffen mit Beimer, das ihr noch bevorstand, erzählte sie nichts, wie ihr später erst auffiel. Während Klaus und Annika noch den Frühstückstisch abräumten und die anderen schon wieder bei der Arbeit waren, kam Oberarzt Trabert ins Stationszimmer. Er hatte Sörensen im Schlepptau.

«Hallo», grüßte Trabert freundlich, wie man es von ihm gewohnt war. «Darf ich Ihnen Herrn Sörensen von der Kripo Duisburg vorstellen, Frau Meinke?»

«Guten Tag. Wir kennen uns schon», grüßte Annika – weit weniger freundlich – zurück.

Trabert stutzte einen Moment, fuhr dann aber fort: «Herr Sörensen möchte gern die Patienten befragen, ob jemand in der letzten Nacht was bemerkt hat.» Dann schlug er vor: «Ich denke, das Arztzimmer wäre dafür ganz gut geeignet. Was meinen Sie?»

«Ja, das ist gut», stimmte Annika zu und war froh, dass auf diese Weise sie selbst und die Kolleginnen aus der Sache herausgehalten wurden.

Trabert nickte zufrieden und meinte: «Ich muss gleich zur Visite auf die 42, fände es aber gut, wenn Sie Herrn Sörensen ein wenig helfen könnten. Vor allem, damit die Patienten nicht nervös werden. Ich denke da vor allem an Herrn Kowalski und Herrn Engkhoff.»

‹Zu früh gefreut›, dachte Annika und seufzte ergeben: «Klar, ich kümmere mich darum.»

Trabert sah Annika entschuldigend an, als sei er für alles verantwortlich und sagte: «Tut mir Leid. Hoffentlich kriegen wir hier bald wieder normale Zustände.» Dabei blickte er auffordernd in Sörensens Richtung, aber der starrte nur ausdruckslos auf den Tisch, als ob er nach Spuren des Frühstücks suchen wollte.

Annika hatte jegliche Lust am Gespräch verloren. Sogar mit Klaus hatte sie nur noch wenige Worte gewechselt. Am liebsten würde sie sich einfach nur noch verkriechen. In den nächsten Stunden begleitete sie Sörensen, saß bei den Gesprächen mit ihm im Arztzimmer und hörte sich seine immer gleichen Fragen an. ‹Es gibt wohl in jedem Job öde Arbeit›, dachte sie resigniert. Als kurz vor Schichtende auch die Befragungen geschafft waren, verabschiedete sie sich schnell von Sörensen, der genauso entnervt zu sein schien wie sie.

Nach der Übergabe beeilte sie sich, so bald wie möglich nach Hause zu kommen. Sie wollte wenigstens noch eine halbe Stunde ausruhen, bevor sie sich mit Beimer traf.

*

Es war kurz nach 15 Uhr, und Harry Beimer wartete bereits ungeduldig auf Annika. Er hatte es sich an einem Fensterplatz gemütlich gemacht, von dem aus er freien Blick auf die Parkbuchten hatte, die dem Café gegenüberlagen.

Zufrieden sah er auf seinen neuen Wagen, den er sich vor ein paar Wochen gekauft hatte. Er fuhr nun einen metallicgrünen Ford Focus, ausgestattet mit all dem Heckmeck, den Autohersteller heutzutage bieten konnten: Klima-Anlage, Automatik-Getriebe, heizbare Heck- und Frontscheibe, Airbags an allen möglichen Ecken und Enden – er war sich gar nicht sicher, ob er überhaupt schon alle Extras entdeckt hatte. Nachdem seine Kollegen herausgefunden hatten, dass er sich für ein Automatik-Getriebe entschieden hatte, musste er wochenlang deren Spott in Kauf nehmen. Für die meisten von ihnen war die Automatik ein Indiz für Harrys mangelnde Fahrtüchtigkeit. Am idiotischsten fand er den Einwand, dass ohne die Freiheit, eine Gangschaltung zu bedienen, die ganze Fahrerei zu einer unsportlichen Angelegenheit werde. Als ob Schalten oder Autofahren überhaupt sportlich wäre.

Während er noch weiter über der Hartlebigkeit von Vorurteilen nachsann, sah er, wie ein alter Mercedes unmittelbar neben seinem Wagen zum Stehen kam. ‹Toll in Schuss, der Wagen›, dachte er noch, als er erstaunt zur Kenntnis nahm, dass es Annika war, die da gerade ausstieg. Gegensätzlicher konnten zwei Autos nicht sein: sein nagelneues Hightech-Wunder und ein offenbar perfekt restaurierter so genannter *Heckflosser* aus den 60er-Jahren, wie er von Kennern älterer Autos genannt wurde. Besonders die Farben, das dunkle Blau in Kontrast mit dem weiß lackierten Dach, hatten es Beimer sofort angetan. Annika öffnete die linke Hintertür, nahm sich ihre Tasche und ging nach kurzem Zögern in Richtung des Cafés.

Ganz gegen seine sonstige Gewohnheit war Beimer schon eine halbe Stunde früher als verabredet hier eingetroffen. Als ihm das nach einer Weile klar wurde, musste er sich eingestehen, dass diese Verabredung sich schon jetzt von seiner täglichen Routine abhob. Nicht nur, dass er – sonst die Ruhe selbst – ungeduldig auf Annika wartete; vor allem wusste er gar nicht so genau, warum er sich hier mit ihr verabredet hatte. Schließlich hätte man sich auch im Krankenhaus oder in seinem Büro treffen können.

Jetzt blieb ihm allerdings keine Zeit mehr, weiter darüber nachzudenken, denn Annika stand bereits vor ihm. Sie trug ihren Ledermantel offen, darunter einen eng anliegenden schwarzen Pulli, schwarze Leggings und

Wildlederschuhe. Er musste sie ein paar Augenblicke zu lang gemustert haben, denn sie sah ihn herausfordernd an und meinte:

«Kann ich so bleiben oder soll ich mich noch umziehen?»

Beimer fühlte sich nicht das erste Mal in ihrer Nähe wie ein kompletter Idiot. Ihre Antwort heute Morgen am Telefon hatte ihn völlig aus dem Konzept gebracht. Bis vor kurzem hatte er sich eigentlich für ziemlich schlagfertig und selbstsicher gehalten, aber heute war ihm einfach absolut keine passende Antwort eingefallen. Auch jetzt war er nicht sicher, ob er sich nicht noch weiter blamieren würde, als er sagte:

«Nein, prima, kann alles so bleiben. Entschuldigung, aber ich war total in Gedanken und hab einfach in eine Richtung geguckt.»

Annika legte gleich nach und sagte mit spitzen Lippen ironisch: «Aha, also stand ich wohl eher im Weg. An Ihrer Art, Komplimente zu machen, müssen Sie noch arbeiten.» Dabei schälte sie sich aus dem Mantel und legte ihn auf einen der Stühle am Tisch. Sie setzte sich ihm gegenüber, griff sich die Speisekarte und beachtete ihn vorerst nicht weiter. Das ließ ihm Zeit, sie eine Weile in aller Ruhe anzusehen, und er musste sich eingestehen, dass ihm das sehr gefiel. Wenn auch die Aufregung in Annikas Gesicht heute Spuren der Erschöpfung hinterlassen hatte, so war es vielleicht gerade die Mischung aus Anmut, Garstigkeit und Strapaze, die er anziehend fand. Mit ihr ließ es sich großartig streiten, und das konnte er über die wenigsten Menschen sagen. ‹Fragt sich nur›, dachte er, ‹ob man mit ihr noch mehr tun kann als das›.

Annika war offenbar bereit zu bestellen, denn sie fragte ihn schnodderig: «Wird das hier ein kurzes oder ein langes Gespräch? Ich meine, ich hab wirklich Hunger und würde gern auch was essen.»

Beimer hatte das sichere Gefühl, dass er langsam aber sicher etwas mehr Souveränität gewinnen sollte, um endlich aus seiner defensiven Rolle herauszukommen. Er atmete tief durch und sagte:

«Das hängt ja wohl nicht nur von mir ab. Also, wenn das so weitergeht wie bisher, dann dürften wir ja kaum was zu trinken bestellen, oder? Aber vielleicht können Sie mir ja erst mal sagen, weshalb sie immer so giftig sind.»

Seine Offenheit kam für sie unerwartet. Annika musterte ihn eine Zeit lang und sagte, weit weniger aggressiv: «Ich bin überhaupt nicht giftig, ich bin müde und genervt. Seit Tagen passiert hier eine Katastrophe nach der anderen, und so langsam verlier ich die Übersicht. Ich will mich ja nicht beklagen, aber mein Job ist wirklich nicht immer lustig oder leicht, und die letzten Tage waren einfach nicht auszuhalten. Irgendwann hat man dann einfach genug. Und wenn dann plötzlich ständig die Bullen auftauchen und einem das Gefühl geben, beobachtet zu werden: Wie soll da Fröhlichkeit aufkommen?»

Beimer schluckte die *Bullen* und musste zugeben, dass er sich noch keine großen Gedanken über den Alltag im Krankenhaus gemacht hatte, obwohl auch das zu seinen Aufgaben zählen sollte. Er wollte aber vermeiden, zu schnell auf die jüngsten Ereignisse zu sprechen zu kommen und fragte sie:

«Gut, ja, das versteh ich schon. Aber ich kann ja nun auch nichts dran machen. Oder fühlen Sie sich dafür verantwortlich, wenn jetzt ein Patient zum Beispiel Krebs hat? Ich mein, Sie machen dann einfach Ihre Arbeit, und wenn er Sie dann ständig anranzt, weil er mit seiner Krankheit nicht klarkommt...» Er machte eine wegwerfende Handbewegung. «Verständlich, aber würden Sie das denn dann alles auf sich beziehen?»

Beimer wollte noch etwas sagen, aber in diesem Moment kam ein Kellner, um die Bestellung aufzunehmen.

Annika bestellte sich einen halben Liter Apfelschorle und als Vorspeise Feldsalat mit Speck. Dann verwickelte sie den Kellner in eine ausführliche Diskussion über Lachsqualitäten, entschied sich dann für Tagliatelle mit Räucherlachs – irischem, wohlgemerkt – und Sahnesoße. Zum Dessert schließlich wollte sie lediglich Vanilleeis mit heißen Kirschen, ganz ohne Extras. Ihr Gegenüber erlebte zum ersten Mal, wie spannend eine Restaurantbestellung sein konnte und zögerte, als er an der Reihe war, weil ihm seine eigene Wahl jetzt viel zu simpel erschien. Kurzentschlossen meinte er: «Ich will genau dasselbe, was sie hat», und entließ den grinsenden Kellner mit seinem Auftrag.

Annika war überrascht, dass Beimer keine Bemerkung über ihre Bestellgewohnheiten gemacht hatte. Während der größere Teil der Bevölkerung daran gewöhnt war, mit Kellnern unmissverständliche Codes wie ‹zweimal 48› auszutauschen, erzeugte man mit eigenen Variationen über ein Standard-Menu à la *Das hätte ich gern ohne Reis aber mit Salzkartoffeln, die aber auf separatem Teller* einen meist unwillkommenen Hauch von Dekadenz. Konnte man denn nach *Harry und Sally* und den darauf folgenden unzähligen Zitaten in anderen Filmen überhaupt noch ernsthaft ein Menü nach eigenen Wünschen umgestalten? Sie brauchte einen Augenblick, um an Beimers letzten Satz anzuknüpfen. Schließlich meinte sie:

«Der Hauptgang kommt selten vor einer halben Stunde. Die machen hier immer alles ganz frisch. Also haben wir genug Zeit, herauszufinden, was eigentlich los ist.» Als Beimer sie daraufhin irritiert ansah, ergänzte sie: «Ich meine, wer für was verantwortlich ist und warum es überhaupt nötig ist, dass solche Ermittlungen stattfinden.»

Beimer lächelte sie an und sah sich dann im Raum um. Die alten, kräftigen Holztische und die beiden rustikalen Schränke an der Wand gegenüber vermittelten eine Atmosphäre, die bei diesem Wetter ein wenig schläfrig machte und in der man sich ein bisschen weniger fremd fühlte. Auf jedem Tisch stand eine Kerze in einem Gesteck aus Tannengrün, das einen angenehmen Duft verströmte. Außerdem war es ungewöhnlich still: keine Musik, die im Hintergrund Gesprächspausen mit Geräuschen füllte.

Beide gaben sich einige Augenblicke lang der ungewohnten Ruhe hin, und die anhaltende Stille machte sie auf merkwürdige Weise befangen. Annika brach das Schweigen mit der Frage: «Kennen Sie sich in dieser Gegend eigentlich aus oder waren Sie schon mal hier?»

«Nein, ich bin in Düsseldorf aufgewachsen und erst vor knapp zwei Jahren nach Duisburg gezogen. In den Duisburger Süden, nach Rahm. Aber ich hatte bisher kaum Gelegenheit, mir die Gegend drumherum genauer anzusehen. Es war einfach immer zu viel zu tun.» Er seufzte ein wenig, als er das sagte. «Aber das kennen Sie ja wohl auch. Ich vermute, dass in Ihrem Beruf Außerplanmäßiges genauso normal ist wie bei uns, oder?»

«Kann man wohl sagen», antwortete sie. «Dass man plötzlich einspringen muss, obwohl man frei hätte, oder dass man plötzlich Frühdienst statt Spätdienst machen muss. Eigentlich hat mich das nie besonders gestört, vielleicht, weil es bei mir am Anfang nicht so oft vorgekommen ist. Aber in letzter Zeit ist nur noch Chaos. Außerdem hab ich fast nur Freunde und Bekannte, die denselben Beruf haben. Die finden das normal, wenn man plötzlich eine Verabredung absagen muss oder wenn man bei einem Treffen so müde ist, dass man während der Unterhaltung einschläft.»

Beimer musste grinsen. «Ist Ihnen das schon mal passiert?»

«Oh ja.» Sie machte eine kurze Pause, sah, wie er immer noch grinste, und meinte mit mühsam unterdrücktem Schmunzeln: «Wenn es so weit ist, merken Sie es als Erster.»

Nach einer kleinen Pause fuhr sie fort: «Jedenfalls geht es ja nicht nur um verschobene Dienste. Ich weiß nicht, wie viele Diskussionen ich schon hatte, weil ich nicht um Punkt halb neun nach dem Spätdienst auf der Matte gestanden habe. Und dann die Sprüche: «Warum musstest ausgerechnet du das noch machen? Konnte das nicht jemand anders erledigen?», und so weiter. Aber wenn man sich zum Beispiel gerade mit einem Patienten unterhält, kann man ja kaum sagen: «Behalten Sie, was Sie sagen wollten, gleich macht meine Kollegin weiter». Außerdem finde ich es nervtötend, mich immer wieder rechtfertigen zu müssen. Ich hab keine Lust, mich für meinen Beruf zu entschuldigen.»

Beimer nickte zustimmend, und Annika fragte: «Was ist mit Ihnen? Mögen Sie Ihre Arbeit?»

«Oh ja. Das ist zwar fast peinlich, aber ich wollte schon als kleiner Junge zur Polizei. Nicht sehr originell, fürchte ich.»

Nun musste Annika grinsen und fragte ihn: «Wie ist denn das, wenn man ständig auf Gangsterjagd ist? Wird man da nicht paranoid und hält jeden für kriminell?»

Beimer verzog seine Miene und meinte: «Das meinen Sie jetzt aber nicht ernst, oder? Sie sind ja den ganzen Tag von Kranken umgeben: Glauben Sie denn, dass alle Leute krank sind?»

Annika überlegte kurz und sagte leise: «Wer weiß, wer weiß. Jeder Job hinterlässt so seine Schäden.»

Die Vorspeise wurde aufgetragen, und in den nächsten Minuten spekulierten sie darüber, wie wohl Feldsalat geerntet wurde. Es stellte sich heraus, dass alle beide von Landwirtschaft überhaupt keine Ahnung hatten, und so beließen sie es dabei, das Essen zu genießen.

Als der Kellner die leeren Teller vom Tisch nahm, holte Beimer einen kleinen Plastikbeutel aus seinem Jackett, der ein Stück Stoff zu enthalten schien. Er legte den Beutel auf den Tisch und sagte zu Annika:

«Wir haben in der Hand von Herrn Thörnphlix dieses Stück Stoff gefunden, das offensichtlich von der Gardine des Aufenthaltsraums stammt.»

Er ließ ein paar Sekunden verstreichen, bevor er weitersprach: «Verstehen Sie, er hatte seine Hände zusammengeballt, als habe er versucht, sich an der Gardine festzuhalten. Dabei hat er ein Stück davon abgerissen. Nun – Sie haben ja selbst gesagt, dass Sie nicht an Selbstmord glauben. Das hier», er deutete auf den Beutel, «scheint Ihnen Recht zu geben.»

Annika musste die Neuigkeit erst einmal verdauen. Sie war überrascht, dass ihr Gespräch so plötzlich eine solche Wendung genommen hatte. Sie blickte stumm auf den Beutel und dachte darüber nach, was sie davon halten sollte.

Beimer schien ihr Schweigen zu ignorieren. Er ging nicht weiter auf den Stofffetzen ein, sondern kam auf etwas ganz anderes zu sprechen: «Haben die Patienten die Befragung heute eigentlich gut überstanden?» Er sah, wie sich ihr Blick zu verfinstern drohte und setzte eilig hinzu: «Leider konnten wir in dieser Situation nicht darauf verzichten.»

Der Hauptgang wurde serviert, und beide schwiegen, bis der Kellner sich wieder zurückgezogen hatte. Annika fiel es schwer, sich an den Gedanken zu gewöhnen, dass es sich bei Thörnphlix' Tod um Mord gehandelt haben sollte, obwohl das letzten Endes besser zu dem Bild passte, das sie sich von ihm gemacht hatte. Sie stellte fest:

«Also gehen Sie davon aus, dass es sich um einen Mord handelt. Glauben Sie denn tatsächlich, dass einer der Patienten ein Mörder ist?», fragte Annika, ohne damit direkt auf Beimers Frage einzugehen.

«Das kann ich jetzt noch nicht sagen. Und bevor ich nicht mehr weiß, halte ich grundsätzlich alles für möglich.»

Annika verstand, worauf er hinauswollte: «Das heißt, Sie gehen davon aus, dass der Täter…»

«…oder die Täterin», ergänzte Beimer.

«…oder die Täterin», setzte Annika fort, «sowohl ein Patient als auch jemand vom Personal sein könnte?»

Ohne zu zögern, sagte er: «So ist es.»

Annika wich seinem fragenden Blick aus und dachte nach. «Und was ist dann mit Baumanns Tod? Soll das dann auch ein Mord gewesen sein? Ich glaube nämlich immer noch an einen Unfall.»

Beimer hob die Schultern. «Kann sein. Aber es ist eben beides denkbar. Was ist zum Beispiel mit der großen Spritze? Eh, wie hieß die noch mal?»

«Perfusorspritze«, half Annika ihm weiter.

«Perfusorspritze, genau», wiederholte Beimer, als wolle er sich den Begriff einprägen. «Bisher ist immer noch ungeklärt, wozu diese Spritze benutzt wurde. Niemand will sie benutzt haben, auch keiner von den Ärzten. Aber wenn diese Spritze nichts mit Baumanns Tod zu tun hat und alles nur einfach ein dummer Zufall ist: Wieso will sie dann keiner benutzt haben? Das ist doch seltsam, finden sie nicht?»

Ja, das fand Annika allerdings auch merkwürdig, aber sie sagte nichts.

«Und fünfzig Milliliter oder weniger reichen bei einer Luftembolie für eine tödliche Dosis», setzte Beimer seine Überlegungen fort. «Das kann doch nur jemand vom Personal wissen.»

Annika schüttelte heftig den Kopf: «Ach was! Das ist doch heutzutage kein Geheimnis, das nur von Druide zu Druide weitergegeben wird. Das kann doch jeder nachlesen, in Fachbüchern, in Krimis, im Internet. Das ist doch wirklich kein Problem, wenn man sich solche Informationen beschaffen will. Außerdem können Sie doch nicht einfach vom Wissen auf Handeln schließen. Ich weiß auch, wie man jemanden umbringen könnte.»

Beimer nickte. «Aber Sie waren zum fraglichen Zeitpunkt eben nicht im Krankenhaus.»

«Wie können Sie sich da so sicher sein?», wollte sie wissen.

«Weil wir das schon überprüft haben», erklärte Beimer sachlich.

Annika schaute ihn verblüfft und empört zugleich an. «Na toll!», entfuhr es ihr. «Was haben Sie denn sonst noch so alles über mich in Erfahrung gebracht?»

Beimer sah unglücklich aus, als er sagte: «Frau Meinke, hier geht es vielleicht um Mord. Da müssen wir schon herausfinden, was alle Personen im näheren Umkreis in den letzten Tagen gemacht haben. Wieso sollten Sie denn da eine Ausnahme sein? Wir haben alle überprüft. Bis hin zur Familie Baumann.»

Annika horchte auf und vergaß dabei sofort ihren Ärger: «Baumanns? Und, gab's da was Besonderes?»

«Es tut mir Leid, aber dazu darf ich Ihnen leider nichts sagen», meinte Beimer routiniert.

«Verstehe», murmelte Annika. «Wenn Sie aber schon mit mir über Stofffetzen und Patientenbefragungen reden, dann darf ich mir wohl wenigstens Gedanken über das Mordmotiv machen, oder? Üblicherweise sucht man doch immer nach einem Motiv. Aber ich wüsste keins. Zumindest nicht bei den Leuten, mit denen ich auf der Station zu tun habe. Vielleicht gibt's aber eins bei Familie Baumann», spielte Annika auf Beimers Zurückhaltung an. «Und dann könnten Sie uns auf der Station doch ersparen, weiter genervt zu werden, oder? Das würde Ihnen die Arbeit doch auch leichter machen. Von uns mal ganz zu schweigen.»

Beimer ging darauf nicht weiter ein, sondern fragte stattdessen: «Halten Sie es wirklich für absolut undenkbar, dass jemand aus ihrem Team ein Motiv haben könnte?»

«Absolut», antwortete Annika bestimmt.

«Und wie ist es mit einem Erlösungsmotiv?»

«Was für ein Motiv?» Annika schaute ihn fragend an.

«Ein Erlösungsmotiv: der Wunsch, todkranke Patienten von ihrer Krankheit erlösen zu wollen. Der feste Glaube daran, dass solche Menschen diesen Wunsch insgeheim auch hegen, ihn aber nicht in die Tat umsetzen, aus ganz verschiedenen Gründen. So ein Motiv ist doch durchaus denkbar, und das hat es ja auch schon des Öfteren gegeben, wie sie sicher wissen. Sowohl Baumann als auch Thörnphlix waren vermeintlich schwer krank. Ich sage deshalb vermeintlich, weil es ihnen ja aus eigener Perspektive offensichtlich nicht so fürchterlich schlecht ging. Für Außenstehende haben sie vielleicht nicht so schwer gelitten. Das würden Sie doch auch sagen, oder?»

«Ja, bei Thörnphlix auf jeden Fall. Herrn Baumann ging es zu Beginn schon sehr schlecht, und wir waren selbst sehr erstaunt, dass er sich wieder erholt hat.» Annika dachte über Beimers Bemerkungen nach. «Sie haben mit Gesine Prinz gesprochen. Stimmts?»

«Wie kommen Sie denn darauf?», fragte er überrascht.

«Weil Gesine mir heute Morgen erzählt hat, Swedlana hätte mal über solche Erlösungsvorstellungen gesprochen. Natürlich nur theoretisch. Aber selbst wenn Swedlana das wirklich gesagt haben sollte, was wir ja noch nicht einmal wissen …»

Beimer fiel ihr ins Wort: «Sie hat es gesagt. Ich war heute noch bei ihr, um das zu überprüfen. Einer Ihrer Kollegen hat das außerdem auch bestätigt.»

«Okay, dann hat sie es gesagt. Aber über Euthanasie wird doch in jeder Talkshow gequatscht.»

«Möglich. Aber es ist doch etwas anderes, ob ich mich darüber unterhalte oder eine Krankenschwester oder ein Arzt. Und wenn dann zwei Patienten auf diese Weise sterben… Außerdem gibt es noch einen Umstand, der bei Frau Wojdagowicz wesentlich schwerer wiegt. Sie ist in der Nacht, in der Thörnphlix starb, gegen zwei Uhr nach Hause gekommen. Eine Nachbarin hat gesehen, wie sie aus Richtung Krankenhaus zum Wohnheim gerannt ist.»

«Aber sie wird jemanden besucht haben», vermutete Annika hoffnungsvoll.

«Im Krankenhaus? Mitten in der Nacht?» Beimer sah sie ungläubig an.

Annika ließ nicht locker: «Sie kann ihr Auto dort geparkt haben. Das macht sie manchmal, wenn es am Wohnheim keine freien Parkplätze mehr gibt. Meine Güte, das lässt sich doch bestimmt ganz leicht klären.»

«Tja, tut mir Leid, aber das ist der nächste Punkt, der gegen sie spricht: Sie will absolut nicht sagen, wo sie war und was sie um diese Zeit dort gewollt hat.»

Annika sah Beimer wie versteinert an. «Oh Gott», murmelte sie, und ihr wurde bewusst, dass ihre Vorstellungen, die sie von den Menschen um sich herum hatte, ziemlich leicht zu erschüttern waren. Aber das sagte sie Beimer lieber nicht.

Sie war ratlos, wusste nicht, was sie jetzt noch sagen konnte, und entgegnete nur trotzig: «Ich finde, alles in allem ist Ihre Argumentation trotzdem ziemlich schwach. Alles Vermutungen, kein handfestes Motiv. Sie sind sich ja noch nicht mal sicher, ob es sich hier wirklich um einen oder zwei oder überhaupt um Morde handelt, hab ich nicht Recht?»

Beimer antwortete nicht, aber insgeheim musste er Annika zustimmen. Intuition war doch immer ein schwaches Argument, auch wenn er in diesem Moment liebend gern davon Gebrauch gemacht hätte. Konnte man denn wirklich von Morden sprechen? Bei Baumann war er sich ganz und gar nicht sicher. Und Thörnphlix? Es war doch niemand unter den infrage kommenden Personen kräftig genug, Thörnphlix gegen seinen Willen erst auf die Fensterbank stellen und dann hinunter stoßen zu können. Und dann musste er freiwillig dort hochgeklettert sein.

«Ich denke, ich mach mich jetzt mal wieder auf den Weg», unterbrach Annika Beimers Überlegungen. Er zuckte ein wenig zusammen.

«Oh, ist es schon so spät?»

«Ja. Ich muss morgen wieder früh raus, und ich würde heute Nacht liebend gern mal wieder länger schlafen. Sonst wird das morgen eine Katastrophe.»

Sie riefen den Kellner und zahlten. Beimer wollte Annika in den Mantel helfen, aber weil sie zuerst gezahlt und vor ihm die Garderobe erreicht hatte, war er nicht schnell genug. Vor dem Café blieben sie einige Augenblicke unschlüssig stehen. Beimer fand schließlich bewundernde Worte für Annikas Mercedes, und während er in Jugenderinnerungen schwelgte und von seinem ersten Auto erzählte, musterte sie ihn. Harry Beimer sah für ihren Geschmack etwas zu ordentlich und vielleicht auch etwas zu gut aus: Knapp 1 Meter 90 groß, sehr schlank, schwarzhaarig, würde man in seiner Personenbeschreibung lesen. Mit einer, höflich formuliert, überaus *markanten* Nase, vor der man sich sicher in Acht nehmen musste – beim Küssen zum Beispiel –, war er der Prototyp für eine Vorabend-Serie. Der klassische Typ, in den sich 15-Jährige verlieben, weil man ihnen auf allen Kanälen klarmacht, dass Typen zum Verlieben einfach so aussehen müssen.

Auf der anderen Seite erschien er ihr doch etwas zu schlaff und unsportlich zu sein, um diesem Bild vollkommen zu entsprechen. Seine Stimme war ein wenig zu hoch, und sie hatte bemerkt, dass er gelegentlich dazu neigte, ungeschickt an Türen zu rempeln oder knapp daneben zu greifen, wenn er in Gedanken war. Annika war sich in diesem Moment nicht bewusst, dass sie sich selbst in diesen kleinen Macken spiegelte, aber vermutlich weckte gerade das in ihr auch leise Sympathie.

Beimer war inzwischen wieder in der Gegenwart angekommen und sah sie erwartungsvoll an. Annika riss sich aus ihren Betrachtungen. Sie hatte seine letzten Sätze nicht mitbekommen und überspielte das, indem sie sagte:

«Der Wagen war ein Geschenk. Ich habe von Autos ja keine große Ahnung, aber ich mag die alten lieber als diese stromlinienförmigen Kisten.»

Beimer sah etwas verloren zu seinem frisch gewaschenen Neuwagen hinüber. Annika bemerkte das und beeilte sich zu sagen: «Aber einen neuen könnte ich mir sowieso nicht leisten. Ja, denn will ich mal den Diesel anschmeißen und machen, dass ich nach Hause komme. Wir sehen uns bestimmt noch die Tage, oder?»

«Ja, auf jeden Fall», meinte Beimer, und weil ihm auf die Schnelle nichts Besseres einfiel, setzte er etwas gestelzt hinzu: «Dann einen schönen Abend noch».

«Danke gleichfalls», parierte Annika höflich, stieg in ihr Auto, verfluchte in Gedanken die Diesel-Gedenkminute und setzte dann aus der Parklücke zurück. Sie winkte Beimer noch flüchtig zu und fuhr zügig fort.

Beimer sah ihr noch nach, als sie längst aus seinem Blickfeld verschwunden war. Es war nicht allein ihr Äußeres, das es ihm angetan hatte. Aus eigener schmerzlicher Erfahrung wusste er, wie sehr das täuschen konnte. Es war noch gar nicht so lange her, da hatte er einen sterbenslangweiligen Abend mit einer attraktiven Blondine verbracht. Allerdings hatte Thomas, sein Freund und Arbeitskollege, ihn vorher gewarnt. Der hatte ihm dieses Treffen sozusagen vermittelt, weil Harry seit längerem keine Verabredung mehr hatte.

Nach der Trennung von seiner Frau vor zwei Jahren hatte er das Alleinsein langsam satt und sich auf das Blind Date eingelassen, obwohl Thomas vorsichtig angedeutet hatte, dass Gerda, die Blondine, nicht unbedingt die tollste Gesprächspartnerin, sondern eher die ideale Besetzung für einen vergnüglichen, aber ansonsten anspruchslosen Abend wäre. Das Treffen war abgelaufen wie in einem mittelmäßigen Drehbuch: Abendessen, karge Konversation, sparsame Zärtlichkeiten und schließlich ein routinierter Beischlaf, den auszulassen einfach unhöflich gewesen wäre. Am nächsten Morgen verabschiedete man sich knapp und unverbindlich.

Annika hingegen schien ganz anders zu sein. Selbstbewusst und direkt, ein bisschen giftig vielleicht, aber auch überaus lebendig. Sie hatte sich von seinem Beruf weder beeindrucken lassen, noch ließ sie die üblichen Klischees vom Stapel, wie er das sonst oft erleben musste. Er musste sich eingestehen, dass sie ihn immer mehr faszinierte. Auf der anderen Seite schien sie an ihm weit weniger persönliches Interesse zu haben. Vermutlich würde sie froh sein, wenn er aus ihrem Leben verschwinden würde, nachdem seine Arbeit im Krankenhaus beendet war. Harry Beimer seufzte und öffnete den Wagen mit der Fernbedienung an seinem Autoschlüssel. Er musste grinsen, als er daran dachte, wie Annika verlegen darauf gewartet hatte, bis sich ihr Dieselmotor nach dem Vorglühen in Gang setzte. Da hatte sie schon weniger überlegen gewirkt.

*

Annika war inzwischen fast zu Hause angekommen. Beinahe hätte sie eine ältere Frau überfahren, als sie in Gedanken versunken in die Straße einbog, in der sie ihr Wohnung hatte. Im letzten Augenblick konnte sie den Wagen mit einer Vollbremsung zum Stehen bringen. Die alte Frau hatte von all dem nichts mitbekommen. Sie zockelte mit ihrem Gehgestell in aller Seelenruhe über die Straße, ohne nach rechts oder links zu sehen. Annika sah sich die gespenstische Szene an und setzte den Wagen erst in Bewegung, als die Straße wieder frei war. Sie suchte sich einen Parkplatz und blieb erst einmal ein paar Minuten im Auto sitzen, um sich von dem Schreck zu erholen. Ein Blick auf ihre Armbanduhr zeigte 19 Uhr. Prima. Also noch genügend Zeit, um sich auf einen gemütlichen Abend vorzubereiten. Bei der Vorstellung, wie sie gleich in ihrem wohlig warmen weichen Bett liegen würde, einen *Créme de Cacao* in der Hand und einen Miss Marple-Film auf Video, beeilte sie sich, in ihre Wohnung in der zweiten Etage zu kommen, ohne auf einen ihrer Nachbarn zu treffen. Bei *Créme de Cacao* musste sie immer daran denken, wie Peter Ustinov das in seiner Rolle als Hercule Poirot so unnachahmlich aussprach: das *Cacao* lang gezogen und affektiert, fast geflötet – einfach herrlich.

Sonst hielt sie ja gern ein Schwätzchen mit den Nachbarn, zumindest mit den meisten, aber heute wollte sie nur noch ganz schnell in ihre Hütte, den Anrufbeantworter einschalten und das Alleinsein genießen. Sie hatte Glück und kam ungestört durch den kleinen Hausflur. Oben angekommen, warf sie als Erstes ihre Tasche wie üblich in die nächste Ecke, ging ins Schlafzimmer und zog sich dort bis auf die Unterwäsche aus. Dabei versuchte sie, ihre Sachen so abzulegen, dass sie sich morgen früh auch im Halbschlaf wieder finden ließen. Dann schlüpfte sie in Leggins und ihr Lieblings-Sweatshirt, das ihr zwei Nummern zu groß war, und ging in die Küche. Sie nahm ein gewaltiges Stück sehr alten Gouda aus dem Kühlschrank, öffnete mit geübten Griffen eine Weinflasche, nahm sich Zeit, ihn zu dekantieren, wobei sie ihn in eine Karaffe füllte, die sie von ihrem Verflossenen Max bekommen hatte. Vor einigen Jahren hatte sie Max Roth kennen gelernt, als er gerade dabei war, sein Önologie-Studium abzuschließen. Von ihm hatte sie über die Jahre hinweg eine Menge über Wein gelernt, und die beiden trafen sich auch nach ihrer Trennung bis heute in unregelmäßigen Abständen zu ausschweifenden Weinproben. Annika dachte, dass es mal wieder Zeit für eine Privat-Verkostung wäre, nahm sich ein großes Rotweinglas aus dem Schrank, ein Likörgläschen für den *Créme de Cacao* und stellte alles zusammen auf ein Tablett.

Mit allem ausgerüstet stapfte sie ins Schlafzimmer, wo sie einen Fernseher auf einer alten antiken Kommode direkt gegenüber dem Bett aufgestellt hatte. Annika liebte Filme und hatte sich, sehr zum Leidwesen ihrer bibliophilen Eltern, eine stattliche Videosammlung zugelegt. Die beiden hätte es lieber gesehen, wenn ihre Tochter Bücher statt Videos sammeln und vielleicht doch noch ein Studium, vorzugsweise ein Literaturstudium, aufnehmen würde. Wie viele Intellektuelle hatten auch sie eine widersprüchliche Beziehung zu Filmen: Auf der einen Seite werteten sie Filme Büchern gegenüber ab, andererseits konnte man aber immer wieder feststellen, dass Bücherwürmer doch über erstaunlich profunde Kenntnisse der jüngeren Filmgeschichte verfügten. Es blieb rätselhaft, wann sie sich die erworben hatten. Annika mochte Literatur und Filme gleichermaßen und ließ sich schon lange nicht mehr darauf ein, beides gegeneinander auszuspielen. Wenn ihr alles zu viel wurde, machte sie es sich mit irgend einer Delikatesse und einem schönen alten Film oder eben mit einem Buch zu Hause gemütlich. Heute war ihr nach Film.

Sie baute sich aus unzähligen kleinen und großen Kissen eine Landschaft, in der sie, halb liegend, bequem essen und trinken konnte, legte den Film ein und löschte das Licht. Die ersten Bilder erschienen und zeigten den Filmtitel: *Mörder ahoi.* Wie passend, dachte Annika und versenkte sich mit Margaret Rutherford in die schwarzweiße Welt der Miss Marple.

Freitag, 8. November

Während Annika den Verbandswagen kontrollierte und die fehlenden Materialien auffüllte, trällerte sie leise die Titelmelodie der Miss Marple-Filme. Sie hatte in der letzten Nacht so gut geschlafen wie schon lange nicht mehr und fühlte sich – in Anbetracht der noch ungeklärten Todesfälle – wesentlich besser als in den letzten Tagen. Sie wollte gerade mit dem frisch gefüllten Wagen zu Zimmer 14, wo Frau Mertens lag, als das Telefon schellte. Es war ein Anruf von außerhalb, wie Annika an der Art des Klingelns erkannte. Sie nahm den Hörer ab.

«Ruhr-Klinik, Station I 41, Meinke, Guten Tag.»

«Mensch, bei dir hat das Kommunikationstraining voll angeschlagen, was?», hörte Annika Tina am anderen Ende der Leitung. «Bis du deinen Text abgelassen hast, sind ja schon zwei Einheiten abgebucht. Habt ihr einen Vertrag mit der Telekom?» Tina amüsierte sich offenbar.

«Jetzt komm aber, das ist doch noch harmlos. Immerhin hab ich ja nicht «Was kann ich für Sie tun?» gesagt», entgegnete Annika.

«Ja, genau, das fehlt noch. Mal was anderes: Was machst du am Wochenende? Hast du Lust, vorbeizukommen?»

«Gern. Aber nur, wenn es nicht wieder verbrannte Garnelen gibt», spielte Annika auf ihr letztes Treffen an.

«Die waren nicht verbrannt, die waren gut durch», dozierte Tina und ergriff die günstige Gelegenheit: «Was hältst du davon, wenn du kochst? Dann kann ja nix passieren».

Zu Tinas Überraschung versuchte Annika gar nicht erst zu verhandeln. «Super Idee. Wie wär's mit Spagetti?» Annika hatte eine Vorliebe für fast alle Pastagerichte, aber Spagetti waren ihr mit Abstand am liebsten.

Tina zögerte: «Wie wär's mal mit etwas anderem?»

«Och komm», bettelte Annika. «Ich mach sie auch nicht so scharf wie letztes Mal und reiß mich mit dem Knoblauch zusammen.»

«Na gut», lenkte Tina ein. «Überredet. Und wann kommst du? Samstag oder Sonntag?»

«Ich kann nur am Sonntag, weil morgen Max kommt.» Annika hatte heute Morgen mit Max telefoniert und sich mit ihm verabredet. Ihre Weinvorräte gingen zur Neige, und außerdem hatte sie gestern Abend Lust bekommen, sich mal wieder mit ihm zu treffen.

«Oho», machte Tina. «Übernachtet er bei dir?»

«Sonst hast du keine Sorgen? Natürlich übernachtet er bei mir. Oder meinst du, ich schick ihn mit Wein abgefüllt wieder nach Hause? Der kann doch nachher nicht mehr mit dem Auto fahren.» Max wohnte in einem kleinen Dorf in der Nähe von Koblenz.

«Nachher? Nach was?», witzelte Tina.

«Tina», sagte Annika drohend, «hast du sie noch alle stramm?»

«Ist ja gut», sagte sie beschwichtigend. «Also dann wie immer um sieben, ja?»

«Ja, um sieben. Bis dann.» Sie verabschiedeten sich, und Annika machte sich auf den Weg zu Frau Mertens. Fast wäre sie mit Frau Bär, der Bettnachbarin von Frau Mertens zusammengestoßen, als sie vor Zimmer 14 angekommen war. «Oh, das war knapp», lächelte Annika.

«Soll ich Ihnen die Tür aufhalten?», erkundigte sich die Patientin.

«Ja, das wäre nett», antwortete Annika.

«Wissen Sie, ob bei mir im Moment etwas anliegt? Ich wollte nämlich eben mal runter gehen», wollte Frau Bär wissen.

«Doktor Mezger möchte gleich Visite machen, so in einer Viertelstunde ungefähr. Das wär's dann auch schon für Sie heute Morgen.»

«Gut, dann bleib ich solange noch hier», meinte Frau Bär, und Annika ging in das Zimmer. Der Verbandswechsel war schnell gemacht, und Annika informierte Mezger, dass sie nun mit der Visite beginnen könnten. Sie ignorierte seine finstere Miene und sagte unternehmungslustig:

«Ich hol dann schon mal den Visitenwagen, dann können wir ja in der 14 bei Frau Mertens anfangen, okay?»

«Ist gut», brummelte Mezger.

In knapp zwanzig Minuten waren sie mit der Visite in Annikas Pflegebereich durch. Zimmer 16, in dem Herr Thörnphlix gelegen hatte, war noch leer. Einen neuen Patienten hatten sie heute Morgen zu Kowalski und Engkhoff in Zimmer 19 gelegt. Herr Dohle, so hieß er, war ganz früh um acht Uhr auf der Station angekommen und seitdem unentwegt von einer Untersuchung zur nächsten geschickt worden. Gleich wollte Mezger mit ihm reden, und deshalb ließ sich Annika noch etwas Zeit. Sie würde Herrn Dohle dann später aufnehmen, damit der arme Mann Zeit hatte, ein paar Minuten zu verschnaufen. Immerhin war er wegen einer bereits seit längerem bestehenden Hypertonie zu ihnen gekommen. Allerdings hatte er bisher nur unregelmäßig Medikamente geschluckt. Mittlerweile war er fast 70 Jahre alt, und nun musste etwas unternommen werden.

Annika hatte sich die Unterlagen für das spätere Aufnahmegespräch zurechtgelegt und arbeitete gerade die Visite aus. Gerd, Yvonne und Mezger waren zur Visite im zweiten Pflegebereich unterwegs, und Mechthild war bei ihren Patienten. Kalle hatten sie zu Herrn Grabe geschickt, der rasiert werden wollte. Herr Grabe war ein 80-jähriger ehemaliger Finanzbeamter, der es gewohnt war, Anweisungen zu erteilen. Er bestand darauf, nass rasiert zu werden und währenddessen eine Fußballsendung im Fernsehen zu verfolgen. Kalle hatte aus unerfindlichen Gründen enormen Respekt vor ihm und gehorchte zu ihrer aller Überraschung aufs Wort. Mechthild und Annika hatten großen Spaß an diesem ungleichen Gespann und wünschten sich, dass Herr Grabe noch etwas länger bleiben würde.

Als Annika gerade die letzte Kurve zur Seite legte, stand Klaus in der Tür. «Hey», begrüßte sie ihn strahlend. «Schön, dass du vorbeischaust.»

«Geht es heute etwas besser?», erkundigte er sich.

«Viel besser. Kein Toter, keine Katastrophen, kein Chefarzt und vor allem: Ich habe ausgeschlafen.»

Klaus schmunzelte. «Na, das hört sich ja nach einem gelungenen Tag an. Dann braucht hier wohl niemand meinen Beistand?»

Annika zog ihn an seinem Arm ins Dienstzimmer und beteuerte mit gespieltem Ernst: «Und wie. Du könntest dich zum Beispiel notfallmäßig mit unserer Kaffeemaschine beschäftigen.»

«Also wird wieder einmal meine Demut auf eine harte Probe gestellt», klagte Klaus theatralisch und richtete seinen Blick dabei gen Himmel. «Nun denn, holde Jungfer, dann will ich mich mal eurer Nöte annehmen.»

Annika zeigte mit großer Geste auf die Stationsküche und meinte: «Nun denn, euer Ehren, da wartet ein gerüttelt Stück Arbeit auf euch.»

Klaus schüttelte den Kopf und sah Annika mit zusammengekniffenen Lippen an: «Euer Ehren sagt man zu Richtern. Oh ihr Ungläubigen! Man fasst es nicht.» Dann schob er Annika mit den Worten «Hebe dich hinweg, mein Kind, und lass mich meine Arbeit tun» beiseite und ging in die Küche.

Während Klaus sich auf den Weg in die kleine Küche unmittelbar vorn am Eingang der Station machte, erledigte Annika noch einige Anrufe und füllte Formulare aus. Fürs Erste war alles erledigt, sodass sie vor dem Mittagessen noch ausreichend Zeit für Herrn Dohle haben würde. Klaus kam mit einer großen gelben Thermoskanne, sieben Tassen, Milch und Zucker zurück. Er stellte das Tablett auf den Tisch und goss für sich und Annika Kaffee ein. «Gibt's was Neues?», fragte er nach dem ersten Schluck Kaffee.

Annika nippte vorsichtig an ihrem Becher mit dampfend heißem Kaffee und musterte ihn. ‹Klaus sieht verteufelt gut aus›, dachte sie, ‹wenn man das bei einem Seelsorger so sagen kann.› Fast zwei Meter groß, vielleicht etwas zu mager, strohblonde Haare und hellblaue Augen in einem immer perfekt glattrasierten Gesicht mit einem Dutzend Sommersprossen. Er war umwerfend charmant, ganz ohne jede Affektiertheit, und alle seine Gesten waren Treffer, wirkten souverän und vollkommen natürlich. Die meisten Männer, zumindest die heterosexuellen, fühlten sich in seiner Nähe zunächst entweder unwohl oder herausgefordert. Klaus war sich dessen bewusst – er hatte einmal mit ihr darüber gesprochen – und verhielt sich deshalb sehr zurückhaltend, wenn man ihn anfangs kennen lernte. Im Laufe der Zeit konnte er dann aber immer mehr aus sich herausgehen, je nachdem, wie sich die Beziehung entwickelte.

Das erste Gespräch zwischen Annika und Klaus hätte im Drehbuch einer Stadtneurotiker-Komödie stehen können: Satz für Satz gewann ihr Dialog an Tempo, und Annika genoss die intellektuelle Herausforderung, das Spiel zwischen Witz, Flirt, Verrücktheiten und nicht zuletzt auch den Phasen tiefen Ernstes. Sie hatte sehr schnell erfahren, dass Klaus schwul war, und vielleicht konnte sich ihre Beziehung auch deshalb so entspannt entwickeln, weil beide von vornherein nicht unter dem Druck einer möglichen sexuellen Beziehung standen. Klaus war zu schön, zu intelligent und außerdem noch zum Niederknien einfühlsam: ein Fabelwesen, ein schillernder Vertreter seines Geschlechtes in Perfektion – wäre da nicht sein zwiespältiges Verhältnis zur Kirche und seine absurde Angst vor dem Altern.

Annika hatte in ihrer Versonnenheit seine Frage vergessen. Sie kniff die Augen zusammen und musste zugeben: «Äh, ich war gerade in Gedanken. Was hast du gefragt?»

Klaus runzelte die Stirn und wiederholte seinen Satz: «Gibt's was Neues?»

Annika wusste sofort, was er meinte und antwortete: «Absolut nichts. Allerdings scheint Beimer sich ziemlich sicher zu sein, dass der Täter oder besser die Täterin zum Pflegepersonal gehört. Was sagst du dazu?»

«Wie kommt er denn darauf? Ich meine, dafür müsste es doch irgendwelche Beweise oder erst mal ein Motiv geben.»

Annika nickte. «Die Beweise sind mehr als spärlich, zumindest, soweit ich das beurteilen kann. Beimer hält anscheinend mit irgendetwas hinter dem Berg. Er verdächtigt vor allem Swedlana.»

Klaus sah Annika fragend an und sie berichtete ihm, was sie von Beimer erfahren hatte. Währenddessen hörte er schweigend zu, und als Annika geendet hatte, lehnte er sich lässig in seinem Stuhl zurück und sagte: «Das ist tatsächlich komisch. Warum sagt sie denn nicht, wo sie war? Ihr muss doch klar sein, dass sie jetzt verdächtigt wird.»

Annika sagte resigniert: «Ich weiß es auch nicht. Ich habe heute schon zweimal versucht, sie zu erreichen, aber sie ist entweder nicht zu Hause oder nimmt den Hörer nicht ab.»

In diesem Moment klingelte das Telefon. Annika nahm den Hörer ab und meldete sich – dieses Mal allerdings nur mit ihrem Nachnamen, um sich weitere Kommentare über Kommunikationstrainings zu ersparen.

«Ja du meine Güte, wo steckst du denn?», hörte Klaus sie laut und ungeduldig in den Hörer rufen. Ohne eine Antwort abzuwarten, stellte sie gleich die nächste Frage: «Bist du gegen zwei da?»

Es folgte eine kurze Pause, dann fuhr sie fort: «Okay, dann komm ich nach dem Dienst rüber. Bis gleich.»

Annika legte den Hörer auf. «Swedlana», erklärte sie Klaus, der bereits erraten hatte, wer da am anderen Ende der Leitung gewesen sein musste. «Ihrer Mutter ging es nicht so gut, deshalb war sie nicht zu Hause.» Annika machte eine kurze Pause. «Kannst du dir vorstellen, dass ein Mensch aus deiner unmittelbaren Umgebung ein Mörder sein könnte?» Annika sah Klaus an.

Der überlegte lange und meinte dann: «Das ist schwer zu beantworten. Solange man keinen Grund hat, darüber nachzudenken, kommt einem die Frage ja ohnehin nicht in den Sinn. Du hast aber einen guten Grund, und außerdem hast du dir die Antwort ja schon zum Teil selbst gegeben. Wenn du das Swedlana überhaupt nicht zutrauen würdest, hättest du mich wohl kaum gefragt. Andererseits wird dir ja auch aufgezwungen, die Sache aus der misstrauischen Perspektive zu sehen. Schließlich willst du Klarheit darüber haben, was sich hier in den letzten Tagen abgespielt hat, weil du ja auch selber ein bisschen die Kontrolle über die Dinge hier verloren hast.»

Annika nickte und fragte weiter: «Du meinst, Swedlana könnte tatsächlich einen Menschen umbringen?»

Klaus sah sie irritiert an: «Davon hab ich doch gar nichts gesagt. Ich hab nur darüber geredet, was sich vielleicht gerade in deinem Kopf abspielt. Gut, sie sagt nicht, wo sie gewesen ist, aber ein Motiv sehe ich immer noch nicht, oder?»

«Hört sich alles ein bisschen abstrakt an, wie du da rangehst. In einer Freundschaft spielt doch immer auch Vertrauen eine Rolle. Nicht nur Wissen, Beweise und Motive, alles schön aus der Distanz betrachtet.»

Klaus ließ nicht erkennen, ob ihn Annikas Einwand gekränkt hatte. Er sagte: «Ich denke, das gehört zusammen. Vertrauen wächst langsam mit einer Beziehung, und zu dieser Beziehung gehört doch auch Distanz, über das Gegenüber nachdenken, mit ihm streiten – eben sich im besten Sinne auseinander setzen.» Klaus machte eine kleine Pause und fuhr dann fort: «Nehmen wir doch einmal an, dass Swedlana tatsächlich jemanden getötet hätte, warum auch immer. Was würdest du denn dann machen?

Würdest du nie wieder mit ihr reden, oder würdest du wissen wollen, was in ihr vorgegangen ist, was sie dazu gebracht hat?»

Annika sagte eine lange Zeit nichts. Sie sah Klaus an und sagte schließlich ratlos: «Ich weiß es nicht.»

In diesem Moment klopfte jemand an die Glasscheibe des Stationszimmers. Annika sah Kowalski, der sie durch die Scheibe hindurch fragend ansah. Sie stand auf und öffnete die Tür.

«Herr Kowalski. Was kann ich für Sie tun?»

Kowalski machte einen verlegenen Eindruck. «Wissen Sie, wo diese kleine Kapelle ist? Da soll doch so ein Raum sein, der *Ort der Stille* oder so ähnlich heißt. Das hat mir vorhin der Neue erzählt, der jetzt in unserem Zimmer liegt. Da wollte ich gern hin.»

«Ja, klar, den gibt es.» Annika wollte gerade zu einer Wegbeschreibung ansetzen, als ein etwa 50 jähriger kleiner Mann vor ihnen stehen blieb.

«Kowalski», rief er erstaunt. «Was machst du denn hier?»

«Thörnphlix?» Kowalski sah den kleinen Mann erstaunt an.

Thörnphlix? Annika glaubte ihren Ohren nicht zu trauen, während sie den Wortwechsel zwischen beiden Männern verfolgte.

«Bist du auch Patient hier?», wollte Kowalski wissen, ohne auf die Frage des anderen einzugehen.

«Nein. Ich komme, um die Sachen von meinem Neffen abzuholen. Du hast ja bestimmt davon gehört.» Er machte eine kleine Pause und sah dabei Annika und Klaus an. «Schreckliche Geschichte. Ich weiß gar nicht, was ich dazu sagen soll. Der Junge hatte doch noch so viel vor.»

Traurig schwieg er und sah dabei hilflos in die Runde. Alle schienen zu befangen, um etwas darauf zu erwidern. Annika war es, die das Schweigen brach und sich an Klaus wandte:

«Klaus, könntest du vielleicht mit Herrn Kowalski zur Kapelle gehen? Dann kann ich Herrn Thörnphlix helfen, ja?» Annika zwinkerte Klaus unauffällig zu.

Der verstand den Wink und antwortete ohne zu zögern: «Ja, natürlich. Das kann ich gern machen. Ich wollte sowieso gerade in mein Büro gehen. Herr Kowalski, kommen Sie mit mir?»

Kowalski nickte, verabschiedete sich von Thörnphlix, der verloren im Flur stand, und schloss sich Klaus an. Annika bat Thörnphlix mit einer Geste ins Stationszimmer. Sie musste zugeben, dass sie ihm nicht nur dabei helfen wollte, die Angelegenheiten seines Neffen zu regeln. Vielleicht würde sie ja von ihm etwas erfahren. Etwas, was ihr helfen würde zu verstehen, wie es zu Thörnphlix' Tod gekommen war und ob es vielleicht doch Gründe für einen Selbstmord gegeben hatte. Hoffentlich würde sie einen Augenblick ungestört mit ihm reden können.

Annika fühlte sich ein bisschen hilflos, denn ihr Gegenüber stand nur stumm in der Mitte des Raumes und überließ ihr die Konversation. Annika gab sich einen Ruck und deutete auf den Besprechungstisch. «Setzen Sie sich doch. Möchten Sie einen Kaffee?»

Thörnphlix schüttelte den Kopf und sagte leise: «Nein, vielen Dank. Ich hab nicht so viel Zeit. Ich muss gleich wieder weiter.»

‹Verdammt›, dachte Annika. ‹Hat überhaupt noch jemand Zeit?› Sie ignorierte seine Bemerkung geflissentlich und sagte: «Ja, ich verstehe überhaupt nicht, wieso Ihr Neffe sich umgebracht hat».

Thörnphlix zögerte einen Moment und sah Annika forschend an. Dann meinte er: «Der hat sich nie im Leben umgebracht. Das glaub ich nicht, und die Polizei ist sich da ja auch nicht sicher. Was denken Sie denn? Ich mein, wenn Sie so fragen. Er war ja noch nicht so lange hier. Haben Sie ihn denn kennen gelernt? Was ist denn mit ihm hier passiert?»

Annika war überrascht von seiner plötzlichen Zugänglichkeit, fühlte sich allerdings ein wenig überfordert, alle seine Fragen zu beantworten.

«Ja, doch, ich hab mich schon des Öfteren mit ihm unterhalten. Aber natürlich konnte ich ihn in der kurzen Zeit nicht richtig gut kennen lernen. Was vermutet denn die Polizei?», fragte Annika in der Hoffnung, von ihm mehr zu erfahren, als Beimer ihr erzählt hatte.

«Ach, die sagen überhaupt nichts Konkretes. Sie hätten Vermutungen, aber noch wäre nichts sicher, und deshalb wollen sie jetzt noch nichts sagen.»

‹Also wissen sie gar nichts›, dachte Annika. «Haben Sie denn eine Vermutung?», fragte sie weiter. «Wenn er sich nicht umgebracht hat, was ist denn dann passiert? Ich meine, Ihrer Meinung nach?»

Er zog seine Schultern hoch und meinte: «Tja. Ich hab nicht die leiseste Ahnung. Hanno war ziemlich beliebt. Klar, es gibt immer ein paar Leute, die Probleme mit Schwulen haben.»

Annika sah ihn erstaunt an. Sie war überrascht, dass er in seinem Alter sich daran offenbar nicht störte. ‹Wer hat hier jetzt Vorurteile?›, schoss es ihr durch den Kopf, und sie hörte ihm weiter zu.

«Aber deswegen wird ihn ja nicht gleich jemand umbringen. Außerdem wusste kaum jemand, dass Hanno im Krankenhaus war.» Er schwieg einen Moment und schien nachzudenken. Dann fuhr er fort: «Andererseits war Hanno das, was man einen Genießer nennt. Ihm hat sein Leben immer Spaß gemacht, und bis zu seiner Krankheit ist ihm auch immer alles gelungen. Ich weiß nicht, ob Sie so was kennen. Es gibt Menschen, denen einfach alles glückt. Beneidenswert. Vielleicht hat die Krankheit ihn mehr mitgenommen, als er zeigen wollte. Und dann hat er ja möglicherweise durchgedreht und sich wirklich umgebracht.» Er sah fragend zu Annika.

«Hatte er denn viele Freunde?», wollte sie wissen.

«Oh ja. Ziemlich viele», sagte Thörnphlix nickend und lächelte dabei.

«Und Ihr Neffe kannte Kowalski? Das hat er mir gar nicht gesagt», wunderte sich Annika.

«Na *kennen* kann man nicht gerade sagen. Wir beide, also Kowalski und ich, haben Schrebergärten in Duisburg-Rahm. Direkt nebeneinander. Und da haben sie sich ab und an gesehen. Ich weiß gar nicht, ob sie überhaupt mal miteinander geredet haben.»

«Und Sie kennen Kowalski besser?», fragte Annika nach.

«Es geht so.» Aus irgendeinem Grund schien er zu zögern.

Annika wollte nicht zu neugierig erscheinen und fügte erklärend hinzu: «Ich frag nur deshalb, weil Herr Kowalski sehr verschlossen zu sein scheint.»

«Ja, so war der schon immer. Hat kaum mit den Leuten geredet. Ein richtiger Eigenbrödler, obwohl er Schriftführer im Kleingartenverein war. Aber ich glaube, das hat er mehr wegen seiner Frau gemacht. Die war die Geselligere von beiden. Als die noch lebte, war im Sommer oft Besuch im Garten. Damals war ich mit meiner Frau auch ab und zu drüben. Jetzt geht da keiner mehr hin.»

Annika nickte zustimmend. «Er vermisst seine Frau sicher sehr.»

Wieder zögerte Thörnphlix: «Ich weiß nicht. Irgendwie hatte ich nie den Eindruck, dass die sich sehr mochten. Seine Frau hatte die Hosen an, wie man so schön sagt. Was die gesagt hat, das wurde gemacht. Da hatte Kowalski gar nix zu melden. Als sie dann krank wurde, war es plötzlich umgekehrt. Da war sie auf seine Hilfe angewiesen und hat ihn nicht mehr so rumkommandiert. Ich glaube, für ihn war das fast eine richtige Erleichterung.»

Die Stationstür öffnete sich, und Mezger kam mit dem Visitenwagen herein. ‹Oh nein›, fluchte Annika innerlich, ‹muss der ausgerechnet jetzt auftauchen?›

Thörnphlix schien durch Mezgers Erscheinen aus seinen Gedanken gerissen. Er gab sich einen Ruck und sagte: «Ja, ich glaub, ich muss jetzt langsam los. Können Sie mir vielleicht kurz die Sachen mitgeben?»

Annika ging mit ihm aus dem Stationszimmer, gab ihm die Tasche mit den Habseligkeiten seines Neffen und verabschiedete sich dann. Als sie ins Stationszimmer zurückkam, zeigte die große metallene Uhr an der Wand mittlerweile 12 Uhr. Der Container mit dem Mittagessen stand bereits im Flur. Kein Zweifel: Sie hatte sich verquatscht. Gut, dann würde das Aufnahmegespräch mit Herrn Dohle eben heute Nachmittag stattfinden.

Bevor Annika gegen 14 Uhr die Klinik verließ, wollte sie noch kurz bei Klaus vorbeischauen. Sie hoffte, ihn noch in seinem kleinen Büro im Erdgeschoss anzutreffen. Sie hatte Glück und freute sich, als sie auf ihr Klopfen sein gelassenes «Ja bitte» hörte.

«Gut, dass ich dich noch treffe», rief sie ihm fröhlich entgegen und ließ sich unaufgefordert in den schwarzen Ledersessel vor seinem Schreibtisch fallen. Klaus saß ihr gegenüber und füllte irgendwelche Formulare aus. Sein Büro hatte durch die braun-orangen Farbtöne des Mobiliars etwas vom Flair der 70er-Jahre. Die Gestaltung war allerdings nicht das Produkt hochmoderner Nostalgie, sondern ganz einfach tatsächlich aus den 70ern. Offenbar hatte seitdem niemand Interesse, Geld oder einen Anlass gefunden, diesen Raum zu renovieren.

Klaus hatte sich nach anfänglichem Schaudern inzwischen daran gewöhnt, ja sogar Gefallen daran gefunden. Er meinte einmal amüsiert, das zeige, dass die Kirche eben eine andere Zeitrechnung habe.

Das Fenster war von einem Geflecht aus Topfblumen beinahe vollständig verdeckt. Rechts neben dem Fenster stand ein Kühlschrank, auf dem neben einer weiteren Pflanze noch eine Kaffeemaschine und drei Tassen standen. Zwei großformatige Bilder eines Duisburger Fotokünstlers zogen die Aufmerksamkeit aller Besucher auf sich. Das linke der beiden Bilder zeigte eine Konferenz dreier Törtchen, denen ein französischer Konditor die Form von Kaffeetassen gegeben hatte. Sehr appetitlich. Im Mittelpunkt des rechten Bildes konnte man in drei gläsernen Ständern schlanke grüne Kerzen sehen, die sich von der Mitte an nach unten bogen, offenbar von der Hitze gebeugt und abgeschlafft. Ein erstaunlich mutiges Bild für das Arbeitszimmer eines Mannes.

Annika grinste in Richtung der Kerzen, verkniff sich aber eine Bemerkung; schließlich hatte sie mit Klaus bereits ausführliche Bildbesprechungen hinter sich. Vor allem über das Verhältnis von Törtchen, Hitze und Impotenz. Sie kam stattdessen auf ihr eigentliches Anliegen zurück.

«Was hältst du davon, dass Kowalski Thörnphlix kannte? Also ich meine jetzt *unseren* Thörnphlix, nicht den Onkel.»

«Was soll ich denn davon halten? Das ist ja wohl Zufall.»

«Zufall?» Annika zog die Augenbrauen hoch.

«Ja, was denn sonst?», fragte Klaus irritiert.

«Was ich merkwürdig finde, ist, dass Kowalski über Thörnphlix, also Hanno, so geredet hat, als wenn er ihn im Krankenhaus erst kennen gelernt hätte.»

«Ich denke, dafür gibt es eine einfache Erklärung», sagte Klaus. «Ich habe mich vorhin mit Kowalski unterhalten. Das hattest du ja wohl gehofft, wenn ich deine Blicke richtig gedeutet habe.»

Annika nickte lächelnd.

«Ich kann dir natürlich nur sagen, was nicht unter das Beichtgeheimnis fällt. Es ist wirklich nicht einfach, ihn zum Reden zu bringen, und ich wollte mich auch nicht aufdrängen. Aber er scheint ein gläubiger Mensch zu sein. Ich habe ihn also zuerst einmal danach gefragt, wie es ihm geht, seit er hier im Krankenhaus ist, und er meinte es ginge ihm immer schlechter. Das wird dich nicht überraschen. Du kennst ja seinen Befund besser als ich. Jedenfalls vergisst er immer mehr und kann sich sogar an manche Personen nicht mehr erinnern. Kein Wunder also, wenn er sich nicht an Thörnphlix erinnert hat.»

«Hm», grummelte Annika und schaute ihn zweifelnd an.

«Was hast du denn von Thörnphlix' Onkel erfahren?», wollte Klaus wissen.

«Alles in allem kann er Kowalski nicht besonders gut leiden», resümierte Annika ihr Gespräch mit ihm.

«Hat er dir das so gesagt?», fragte Klaus verwundert.

«Nein. Er war ausgesprochen höflich und hat sich sehr reserviert ausgedrückt. Aber man konnte ihm anmerken, dass er nicht allzu viel von ihm hält.»

«Du hast in letzter Zeit wohl wieder zu viel Miss Marple gesehen, was?», schmunzelte Klaus.

«Gestern Abend erst wieder», gestand Annika. «Aber ernsthaft, Klaus, ich muss doch irgendetwas tun. Stell dir vor, die verhaften am Ende Swedlana?»

«Ohne konkrete Beweise geht das gar nicht», wandte Klaus ein. «Apropos Beweise. Hast du Beimer eigentlich deine Geschichte mit Baumanns Gesichtsausdruck erzählt?»

«Nein. Zuerst wollte ich das ansprechen. Aber nachdem mir klar geworden ist, wohin seine Ermittlungen führen, hatte ich Angst, dass er das am Ende vielleicht gegen Swedlana verwenden könnte. Außerdem kann man das ja sowieso kaum erklären. Je mehr ich darüber nachdenke, desto fantastischer kommt mir das selber vor. Und wahrscheinlich könnte er damit sowieso nichts anfangen. Ein typischer Bulle, wie aus Derrick. Gemächlich und überraschungsarm. Harry, hol schon mal den Wagen.»

Klaus sah Annika an. «Aha. Auf jeden Fall sieht er wesentlich besser aus als Derrick. Keine Spur von Tränensäcken. Und so langsam finde ich ihn gar nicht. Hinter seiner schlaffen Attitüde könnten ja auch Besonnenheit und Köpfchen stecken. Nein, ganz im Gegenteil, mir scheint er ein schlaues Kerlchen zu sein. Schade, dass er so ganz und gar nicht schwul ist», seufzte Klaus und Annika musste lachen.

«Ja, genau. Du und ein Polizist. Wenn daraus was würde, solltest du die Filmrechte verkaufen.» Sie grinste ihn an.

«Du meinst, er wäre dann eher was für eine brave Krankenschwester?», fragte Klaus mit spitzen Lippen und sah Annika dabei aufmerksam an.

Die zögerte etwas zu lange, bevor sie mit erhobenem Kinn versicherte: «Ich bin da anders als du. Ich fall nicht gleich in Ohnmacht, wenn jemand mit guter Figur, topgepflegten Händen und Kreidestimme auftaucht.»

«Aha», sagte Klaus, offenbar mit ihrer Antwort sehr zufrieden. «Dachte ich's mir doch. Läuft mit Harald nichts mehr?»

Annika winkte ihm zu und meinte: «Hallo, sind wir beide noch im gleichen Film? Was hat das denn miteinander zu tun? Aber wenn du schon fragst: Ja, wir haben uns getrennt», sagte Annika knapp und gar nicht in der Stimmung, jetzt über Harald zu reden. «Aber das erzähl ich dir ein anderes Mal. Swedlana wartet bestimmt schon. Ich muss Gas geben.»

Sie erhob sich umständlich aus dem Sessel. Man saß darin zwar wie auf Wolken, aber es erforderte enorme Kraft, sich wieder aus ihm herauszuwinden.

«Bis nächste Woche», verabschiedete sie sich, drehte sich aber im Hinausgehen noch einmal um. «Ach warte, ich habe nächste Woche Nachtdienst. Dann wirst du für mich die Augen offen halten müssen.»

«Wird gemacht, Chefin.»

«Blödmann.» Annika verließ lächelnd das Zimmer. ‹Wirklich schade, dass er schwul ist›, dachte Annika, und das nicht zum ersten Mal.

*

Es dauerte ein paar Minuten, bis Swedlana auf Annikas Klingeln hin die Tür öffnete. Annika konnte bereits von draußen hören, dass es in der Wohnung offenbar gerade eine lautstark und erregt geführte Auseinandersetzung gab. Sie erkannte allerdings nur Swedlanas wütende Stimme, die zwischen kurzen Pausen immer wieder zu vernehmen war. Während sie noch überlegte, ob es nicht besser sei, später wiederzukommen, öffnete Swedlana die Haustür.

«Hallo, Annika. Entschuldige, ich hab gerade mit meiner Mutter telefoniert. Komm rein.» Swedlana sah aus, als ob sie geweint habe.

«Geht es ihr wieder besser?», fragte Annika und wunderte sich ein wenig darüber, dass Swedlana in so harschem Ton mit ihrer Mutter gesprochen hatte. Das war eigentlich gar nicht ihre Art, und schon gar nicht ihrer Mutter gegenüber. Die beiden gingen sonst überaus liebevoll miteinander um. ‹Ganz anders als ich mit meiner Mutter›, dachte Annika.

«Ja, doch. Viel besser», antwortete Swedlana knapp und verhalten.

«Was fehlt ihr denn?», wollte Annika wissen.

«Sie hatte wohl irgendwas Verdorbenes gegessen. Dann war ihr übel, und sie musste sich übergeben.»

«Unangenehm», kommentierte Annika lakonisch.

«Ja», grummelte Swedlana zustimmend.

«Und wie geht's dir?», fragte Annika weiter. Sie hatte sich auf das Sofa gesetzt, während Swedlana noch vor ihr stand.

Swedlana ging nicht sofort auf Annikas Frage ein, sondern spielte die Gastgeberin: «Möchtest du etwas zu trinken oder ein paar Kekse? Mehr habe ich leider nicht da», sagte sie entschuldigend.

Annika schüttelte den Kopf und meinte: «Ist schon in Ordnung. Ich habe gerade erst auf Station gegessen. Setz dich zu mir.»

Swedlana ging kurz in die Küche und kam mit Wasser und Orangensaft wieder. Sie nahm zwei Gläser aus einem Schrank und setzte sich Annika gegenüber auf ihren großen, beigefarbenen Sessel.

«Du siehst ziemlich mitgenommen aus», bemerkte Annika teilnahmsvoll.

«Was erwartest du denn von einer Mordverdächtigen?» entgegnete Swedlana zynisch und betonte dabei *Mordverdächtige*.

«Hat Beimer gesagt, dass er dich verdächtigt?», fragte Annika.

«Nein, das hat er nicht. Aber das war auch gar nicht nötig. Seine Fragen und Bemerkungen haben völlig gereicht, um mir klarzumachen, was er denkt.» Swedlana knibbelte an ihrer Unterlippe, ein deutliches Zeichen für ihre Nervosität.

Annika fuhr fort: «Er hat mir erzählt, dass du in der Nacht, in der Thörnphlix gestorben ist, nicht zu Hause warst und keine Angaben dazu machen willst. Wieso sagst du ihm denn nicht einfach, wo du warst?»

Swedlana wich Annikas Blick aus und sagte leise: «Das kann ich nicht sagen.»

Eine Weile schwiegen beide, und Annika dachte darüber nach, wie sie Swedlana dazu bringen konnte, ihr Geheimnis zu lüften. Sie gab sich einen Ruck und fragte ganz offen: «Auch mir nicht?» Annika sah sie bittend an.

Swedlana schien über die Frage nachzudenken, sagte dann aber: «Nein, auch dir nicht. Tut mir Leid, aber bitte frag mich nicht weiter.»

Plötzlich kam Annika eine Idee. «Swedlana, erinnerst du dich noch an die Nacht, in der Baumann gestorben ist?»

«Wie könnte ich die vergessen», versetzte Swedlana spöttisch.

«Ja, nein, so mein ich das nicht. Kannst du dich daran erinnern, wie du Baumann gefunden hast? Ich meine, wie er da geguckt hat?» Annika sah Swedlana erwartungsvoll an.

«Was meinst du damit: ‹Wie er geguckt hat?› Er war doch tot.»

«Nein, ich meine seine Gesichtszüge. Hast du da etwas Besonderes gesehen? Sah er irgendwie anders aus als andere Tote?»

Swedlana dachte nach. «Nein, glaub ich nicht. Zumindest kann ich mich an nichts Besonderes erinnern. Aber ich hab mir sein Gesicht auch nicht so genau angesehen. Woran ich mich erinnern kann, ist, dass er eine gräulichmarmorierte Haut hatte. Dass die Wangen eingefallen waren. Seine Haut fühlte sich kalt an – wie immer bei Toten.»

‹Ganz die distanzierte Rationalistin›, dachte Annika. Und das war es wohl auch, was sie beide vor allem unterschied. Sie liebten beide ihren Beruf und die Arbeit mit Patienten. Aber bei Swedlana hatten naturwissenschaftliche Aspekte einen deutlich höheren Stellenwert. Natürlich waren Distanz und all das, was zu moderner Pflege und Medizin gehört, wichtig, keine Frage, aber für Annika gab es eben noch mehr. Und dazu gehörte eben auch das Hinsehen, die Fähigkeit, in Gesichtern von Menschen lesen zu können. Vielleicht sogar auch dann, wenn es sich um tote Menschen handelte.

«Warum fragst du mich das?», unterbrach Swedlana sie in ihren Überlegungen.

Irgendetwas hielt Annika davon ab, Swedlana von ihren Eindrücken zu erzählen. Sie wiegelte ab: «Ach, ich hab gedacht, dass dir vielleicht noch was aufgefallen wäre, was uns weiterhelfen könnte.»

Annika verfiel wieder ins Grübeln. Warum sagte sie ihr nicht die Wahrheit? Vertraute sie ihr am Ende doch nicht? Aber was, wenn Klaus Recht hatte? Was, wenn mit Swedlana eine Veränderung vorgegangen war, die sie alle nicht bemerkt hatten? Schließlich konnte man ja nicht leugnen, dass Gewaltverbrecher von ihren nächsten Verwandten, Bekannten und Kollegen oft als *ganz normal* beschrieben werden.

Immerhin hatte Swedlana in den letzten Wochen sehr hektisch gewirkt und immer seltener Zeit gehabt. Früher waren sie häufiger gemeinsam ins Kino gegangen oder hatten sich zu dritt einen Schwestern-Film-Abend gemacht, wie sie ihre ganz speziellen Zusammenkünfte nannten. Sie suchten sich dann irgendeinen alten Krankenhausschinken aus Annikas Video-Archiv, zum Beispiel ihren meistgehassten Klassiker: *Nachtschwester Ingeborg*. Bei einer, manchmal auch mehreren Flaschen Wein zerlegten sie dann vergnügt und hemmungslos das Zerrbild der sich aufopfernden Schwester.

Warum gab es diese Abende nicht mehr? Und warum wich Swedlana immer öfter aus, wenn man sie ganz arglos fragte, wie sie ihre Wochenenden verbracht hatte? Dass sie ihr nicht die Wahrheit sagte, war Annika schon seit längerem aufgefallen. Swedlana war, wie auch Annika selbst, eine verdammt schlechte Lügnerin. Je länger sie darüber nachdachte, schien es ihr, als würde sie eher unglücklich als schuldig aussehen. Annika wollte ihr gern helfen, aber die Voraussetzungen dazu waren denkbar schlecht.

Es war offenkundig, dass Swedlana zurzeit nicht mit ihr reden wollte. Annika wechselte das Thema und plauderte noch ein wenig, um sich in nicht ganz so schlechter Stimmung wieder auf den Weg machen zu können. Gegen 16 Uhr verabschiedete sie sich schließlich. Dabei hatte sie den Eindruck, als sei Swedlana ein wenig erleichtert, als sie Anstalten zum Aufbruch machte.

*

Wie so oft, musste sie auch heute mit ihrem Wagen ein gutes Stück die Straße hinunter fahren, bis sie eine geeignete Parklücke gefunden hatte. Zu Hause angekommen, trank sie ein Glas Wasser, öffnete alle Fenster zum Lüften und ging zu Fuß auf den nahe gelegenen Markt, um für das Wochenende und den morgigen Abend einzukaufen. Mit Max teilte sie, was das Essen betraf, dieselben Vorlieben. So konnte sie nach Lust und Laune einkaufen, ohne sich allzu viele Gedanken zu machen. Sie entschied sich für eine Riesenportion Feldsalat, dazu sollte es Champignons und Schweinefilet geben. Aber der Feldsalat war das Wichtigste. Obwohl sie eigentlich noch genügend Käse zu Hause hatte, wollte sie an ihrem Lieblingsstand zumindest eine Kleinigkeit kaufen. Aus unerfindlichen Gründen hatte sie an den beiden älteren Frauen, denen der Stand gehörte, einen Narren gefressen. Egal wie voll es war: Die beiden hatten immer Zeit für ein Schwätzchen und ließen jeden, der wollte, ein Stück Käse probieren. Sie musste immer an die beiden alten Damen in *Arsen und Spitzenhäubchen* denken, diesen Klassiker mit Cary Grant. Genauso liebenswürdig und verwirrt war auch Frau Dorner, die *jüngere* von beiden. Sie konnte auch nach fast dreißig Jahren Leben mit Käse nur selten die einzelnen Sorten mit Namen nennen und unterscheiden. Allerdings konnte sie, und das war noch erstaunlicher, auf faszinierende Weise und absolut treffend erklären, wie ein jeder Käse schmeckte. «Vergessen Sie die Namen. Merken Sie sich nur, wie sie schmecken», dozierte sie gern, wenn neue Kunden nach einer Überdosis *Kochen mit Johann Lafer* ihre neu gewonnen Kenntnisse in die Praxis umsetzen wollten. Die beiden waren Unikate, sympathisch und eigenwillig, und für Annika der wichtigste Grund, auf diesem Markt einzukaufen.

Nach einer guten halben Stunde kam Annika schwer beladen in ihre Wohnung zurück. Sie verstaute alles und bemühte sich, ihre Wohnung ein wenig auf Vordermann zu bringen. Mit kritischem Blick musste sie feststellen, dass sich ihre Behausung im Laufe der letzten Tage dem Zustand der Unbewohnbarkeit angenähert hatte. Deshalb stürzte sie sich mit Schwung in das selbsterzeugte Chaos – fest entschlossen, wieder Übersicht und Behaglichkeit herzustellen. Sie war schon fast zufrieden mit ihren Leistungen, als beim Bettenmachen plötzlich eine halb volle Tüte mit Kartoffelchips, die unter der Bettdecke gelegen haben musste, durch die Luft wirbelte. Die Tüte war natürlich nicht verschlossen, und so regnete es Chips. Zu Annikas großer Freude verteilten sich die bräunlichen Flokken im ganzen Schlafzimmer. ‹Was für ein Tag›, dachte sie und ließ sich erschöpft aufs Bett fallen.

Samstag, 9. November

Annika wurde von dumpfer, hämmernder Musik geweckt. Sie sah auf ihren Wecker und seufzte. Zumindest hatte Kai, der 16-jährige Nachbarssohn, sie heute bis 9 Uhr schlafen lassen. Sie rieb sich die Augen und unterdrückte aufkommenden Ärger. Sie würde sich Kai mal wieder vorknöpfen müssen, denn in letzter Zeit hatte er ihre Nerven allzu oft mit Heavy Metal strapaziert. Annika griff sich den grünen Nicki vom Fußende des Bettes und schlüpfte hinein. Sie wollte erst einmal in Ruhe frühstücken und danach duschen. In ihrer winzigen, eher länglichen als breiten Küche machte sie sich Kaffee und bestrich eine Scheibe Rosinenstuten mit Butter. Mit Kaffee, Brot und der *taz*, die sie den hiesigen Lokalblättchen vorzog, setzte sie sich ins Bett. Dann frühstückte sie ausführlich und las dabei mit Genuss ihre Zeitung, bevor sie schließlich unter die Dusche ging.

Erfrischt und entspannt überlegte sie sich, was sie in den nächsten Stunden anstellen wollte. Sie brauchte eine Zeit lang, um ihren Malblock, mehrere farbige Filzstifte und Heftzwecken zu finden. ‹Ich muss wohl auch unter der Oberfläche aufräumen›, sagte sie sich, verdrängte aber mit Erfolg die gruselige Vorstellung stundenlanger, öder Hausarbeit. Annika legte die Utensilien auf den runden Wohnzimmertisch, den sie von ihrer Großmutter geerbt hatte. Dann begann sie, die Geschehnisse der letzten Tage zu skizzieren. Sie schrieb die Namen der Verstorbenen und deren Todesarten auf und gruppierte alle Personen, die auch nur im Mindesten mit Baumann und Thörnphlix zum Zeitpunkt ihres Todes zu tun gehabt hatten, um sie herum. Nach und nach füllte sich das Blatt mit Namen: Swedlana, Mezger, Gesine, Engkhoff, Kowalski, Meier. Sie schrieb auch die Namen der drei Patienten auf, weil sie ebenfalls mit den beiden Verstorbenen auf der Station Kontakt gehabt hatten. Bei dem Versuch, mögliche Motive für einen oder zwei Morde zu formulieren, musste sie allerdings passen. Schließlich notierte Annika auch Baumanns und Thörnphlix' Verwandte, und in einer Ecke der Seite vermerkte sie noch *Perfusorspritze?*.

Schließlich befestigte sie das Blatt mit Heftzwecken an einer Wand und betrachtete ihr Werk – zuerst mit Zufriedenheit, nach einer Weile dann aber mehr und mehr ratlos. Sie hatte absolut keine Idee, wie das alles einen Zusammenhang ergeben sollte. Da standen lediglich Namen von Personen, die der Zufall an einen Ort geführt hatte.

Ganz normaler Krankenhausalltag: Menschen, die sich sonst wohl nie begegnet wären, wurden durch ihren Beruf oder ihre Krankheit ohne weiteren Grund oder tieferen Sinn zusammengeführt. Für Mord sprach hier einfach nichts.

Einer plötzlichen Idee folgend, suchte sie im Telefonbuch unter dem Namen *Thörnphlix*. Sie fand drei Eintragungen; eine davon war die von Hanno-Sepp, die beiden anderen gehörten zu einem Michael und einem Siegfried Thörnphlix. In der Hoffnung, dass sich Hannos Onkel melden würde, wählte sie die Nummer von Michael Thörnphlix. Es klingelte drei Mal, bis sie eine bekannte Stimme hörte. Annika war erleichtert.

«Guten Tag, Herr Thörnphlix, hier ist Annika Meinke. Ich bin die Krankenschwester Ihres Neffen gewesen. Wir haben gestern miteinander gesprochen. Erinnern Sie sich?»

Er schien einen kurzen Augenblick zu überlegen. «Ach ja, natürlich. Sie haben mir die Sachen von Hanno gegeben.»

«Genau. Herr Thörnphlix, wissen Sie, ob Ihr Neffe schon vor seinem Krankenhausaufenthalt einen Rudi Baumann kannte?»

Thörnphlix ließ sich ein paar Sekunden Zeit, bevor er antwortete: «Rudi Baumann. Tja, könnte ich nicht sagen, aber Hanno kannte so viele Leute. Vor allem durch den Verlag. Wer war denn dieser Baumann?»

«Das war ein Patient von uns, etwa 70 Jahre alt. Die beiden haben sich ziemlich oft miteinander unterhalten», erklärte Annika.

«Nee, tut mir Leid, da kann ich Ihnen nicht weiterhelfen. Aber wieso rufen Sie nicht einfach diesen Herrn Baumann an und fragen ihn selbst?»

«Ja, das würde ich gern tun, aber Herr Baumann ist leider vor kurzem gestorben.»

Thörnphlix war überrascht und brachte nur ein knappes «Oh» heraus. Dann aber wurde ihm klar, woraus Annika hinauswollte. Er fragte: «Vermuten Sie, dass das was mit Hannos Tod zu tun hat?»

«Vermuten wäre zu viel gesagt. Ich bin mir überhaupt nicht sicher. Das ist bloß so eine Idee.» Annika versuchte, ihre Enttäuschung zu verbergen. Sie wollte so gelassen wie möglich wirken und sagte: «Falls Ihnen doch noch etwas einfällt: Würden Sie mich dann anrufen?»

«Ja, warum nicht? Das kann ich machen», versicherte Thörnphlix.

Annika überlegte einen Moment und fügte dann hinzu: «Ich gebe Ihnen noch meine Privatnummer. Wahrscheinlich erreichen Sie mich in den nächsten Tagen am besten zu Hause.»

Annika nannte ihm ihre Telefonnummer, bedankte sich noch einmal und legte den Hörer auf. ‹Fehlanzeige›, dachte sie enttäuscht. Das wäre zumindest eine Chance gewesen. Schließlich hatte sie ein oder zwei Mal gesehen, wie sich Baumann und Thörnphlix lange und dem Anschein nach auch gern miteinander unterhalten hatten.

Annika warf einen Blick auf ihre Armbanduhr. 15 Uhr. Es blieb noch genug Zeit für einen Spaziergang im nahe gelegenen Park. Vielleicht half ja die frische Luft, ihre Gedanken zu ordnen. Sie schnappte sich ihren dunkelblauen Anorak, der für das feuchte Wetter besser geeignet war als der Ledermantel, und machte sich auf den Weg.

*

Annika fuhr beim schrillen Klang ihrer Haustürschelle zusammen. Wie oft hatte sie sich schon vorgenommen, dieses grässliche Ding auszuwechseln? Ihr Puls schnellte jedes Mal in die Höhe, wenn jemand klingelte. Sie drückte auf den Türöffner, und einen Augenblick später stand Max schon in der Tür. Er umarmte sie und drückte ihr einen Kuss auf die Wange.

«Die Arbeit in den Weinbergen hält echt fit, was?» sagte Annika statt einer Begrüßung. «So schnell wie du schafft hier keiner die zwei Etagen.» Sie musterte ihn kritisch und stellte fest, dass er offenbar nichts von seiner Attraktivität verloren hatte.

«Vielen Dank für die Blumen. Dafür darfst du als eine der Ersten meinen neuen Trester probieren. Frisch aus dem Eichenfass, was ganz Neues.» Damit drückte er ihr eine schlanke Halbliterflasche mit einer klaren, leicht bräunlichen Flüssigkeit in die Hand.

Max und Annika kannten sich seit gut zehn Jahren. Sie hatten sich auf einem Campingurlaub in Griechenland kennen gelernt. Seinerzeit hatten sie beide mit großer Begeisterung in Zelten oder auch im Freien übernachtet, aber mittlerweile war Campen ein Vergnügen, auf das zumindest Annika gut und gerne verzichten konnte. Ein knappes Jahr lang waren sie damals ein Paar gewesen, beide aber noch sehr jung und unentschlossen, was ihre Pläne betraf. Jeder wollte seine eigenen Wünsche verwirklichen und keiner seinen Wohnort für den anderen aufgeben. So hatten sie sich mit der Zeit immer seltener getroffen und schließlich beinahe aus den Augen verloren.

Was immer bis heute noch aus dieser Zeit geblieben war – Sympathie, Anziehung oder vielleicht sogar ein wenig Liebe – reichte aus, sich immer wieder zu treffen, miteinander zu reden und bei exzessiven Weinverkostungen zu zweit in alten Zeiten zu schwelgen. Max war Önologe und gerade auf dem besten Weg, als alternativer Weinbauer in einem winzigen Dörfchen an der Mosel so etwas wie Karriere zu machen. Als sie sich kennen lernten, sah es so aus, als sollte er in der väterlichen Winzerei mitarbeiten und sie später dann übernehmen. Während des Studiums kamen ihm dann neue Ideen zum Riesling-

Ausbau, mit denen sein Vater aber nichts anfangen konnte. Die beiden zerstritten sich deshalb, und trotz vieler Mühen und tagelanger Diskussionen konnte Max seinen Vater nicht dazu überreden, sich auf etwas Neues einzulassen. Schließlich war er das Risiko eingegangen, hatte aus eigenen, bescheidenen Mitteln einen Weinberg samt Winzerei gepachtet und seine Ideen in die Tat umgesetzt. Dafür musste er sich hoch verschulden, aber seit gut zwei Jahren hatte er die Gewinnzone erreicht. Seine Weine waren von so hoher Qualität, dass er heute bereits bei den Fassproben fast seinen gesamten Bestand verkaufen konnte.

Da Annika begeisterte Weintrinkerin war, hatte Max immer wieder einen guten Grund, bei ihr vorbeizuschauen und sie an den Früchten seiner Arbeit teilhaben zu lassen. Die letzten beiden Male war Annika gemeinsam mit Harald bei Max gewesen, und die beiden hatten auch bei ihm übernachtet. Max hatte auf seinem kleinen Hof drei Gästezimmer, die er hin und wieder an trinkfreudige Weinkäufer vermietete, wenn eine Weinprobe zu heftig ausgefallen war. Heute trafen sich Max und Annika seit langem das erste Mal wieder zu zweit, und obwohl Annika sich sehr darauf gefreut hatte, war ihr doch auch ein wenig mulmig. Sie beobachtete Max, der kommentarlos aus einer großen Einkaufstasche eine Flasche nach der anderen herausholte.

«Was ist das denn alles? Willst du morgen noch woanders hin?», fragte sie schmunzelnd.

Max schien ein wenig irritiert und meinte: «Nö. Das ist alles für heute Abend». Dann brachte er noch drei weitere Flaschen zum Vorschein und ging damit in die Küche, um sie im Kühlschrank kalt zu stellen. Dabei sagte er: «Ich dachte, wir könnten eine kleine Weinprobe veranstalten, so wie in alten Zeiten. Mit dem ganzen Sortiment.»

Er grinste sie schelmisch an und sah dabei wie ein großer Junge aus. Mit seinen dunkelbraunen, lockigen Haaren, den grau-blauen Augen, einer von der Zeit und nicht von Designern verschlissenen Jeans und dem dicken Norwegerpullover sah er hinreißend und abenteuerlustig aus. Fast wie einer dieser Typen aus der Zigarettenwerbung – nur noch besser und vor allem echter.

Annika konnte nicht begreifen, wieso Max immer noch allein lebte. Er war sympathisch, witzig, man konnte sich mit ihm stundenlang über alles Mögliche unterhalten, und zu allem Überfluss sah er auch noch verdammt gut aus. Und neuerdings schien auch noch ein stattliches Vermögen hinzuzukommen. Hatte sie damals vielleicht doch etwas falsch gemacht, als sie sein Angebot abgelehnt hatte, mit ihm gemeinsam Weinanbau und -handel zu betreiben? ‹Blödsinn›, sagte sie sich in Gedanken, ‹du trinkst zwar gern Wein, aber Tag für Tag mutterseelenallein auf diesem Hof: nie im Leben›.

«Hey, was ist denn das für ein Kunstwerk an der Wand?» Max deutete auf den Papierbogen mit Annikas Skizze, die immer noch an der Wand hing. «Verdächtige, Mordopfer, Todesart…», las Max verwundert laut vor. «Was soll das denn werden? Schreibst du einen Krimi?»

«Schön wär's», seufzte Annika. «Ganz im Gegenteil. Im Moment *lebe* ich in einem Krimi. Aber vielleicht sollte ich die Geschichte wirklich aufschreiben, wenn alles vorbei ist».

«Was soll das heißen, du *lebst* in einem Krimi? Und was heißt: wenn alles vorbei ist?»

Annika erzählte ihm in kurzen Zügen, was in den letzten Tagen passiert war, während sie gleichzeitig Kaffee aufbrühte und Plätzchen auf einem Teller verteilte. Sie verspürte im Moment eigentlich nur wenig Lust, darüber zu reden. Das erfolglose Nachdenken der letzten Stunden hatte mehr Verwirrung als Klarheit gebracht. Jetzt wollte sie entspannen und eine Zeit lang ihre chaotische Welt weit hinter sich lassen. Sie wartete gar nicht erst ab, was Max zu ihrer Geschichte zu sagen hatte. Als sie mit ihrer Schilderung fertig war, machte sie eine ruckartige Geste mit der Handkante und sagte: «Das alles steht mir jetzt bis hier. Erzähl lieber erst mal was von dir. Wir haben uns *so* lange nicht gesehen. Was macht denn deine Arbeit?»

Max hatte offensichtlich Mühe, seine Neugier zu unterdrücken, ging aber nach kurzem Zögern auf ihre Frage ein: «Könnte nicht besser sein. Mein Kundenstamm hat sich innerhalb des letzten Jahres fast verdoppelt.»

«Wow! Klasse!» Annika sah ihn bewundernd an.

«Ja, ich bin jetzt eine gute Partie.» Max blickte spitzbübisch zu Annika hinüber. Als sie darauf nichts erwiderte, erzählte er weiter. «Na ja, das ist zwar einerseits gut, und ich freu mich auch darüber. Aber es bedeutet auch, dass ich mir jetzt überlegen muss, was ich in Zukunft machen will. Mit der momentanen Kapazität bin ich jetzt gerade an meine Grenze gekommen. Wenn jetzt noch mehr Leute bestellen, kann ich nicht mehr liefern.»

«Ist das denn so schlimm?», unterbrach Annika ihn.

«Kommt darauf an. Grundsätzlich ist das natürlich nicht schlimm, weil ich vom jetzigen Verkauf allein mehr als gut leben kann. Aber was ist, wenn ich doch mal eine Familie gründen will? Wenn ich Kinder haben möchte? Dann reicht das vielleicht nicht mehr.»

«Das kannst du doch später immer noch entscheiden. Warum gerade jetzt?», wollte Annika wissen.

Max sah sie mit ernster Miene an: «Weil ich diese Gelegenheit vielleicht kein zweites Mal bekomme.»

«Aber überleg doch mal. Du wolltest doch immer einen kleinen, überschaubaren Betrieb haben. Du wolltest nicht wie all die anderen in das große Geschäft einsteigen, sondern ganz in Ruhe neue Weinsorten entwickeln und Zeit zum Leben haben. Das hast du jedenfalls immer wieder gesagt. Und außerdem kannst du mir doch nicht ernsthaft erzählen, dass dein Verdienst nicht für eine Familie reicht. Da hast du mir letztens was ganz anderes erzählt. Oder hast du inzwischen vielleicht eine besonders anspruchsvolle Frau kennen gelernt?»

«Nein, hab ich nicht. Vielleicht bin ich auch nur selber überrascht, dass alles so gut läuft, und dann macht man sich eben Sorgen, dass einem die ganze Pracht wieder ruck, zuck zusammenkracht. Das Geld reicht, klar, und ich bin zufrieden. Was will ich mehr?» Er schwieg einen Augenblick. «Vorgestern hatte ich wieder mal eine ziemlich unerfreuliche Diskussion mit meinem Vater.»

«Aber ich dachte, ihr habt euch wieder vertragen.»

«Hatten wir auch. Aber jetzt wirft er mir vor, dass ich mich auf meinen Lorbeeren ausruhe. Er meint, wenn ich nicht vergrößere, wird der Betrieb irgendwann den Bach runtergehen. Das hältst du im Kopf nicht aus. Erst hat er versucht, mich von meinen «schwachsinnigen Experimenten», wie er das immer genannt hat, abzubringen, und jetzt rät er mir, mich zu vergrößern. Manchmal denke ich, wir können gar nicht mehr anders als streiten.»

Annika schüttelte den Kopf und sagte: «Aber was du machst, klappt doch jetzt seit Jahren ausgezeichnet. Außerdem hast du Weinanbau studiert und du hast doch den besseren Überblick, auch kaufmännisch. Wieso lässt du dich denn von ihm verunsichern? Sein Gemecker hat dich doch früher nicht irritiert.»

«Ich werde eben älter.»

Annika richtet sich auf: «Du spinnst. Das meinst du nicht ernst. Du bist *zweiunddreißig*.» Nach einer kleinen Pause fragte sie: «Hat dein Vater dir das mit der Familie und den Versorgungspflichten erzählt?»

Max nickte und grummelte «Mhm».

«Ja, willst du denn überhaupt eine Familie und Kinder?»

Er dachte einen Moment lang nach und sagte dann: «Ja, ich denke schon. Du etwa nicht?»

Annika sah an die Decke und sagte dann: «Ich wüsste gern, weshalb sich zurzeit alle so dringend fortpflanzen wollen. Das muss ein Virus sein, ich hör ja fast nichts anderes mehr. Also, ich spüre davon überhaupt nichts. Zumindest im Moment nicht, und für die Zukunft sehe ich das, ehrlich gesagt, auch nicht.» Annika machte eine kleine Pause, während sie sich noch eine Tasse Kaffee eingoß. «Willst du auch noch eine?», erkundigte sie sich bei Max.

«Ja, danke.» Max reichte ihr die Tasse rüber.

«Weißt du», nahm Annika das Gespräch wieder auf, wobei sie sich eine Zigarette anzündete, «irgendwie ist das wirklich nicht unkomisch. Ich dachte immer, Männer würden sich dagegen sträuben, Kinder zu bekommen, ihre Freiheit aufzugeben und für jemanden zu sorgen und all das. Nun höre ich in kürzester Zeit von zwei Männern, dass sie nichts lieber als eine Familie gründen wollen. Ich versteh die Welt nicht mehr.»

Max ahnte, wen Annika außer ihm noch meinte. Sie hatte ihm am Telefon kurz erzählt, dass sie und Harald sich getrennt hatten, ansonsten aber nichts dazu gesagt. «Will Harald Kinder?», fragte er dennoch nach.

Annika nickte.

«Und nur deshalb habt ihr euch getrennt?» Max sah sie dabei ungläubig an.

«Ja, das war wohl der Hauptgrund. Aber das war es nicht allein. Genau erklären oder begründen könnte ich es gar nicht. Irgendwie schien uns beiden das wohl annähernd gleichzeitig in den Sinn gekommen zu sein. Ich bin mir darüber noch nicht ganz im Klaren, aber ich denke, es war schon gut so.»

Max schien mehr darüber wissen zu wollen. Er fragte nach: «Aber ihr habt euch doch prima verstanden. Jedenfalls hatte ich den Eindruck. Würdest du sagen, dass ihr euch geliebt habt?»

«Tja, das frag ich mich manchmal auch. Wir haben uns prima verstanden, ja, aber geliebt? Der Unterschied zwischen mögen und lieben ist doch sowieso schwer auszumachen, oder? Die Schlauberger aus Film und Literatur lassen ja gern Sprüche ab wie *du erkennst, dass du jemanden liebst, wenn es so weit ist* oder so ähnlich. Das finde ich wahnsinnig hilfreich. Wenn du nicht auf dem gleichen Trip bist, kommst du dir schon ziemlich armselig vor.»

Max ging nicht auf ihre Überlegungen ein. Er wollte nicht auf Allgemeines hinaus: «Ich weiß nicht. Ich glaube, ich kann Haralds Standpunkt eher verstehen, weil ich auch gern Kinder haben möchte.»

«Dann hättest du dich also auch von mir getrennt?», wollte Annika wissen.

«Er hat sich von dir getrennt? Ich dachte, das war umgekehrt», entgegnete Max irritiert.

«Ja, nein, ach ich weiß auch nicht. Das hat sich irgendwie von selbst ergeben. Eigentlich haben wir beide bloß nichts dagegen unternommen, dass es dann so gekommen ist», antwortete Annika.

Sie spürte, dass sie ein wenig gereizt auf Max' Haltung reagierte. Warum nur? Es sollte ihr doch eigentlich egal sein können, wie er sich sein späteres Leben vorstellte. Schließlich hatten sie beide ja keine gemeinsame Zukunft vor sich. Oder nahm sie ihm nur seinen ‚Familienplan' übel? ‹Meine Güte›, sagte sie sich, ‹ich glaube, allmählich wächst mir das über den Kopf. Vielleicht hätte ich das Thema vermeiden sollen›. Sie strich sich ihre Haare aus dem Gesicht und sah auf die Uhr.

«Ich krieg so langsam Hunger. Was meinst du, soll ich schon mal mit dem Essen anfangen? Nüchtern möchte ich mich nicht in die Weinprobe werfen, vor allem nicht bei *den* Mengen. Du kannst ja währenddessen über meinen Krimiplan nachdenken und mir dann nachher sagen, ob es einen Mörder gibt, oder zwei, und am besten dann auch gleich, wer die sind.»

Annikas Küche war viel zu klein, um dort zu zweit kochen zu können. Eine Zeit allein in der Küche würde ihr erst einmal eine kleine Pause verschaffen, die sie jetzt gut gebrauchen konnte.

Max fühlte sich jählings aus seinen Gedanken gerissen, sah zu Annika, dann auf die Skizze an der Wand und meinte schließlich: «Ja, gern, kann ich machen. Aber soll ich dir nicht helfen?»

«Nee, lass mal. Du weißt doch, dass sich in meiner Küche zwei Leute nur auf die Füße treten. Außerdem hilfst du mir wirklich, wenn du dir Gedanken über die Geschichte machst. Sozusagen als Außenstehender.» Annika nahm die Kaffeekanne und ging in Richtung Küche. «Möchtest du noch frischen Kaffee, Max?», rief sie ins Wohnzimmer.

«Nein», hörte sie von dort. «Lieber etwas Wasser.»

«Auf dem Balkon steht ein Kasten Sprudel», rief Annika zurück und machte sich daran, den Feldsalat zu waschen.

Etwa anderthalb Stunden später saßen sie an Annikas rundem Wohnzimmertisch und ließen sich Schweinefilets mit Feldsalat schmecken, zu dem Annika eine Balsamico-Olivenöl-Kräutersoße und ein Schälchen Schafskäsewürfel vorbereitet hatte. Es schmeckte köstlich, und Annika fühlte sich schon nach wenigen Bissen viel entspannter. Max hatte die erste seiner Weinflaschen geköpft, und ein kräftiger Riesling trieb beiden die Röte ins Gesicht. Mit jedem Glas gaben sie sich mehr einer wohligen Schwere hin. «Möchtest du den Nachtisch sofort oder lieber etwas später?» erkundigte sich Annika mit träger Zunge, als sie mit dem Hauptgang fertig waren.

«Was gibt es denn?», wollte Max wissen.

Annika imitierte den Oberkellner und trug mit dramatischer Betonung vor: «Zum Dessert reichen wir gebackene Bananen mit Honig an Walnuss-Eis und in Calvados eingelegten Rosinen.»

«Jo, das hört sich fantastisch an. Das hätte ich gern sofort *und* später.»

Annika musste lachen und ging wieder in die Küche, um ihre vollmundigen Versprechungen einzulösen. Nach zehn Minuten kam sie mit zwei Tellern zurück, auf denen sie Bananen, Eis und Rosinen auch optisch zu einem kleinen Kunstwerk drapiert hatte. Max stand vor ihrer Skizze und schien sich ernsthaft damit zu befassen. «Komm, setz dich zu mir und erzähl mir, wen du für den Mörder hältst.» Annika gab ihm den Teller und nahm mit ihrem auf dem Sofa Platz. Sie schaute ihn erwartungsvoll an und meinte: «Und, was sagst du?»

«Also, wenn ich darüber nachdenke, was du mir erzählt hast und was du hier aufgezeichnet hast: Ich wüsste nicht, wie man eigentlich jemandem einen Mord nachweisen könnte.»

«Ja, so weit bin ich auch schon. Aber wer könnte es deiner Meinung nach denn gewesen sein?»

«Ist das denn überhaupt die richtige Frage? Ich meine, ist denn überhaupt schon klar, dass es sich um einen oder zwei oder überhaupt um Morde handelt? So etwas ist doch kein Gesellschaftsspiel. Du kannst jedenfalls nicht einfach so drauflos fantasieren. Hier geht es immerhihn um echte Menschen. Überlass das doch den Profis.»

Annika sah ihn bittend an. «Das hab ich mir zunächst auch gedacht. Aber die Profis hängen ziemlich durch, die wissen auch nicht mehr. Und ich muss einfach rausfinden, was sich abgespielt hat. Schließlich muss ich weiter auf der Station arbeiten, mit den gleichen Leuten, und die so genannten Profis können den Fall einfach zu den Akten legen, wenn ihnen nichts mehr einfällt. Ich brauche irgendeinen Tipp. Ich muss wissen, wo ich weitermachen soll.»

Max schüttelte heftig den Kopf. «Nimmst du dir da nicht etwas zu viel vor?»

«Wen würdest du für den Mörder halten? Wenn man dich zwingen würde, deine Meinung zu sagen?» fragte Annika noch einmal, statt ihm auf seine Frage zu antworten.

«Okay.» Max seufzte. «Nach deinen Aufzeichnungen deutet wohl alles auf diese Swedlana hin. Wolltest du das hören?»

«Eigentlich nicht, aber ich bin auch nicht gerade erstaunt. Denn genau das ist der Grund dafür, dass ich mir meine eigenen Gedanken über den Fall mache. Alle, die einen Mord für möglich halten, scheinen davon überzeugt zu sein, dass es Swedlana war. Sogar jemand aus unserem Team. Aber ich kann mir das einfach nicht vorstellen.»

«Du kannst es dir nicht vorstellen, oder du glaubst es nicht?»

Annika antwortete darauf nicht, sondern zuckte nur mit den Schultern. Ein lange Pause entstand.

Max brach das Schweigen nach einer Weile und sagte: «Wenn du nicht darüber sprechen willst, dann lassen wir es doch.» Er sagte das ganz freundlich und überhaupt nicht gekränkt. Er meinte es ganz einfach so, wie er es gesagt hatte, das wusste Annika. Deshalb tat es ihr noch umso mehr leid, dass sie nicht wusste, wie sie reagieren sollte. Eigentlich war sie sich immer noch nicht so recht darüber im Klaren, ob sie das Ganze für Swedlana oder nicht doch eher für sich selbst tat. Wenn sie Swedlana vertraute, hätte sie dann nicht gemeinsam mit ihr nach einer Lösung suchen müssen? ‹Verdammt›, dachte sie. ‹Warum konnte das Leben nicht so simpel und durchschaubar sein wie in den alten Schwarzweiß-Krimis. Da erkannte man die Finsterlinge schon am Nachnamen und ihrem verbissenen Gesichtsausdruck›.

«Sollen wir noch einen Verdauungsspaziergang durch den Park machen?», schlug Annika vor.

Max schien begeistert: «Ja, gern. Da war ich schon ewig nicht mehr. Gibt es noch den kleinen Teich, wo wir mal nachts gemeinsam schwimmen waren?»

«Ja, den gibt es noch. Allerdings ist der jetzt eingezäunt und von einer Unzahl Enten bevölkert.»

Sie zogen sich beide ihre Jacken an und machten sich auf den Weg. Zunächst mussten sie eine kleine Seitenstraße überqueren und dann noch etwa fünf Minuten laufen, bis sie am Eingang des Parks angekommen waren. Der Himmel war verhangen, und so sah man nur wenige Sterne, und auch die nur, wenn man genau hinschaute. Es war eine dunkle Nacht, und im Park, wo die Wege nicht beleuchtet waren und die Bäume noch mehr Licht schluckten, wurde es noch düsterer.

«Komm Schwesterlein, gib mir deine Hand, damit ich dich nicht verliere.» Annika fragte sich, worauf Max hier nur anspielte. Ein Märchen? Irgendwas von früher. ‹Ach egal›, dachte sie. ‹Genieß einfach diesen Abend›. So ließ sie es zu, dass Max nach kurzer Zeit nicht mehr nur ihre Hand nahm, sondern sie Arm in Arm durch die Dunkelheit spazierten. Leise, als wollten sie die Tiere nicht aufwecken, erzählten sie sich von vergangenen Momenten. Von Freunden, die sie kennen gelernt und wieder verloren hatten, von Enttäuschungen aber auch von glücklichen Momenten.

«Kannst du dir nicht vorstellen, mit jemandem zusammenzuleben?», fragte Max sie unvermittelt.

«Du meinst, mit einem Mann?»

«Ja, jemanden, den du liebst. Fändest du es nicht schön, wenn jemand da wäre, wenn du abends nach Hause kommst, der dich erwartet?»

«Ich weiß nicht. Bisher hab ich noch niemanden kennen gelernt, bei dem ich mir das ausgemalt habe. Jemanden, dem ich zutraue, dass er meine Macken länger als eine Urlaubswoche erträgt. Und vor allem, dessen Makken ich ertrage.»

«Ich würde deine Macken ertragen», sagte Max ganz ernst.

«Ach Max.» Annika lachte leise. «Das hat schon einmal nicht geklappt. Schon wieder vergessen?»

«Aber damals waren wir doch noch, na, jung eben, noch in der Pubertät.»

«Genau. Und jetzt sind wir alt und weise, und du willst eine Familie gründen und ich nicht. Vergiss es. Lassen wir es doch so, wie es ist.»

Sie gingen beide noch eine Weile schweigend nebeneinander her durch den Park. Als sie an die Stelle kamen, durch die sie hereingekommen waren, zog Annika Max sanft am Ärmel, um ihm anzudeuten, dass sie jetzt wieder nach Hause wollte. Max nahm wieder ihre Hand, und sie gingen durch die kleine Straße zurück zu Annikas Wohnung. Nachdem sie ihre Jacken abgelegt hatten, ging Annika zurück ins Wohnzimmer und sah aus dem Fenster, während Max eine weitere Flasche Wein aus dem Kühlschrank holte. Er öffnete einen natursüßen Riesling, füllte zwei frische Gläser und stellte sie auf den Tisch. Dann ging er zu Annika ans Fenster, und die beiden sahen auf die nur schwach beleuchtete Straße hinaus. Plötzlich berührte Max mit seiner Hand Annikas Wange und drehte sie leicht in seine Richtung, sodass sie sich in die Augen sehen konnten. Mit leichtem Zögern näherten sich ihre Lippen, und sie küssten sich lange und heftig. Annika wollte gerade etwas sagen, aber Max schob in diesem Moment mit seinen Händen ihren Pullover hoch. Sie ließ ihn gewähren, und wenige Minuten später lagen die beiden nackt in Annikas Bett unter einer riesigen Decke und hielten sich stumm in den Armen. Annika zeichnete mit ihrer rechten Hand Max' Gesichtszüge nach, als müsste sie sich vergewissern, dass es diesen Moment tatsächlich gab und sie sich nicht in einem Traum verloren hatte. Nach einer Weile wurden ihre Berührungen leidenschaftlicher, und selbstvergessen pflügten sie sich durch die Kissen, bis sie erschöpft in einen tiefen, traumlosen Schlaf fielen.

Draußen war es inzwischen schon hell, aber Annika und Max wurden erst gegen Mittag wach. Max öffnete zuerst seine Augen, und nach und nach kam ihm zu Bewusstsein, wo er sich befand und wer neben ihm lag. Er sah zu, wie Annika aufwachte, wie sie sich streckte und sich mit ihren schlanken Fingern durch die zerwühlten Haaren fuhr. «Lebst du noch?», fragte er sie grinsend mit rauer Stimme.

«Oh mein Gott», antwortete sie, presste ihren Kopf ins Kissen und schloss dabei die Augen.

«Vielen Dank für das Kompliment», gab er zurück und legte sich wie sie auf den Rücken, und gemeinsam betrachteten sie eine Weile verlegen die Decke in Annikas Schlafzimmer, verzweifelt auf der Suche nach angemessenen Worten. Schließlich stand Max auf und meinte: «Ich geh erst mal unter die Dusche. Okay?»

«Klar, ich mach dann schon mal Kaffee», sagte Annika, blieb aber noch liegen, während er ins Badezimmer ging. Sie fühlte sich so ausgeruht und entspannt wie schon lange nicht mehr. Sie wehrte sich dagegen, über den gestrigen Abend und die vergangene Nacht nachzudenken. Mit einem Ruck setzte sie sich auf die Bettkante, stand auf und warf sich ihren bodenlangen, viel zu großen Bademantel über. Draußen war es trotz der fortgeschrittenen Stunde immer noch neblig. Annika löffelte versonnen Kaffeepulver in den Filter der Maschine, füllte Wasser ein und zündete sich eine Zigarette an. ‹Ein bisschen spät für die Zigarette danach›, dachte sie und lächelte in sich hinein.

Sonntag, 10. November

Um halb sieben parkte Annika ihren Mercedes in der kleinen Einfahrt vor Tinas Haus. Sie hievte den Korb mit den Zutaten für das Abendbrot von der Rückbank und schloss den Wagen ab. Wie so oft stand Tina auch heute an der offenen Haustür, um sie zu begrüßen. Das machte sie fast immer so, und Annika gefiel es sehr, so empfangen zu werden.

Tina trug heute Abend eine schwarze Leggins zu einem gigantischen Sweatshirt, in dem sie mit ihren gerade mal 1 Meter 60 zu versinken schien. Sie schien sich in stets zu großen Pullovern, Hemden oder Shirts verstekken zu wollen, obwohl sie dazu eigentlich keinen Grund hatte. Mit ihren kurzen, immer zerzausten blonden Haaren, einer winzigen Nase und lachenden Augen gewann sie meist bald die Sympathie aller, die sie kennen lernten. Auch ihre Figur brauchte sie nicht zu verbergen. Tina winkte Annika mit einem zu langen Ärmel, in dem man die Hand nur ahnen konnte, zu.

«Hey, was ist denn mit dir los? Normalerweise bist du doch eher eine halbe Stunde zu spät als zu früh. Ist was passiert?», begrüßte Tina Annika, die ein bisschen außer Puste mit dem schweren Korb vor der Haustür angelangt war.

«Ach, ich hab's zu Hause nicht mehr ausgehalten», erklärte Annika und schleppte den Korb an Tina vorbei in die Küche.

Tina sah stirnrunzelnd hinter ihrer Freundin her. Das sah ihr überhaupt nicht ähnlich. Was wohl dahinter steckte? Sie folgte Annika in die Küche. «Was hast du denn alles mitgebracht? Ich denke, du willst Spagetti machen», erkundigte sich Tina neugierig.

«Och, ich habe gedacht, ich überrasche dich mal mit etwas anderem. Wie findest du das?»

«Überraschungen sind immer gut. Darf ich dir dann jetzt nicht beim Kochen zusehen?»

«Doch, klar, so geheim ist es nun auch wieder nicht. Außerdem haben wir ja sonst überhaupt keine Zeit zum Reden.»

Annika warf ihren Anorak auf das Sofa im Wohnzimmer und kam zurück in die Küche. Hier legte sie sich alle Zutaten auf dem großen Küchentisch zurecht, öffnete die Weißweinflasche, die Max dagelassen hatte, und schenkte sich und Tina ein Glas ein. Dann machte sie sich an den Zutaten zu schaffen.

«Erzähl mal, was bei dir in der letzten Woche gelaufen ist», meinte Annika. «Wir haben ja noch gar nicht miteinander gesprochen.»

Tina schien wenig Interesse an einer ausführlichen Berichterstattung zu haben und meinte bloß: «Ach, das Übliche».

«Wie: das Übliche? Was sind das denn für Töne? Gefällt es dir etwa in Hagen nicht mehr? Wo bleibt der Enthusiasmus?»

«Na ja, so ein paar Leute gehen mir schon echt auf den Geist. Die nehmen wirklich alles ernst, was so gemacht wird. Du kannst sie weder kritisieren noch deine Späße machen. Letzte Woche hatten wir zum Beispiel eine Patientin, der es körperlich eigentlich ganz gut ging. Allerdings hatte die gute Frau eine heftige Logorrhö.»

«War das wirklich die Diagnose?», fragte Annika zweifelnd nach.

«Nein, nicht ernsthaft, aber sie hat einfach unentwegt geredet, deshalb habe ich es so genannt. Leider lag sie in meinem Bereich, und ich wusste am Ende der Woche nicht mehr, wo mir der Kopf stand. Während der Übergabe habe ich dann blöderweise in Gegenwart meines Lieblingspsychologen gesagt, dass die Frau mich absolut nervt.»

«Ach, Heinfried?»

«Genau der.» Tina verdrehte die Augen. «Der hat eine geschlagene halbe Stunde auf mich eingeredet: wie schädigend mein Verhalten für das Wohlbefinden der Patientin sei und so weiter. Als ich ihn dann gefragt habe, ob er sich denn über mein Wohlbefinden keine Gedanken machen würde, hat er mir doch tatsächlich angeboten, dass ich ruhig zu ihm kommen solle, wenn ich mit einer Patientin nicht klar komme. Stell dir vor, jetzt kann man während der Übergabe noch nicht einmal seinen Frust loswerden, ohne dass man schon gleich zum Psychiater zitiert wird. Also wenn das nicht krank ist, dann weiß ich es nicht.»

«Hm.» Annika konzentrierte sich erst einmal darauf, Nudeln abzuwiegen, bevor sie sich wieder an Tina richtete. «Wieso ärgert dich das denn plötzlich? Früher hast du über so etwas doch nur gelacht.»

«Weißt du, was mich am meisten aufregt?» fragte Tina, ohne auf Annikas Einwand einzugehen.

«Was?»

«Dass mir bei solchen Diskussionen die Argumente fehlen.»

Annika dachte eine Zeit lang nach, bevor sie antwortete. «Das verstehe ich nicht. Du hast doch überhaupt nichts falsch gemacht. Wo sind wir denn, wenn wir jetzt schon nicht mal mehr genervt sein dürfen? Und ich wüsste ehrlich gesagt nicht, wieso ich deshalb zu einem Psychiater gehen sollte. Der sitzt in seinem Designer-Office und kriegt doch sowieso alles nur aus zweiter Hand mit. Oder aus Büchern.»

Tina schaute sie zweifelnd an. «Ja, schon, aber ich meine noch was anderes. Manchmal, wenn es wegen solcher Sachen Ärger gibt, dann habe ich zwar das Gefühl, dass ich im Recht bin, aber ich weiß nicht, wie ich das rüberbringen soll. Mir fehlen die sachlichen Argumente oder die Wörter dazu.» Tina machte eine längere Pause. Dann schließlich sagte sie traurig: «Und außerdem weiß ich gar nicht, ob ich überhaupt Lust dazu habe, mich unentwegt wegen jedem Mist mit allen möglichen Leuten auseinander zu setzen.»

Annika dachte an frühere Diskussionen zwischen ihnen beiden zurück, in denen sie mehr als einmal über den Sinn ihrer Arbeit und ihren beruflichen Ärger gesprochen hatten. «Sag mal ehrlich, Tina, geht es am Ende gar nicht um die Diskussion mit Heinfried? Haben wir vielleicht wieder eine Grundsatzdiskussion? Du klingst mir fast so wie vor zwei Jahren, als du das Praktikum beim Schreiner gemacht hast. Sag nicht, du überlegst wieder einmal auszusteigen?»

So exotisch war der Gedanke durchaus nicht, denn beiden war bewusst, dass Pflegende immerhin zu den Personengruppen gehören, die ihren Beruf am häufigsten wechseln, weil sie die Arbeit aus psychischen oder physischen Gründen nicht mehr machen wollen. Obwohl Annika zu denen gehörte, die gern in ihrem Beruf arbeiteten, hatte sie selbst oft genug Momente, in denen sie am liebsten alles hinschmeißen würde. Es gab einfach zu vieles, was einem die Arbeit vergraulen konnte. Und die Entwicklung ihres Berufs sah alles andere als rosig aus. Annika sah zu Tina, die sich gerade noch ein Glas Wein eingoss.

«Ich habe mir überlegt zu studieren», verkündete Tina nach einem kräftigen Schluck Wein.

Annika war einen Moment lang überrascht. «Du willst studieren? Wie kommst du denn jetzt darauf? Das stand doch bis jetzt nie zur Debatte.»

«Ja, ich weiß. Aber es reicht mir einfach nicht mehr, alle paar Monate eine Fortbildung zu besuchen, über die ich dann mit keinem reden kann, weil es entweder niemanden interessiert oder weil keine Zeit dafür ist. Und was kann man denn schon Neues in die Tat umsetzen?

Wenn man was gelernt hat, was einem sinnvoll erscheint, scheitert man doch immer an den Strukturen: keine Zeit, kein Geld. Also: business as usual. Und außerdem habe ich auch einfach Lust, was Neues anzufangen und neue Leute kennen zu lernen.»

Annika brauchte etwas Zeit, um diese Neuigkeiten zu verdauen. Dann sagte sie vorsichtig: «Gut, dagegen ist ja auch nichts einzuwenden, aber du musst doch nicht sofort das ganze Leben auf den Kopf stellen. Und überhaupt – wie willst du das denn finanzieren?»

Tina schien sich auch darüber bereits Gedanken gemacht zu haben, denn sie sagte ohne zu zögern: «Das mit dem Geld krieg ich schon irgendwie hin. Schließlich muss ich ja keine Miete bezahlen, und außerdem könnte ich neben dem Studium ja noch weiter im Krankenhaus arbeiten. Als Aushilfe, zum Beispiel bei euch. Du hast doch selbst gesagt, ihr sucht immer wieder jemanden.»

«Und was willst du studieren?»

«Darüber denke ich gerade noch nach. Also auf jeden Fall etwas im pflegerischen Bereich. Ich habe in der letzten Woche von verschiedenen Unis Informationen über die einzelnen Studiengänge angefordert. Erst mal abwarten, was die mir schicken.» Tina machte eine kurze Pause. «Hättest du keine Lust mitzumachen?» Sie schaute Annika erwartungsvoll an.

Annika schüttelte heftig ihren Kopf. «Ich und studieren?! Nee, das kannst du vergessen.»

«Wieso denn eigentlich? Du hast doch ein absolut hervorragendes Abitur gemacht. Mensch, eins Komma drei, davon kann unsereins doch nur träumen. Hast du keine Lust, deine kleinen grauen Zellen manchmal etwas mehr zu beanspruchen?» Tina sah sie herausfordernd an.

«Ich habe überhaupt nicht das Gefühl, dass ich sie verkümmern lasse. Glaubst du denn im Ernst, dass nur in den Unis gedacht wird und der Rest der Welt vor sich hin dämmert?»

«Nein, so meine ich das nicht. Ganz im Gegenteil, ich bin nach wie vor fest davon überzeugt, dass wir eine bessere Ausbildung brauchen. Aber darum geht's ja: Wenn wir daran was ändern wollen, können wir das wohl kaum in unserer jetzigen Position als Krankenschwestern machen.»

Annika fühlte sich sichtlich unwohl. Sie ging nicht weiter auf Tinas Argumente ein, sondern fragte stattdessen: «Überlegst du daran schon länger oder ist das wieder eine deiner spontanen Eingebungen?»

«Von wegen spontane Eingebung, Schwester. Letzte Woche hat bei uns eine Kollegin ausgeholfen, die studiert gerade im zweiten Semester Pflegewissenschaft, und die war total begeistert.»

«Also doch spontan», stellte Annika lakonisch fest.

«Na ja, vielleicht ein bisschen.»

«Ein *bisschen* spontan? Wie geht das denn?» Annika sah sie grinsend an.

Tina sah ein, dass sie heute wohl bei Annika in dieser Sache nicht weiterkommen würde. Also seufzte sie vernehmlich, trank ihr Weinglas leer und sagte dann: «Ach komm, lassen wir das Thema erst mal. Erzähl mir lieber, wie es gestern mit Max war.»

«Joa, ganz schön.» Annika goss gerade die Nudeln durch ein Sieb, und Tina konnte nicht erkennen, ob sie nicht mehr über den gestrigen Abend sagen wollte oder wegen der Nudeln nicht konnte.

«*Ganz schön* hört sich ja eher nach dem Gegenteil an. War der Abend nicht so doll?»

Annika stellte den Topf mit den Nudeln und einen zweiten mit Soße auf den Küchentisch. «Komm lass uns eben den Tisch decken, dann können wir beim Essen weiterreden, ja?»

Wenige Minuten später saßen sie sich gegenüber. Sie hatten die Deckenleuchte ausgeschaltet und stattdessen in der ganzen Küche Kerzen angezündet, deren Licht eine warme, behagliche Stimmung verbreitete. Annika richtete Nudeln mit Lachssoße auf zwei Tellern an und reichte einen davon weiter an Tina.

«Hm, das riecht ja köstlich», schwärmte die.

«Und das ist erst der Duft. Es schmeckt noch viel besser als es riecht.»

Tina kostete vorsichtig von den dampfenden grünen Tagliatelle mit der Lachs-Sahne-Soße. Sie hielt einen Moment inne und brach dann begeistert los: «Fantastisch, einfach fantastisch! Das ist wirklich klasse. Super! Spitzenmäßig!»

Annika lachte. «Es reicht schon, wirklich, ich glaub es dir.»

Beide genossen einige Minuten schweigend das Essen, nur hier und da unterbrochen von kurzen Lauten der Begeisterung. Tina war es, die das Gespräch schließlich wieder in Gang setzte. «Also, ich frag noch mal: Wie war der Abend mit Max?»

«Tja, das war wirklich ein schöner Abend. Du kennst ihn ja und weißt selbst, dass es Spaß macht, sich mit ihm zu treffen.» Annika schwieg für einen kurzen Augenblick. «Vielleicht sollte ich aber im Moment solche Treffen auslassen. Ich habe mich ja gerade erst von Harald getrennt. Das muss ich erst mal verdauen.»

«Aber du kennst ihn doch schon seit Jahren. Findest du es nicht komisch, dass ihr euch immer wieder trefft?», wollte Tina wissen.

«Wieso komisch? Wir mögen uns eben. Oder glaubst du auch nicht an Freundschaften zwischen Männern und Frauen?»

«Nö, ehrlich gesagt nicht. Und wenn ich das mit euch beiden richtig sehe, dann empfindet er auf jeden Fall mehr als Freundschaft für dich. Die Frage ist nur, was du dabei fühlst?»

«Max gehört auch zu denen, die von einer Familie träumen», erklärte Annika ausweichend.

«Oh, das tut mir Leid», entgegnete Tina.

«Das muss dir nicht Leid tun. Weißt du, ich mag ihn sehr, und ich freue mich immer, ihn zu sehen. Gestern Nacht ist es noch ziemlich rundgegangen, wenn ich das mal so sagen darf.» Die beiden sahen sich kurz an und Annika konnte ein verlegenes Lächeln nicht unterdrükken. Tina sah ein wenig entgeistert aus, aber kurz bevor sie darauf eingehen wollte, setzte Annika hinzu: «Aber das ist noch keine Liebe. Da fehlt für mich noch was. Ich bin mir nicht sicher, was es ist. Vielleicht merke ich es erst, wenn es so weit ist. Du kennst ja die Sprüche.»

Auch Tina lebte seit einem halben Jahr wieder alleine. Sie sah eine Weile gedankenverloren auf ihren inzwischen leeren Teller und sagte dann:

«Ich verstehe schon, was du meinst. Das Verrückte ist nur, dass ich das Gefühl habe, diesen Menschen bereits gefunden zu haben. Aber wenn so ein Gefühl nur einseitig ist, ist es dann echt? Vielleicht macht man sich dann ja auch nur etwas vor.»

Tina sah traurig aus, und Annika fragte irritiert: «Du hast jemanden kennen gelernt? Warum hast du mir nichts davon erzählt?»

«Es ist ja nicht so, dass du ihn nicht kennst. Ich wusste bis heute bloß nicht, ob ich es dir sagen sollte.» Tina stand auf und holte eine weitere Flasche Wein aus dem Kühlschrank. Sie stellte die Flasche demonstrativ vor Annika auf und schwieg. Annika sah mit Erstaunen auf das Etikett: ohne Zweifel ein Riesling aus Max' Anbau. Annika ließ sich mit offenem Mund in die Rückenlehne ihres Stuhls fallen.

«Max?» fragte sie tonlos.

Tina nickte und sah sie mit halb geschlossenen Augen an. «Seit heute Abend weiß ich ja, dass meine Chancen denkbar schlecht stehen.»

Annika hatte Tinas überraschendes Geständnis völlig aus dem Konzept gebracht. «Aber warum hast du denn nie etwas gesagt? Ich konnte doch nicht wissen...», begann Annika, doch sie wurde von Tina unterbrochen.

«Ist schon in Ordnung. Vielleicht hätte ich es dir gar nicht erzählen sollen. Du kannst ja auch nichts daran ändern.»

Tina stand auf und ging ins Wohnzimmer. Kurz darauf kam sie mit einer Zeitung zurück. Sie sagte entschlossen: «Themenwechsel! Hier. Hast du das schon gelesen?»

Sie reichte Annika die Zeitung und sah sie erwartungsvoll an. Annika war durch den abrupten Themenwechsel verstört, aber als sie die Überschrift las, die Tina angekreuzt hatte, war sie plötzlich wieder bei der Sache. Die Schlagzeile lautete:

Wieder Mord durch Krankenschwestern?

In der Zusammenfassung stand:

> In der Duisburger Ruhrland-Klinik ereigneten sich innerhalb einer Woche zwei Todesfälle. Bisher ist nicht geklärt, ob die beiden Patienten eines natürlichen Todes gestorben sind, oder ob es sich um Mord handelt. Einige Spuren deuten darauf hin, dass wieder einmal Pflegepersonal in diesen Fall verwickelt sein könnte.

Während Annika den Artikel hastig überflog, konnte man sehen, wie sich ihr Gesicht vor Wut verfärbte.

«Das war diese Tussi, die letzten Donnerstag auf der Station aufgetaucht ist. Eine Unverschämtheit. Von wegen «wieder einmal Pflegepersonal in die Sache verwikkelt». Das können wir uns nicht bieten lassen. Das ist doch rufschädigend. Wieso haben wir denn nichts davon erfahren? Von wann ist die Zeitung?»

Annika sah auf das Datum: Freitag 8. November. «Mich würde brennend interessieren, ob die Pleines das schon weiß. Hast du ein Telefonbuch da?»

Tina schaute Annika etwas irritiert an. «Du willst die doch jetzt nicht etwa anrufen?»

«Doch, genau das will ich. Ich will wissen, ob sie den Unsinn abgesegnet hat.»

Tina hatte nicht damit gerechnet, dass Annika so heftig auf den Artikel reagieren würde. «Annika, wir haben Sonntagabend, und es ist jetzt schon neun Uhr durch. Hältst du das für eine gute Idee?», versuchte Tina sie zu verunsichern.

«Ich war nie besonders diplomatisch. Das hat meine Mutter mir auch schon immer vorgeworfen. Also was soll's. Gibst du mir jetzt das Telefonbuch?»

Tina kramte seufzend das Buch hervor und blätterte nach der Privatnummer von Frau Pleines. Dann sagte sie Annika die Nummer an und hoffte inständig, dass sich am anderen Ende der Leitung niemand melden würde. Allerdings vergebens, wie sich schnell zeigte.

«Ja, guten Abend Frau Pleines. Annika Meinke hier. Entschuldigen Sie bitte die Störung, aber ich habe im Ruhr-Report gerade einen Artikel über unsere Station gelesen. Kennen Sie den?»

Während Annika hörte, was am anderen Ende gesagt wurde, beobachtete Tina erwartungsvoll das Mienenspiel ihrer Freundin. Zu ihrer Erleichterung schien die sich ein wenig zu entspannen. Sie hörte, wie Annika sagte:

«Ja, das finde ich auch. Gut, sie hat weder jemanden zitiert noch die Fotos veröffentlicht. Aber die Verdächtigungen: Kann man denn so was schreiben, ohne Beweise zu haben?»

Die Antwort der Pflegedienstleitung schien ein wenig länger auszufallen. Annika hörte aufmerksam zu und nickte hin und wieder. Schließlich sagte sie:

«Ja, darüber würde ich gern mit diesem Beimer von der Kripo reden. Wenn der das so an die Presse gegeben hat, dann ist er für uns aber unten durch. Dann soll er noch mal ankommen und Fragen stellen.»

Frau Pleines war von Annikas Reaktion wohl nicht sonderlich begeistert. Annika hörte eine Weile schweigend zu, bevor sie sagte:

«Nein, ich hab überhaupt nicht vor, irgendwelchen Ärger zu machen. Ich finde es nur ekelhaft, wenn man auf supernett macht und hintenrum der Presse Käpt'n Blaubär-Geschichten erzählt. Danach kann man ja wohl kaum erwarten, mit Begeisterung empfangen zu werden. Nein, ist schon in Ordnung. Natürlich werde ich mir nichts anmerken lassen. Nie im Leben, die Blöße werde ich mir schon nicht geben. Der wird ganz vorschriftsmäßig abgefertigt.»

Annika sagte die letzten Sätze mit Vehemenz und Überzeugung, und die Verabschiedung fiel zwar kurz, aber nicht unfreundlich aus. Tina sah sie auffordernd an und meinte:

«Na, Dampf abgelassen? Hat es das jetzt gebracht?»

Annika verzog ihr Gesicht. «Was weiß ich? Als wenn du dir immer alles genau vorher überlegen würdest. Ich hab zuerst gedacht, dass die Pleines was damit zu tun hätte. Irgendwie hätte ich der das schon zugetraut. Die hat den Artikel auch gelesen und schäumt genau wie ich. Erstaunlich, diese plötzliche Einigkeit.»

Sie mussten beide grinsen, und Annika meinte:

«Damit muss ich erst mal fertig werden. Dass ich mal mit der Pleines einer Meinung bin. Allerdings hat sie mir mehrmals gesagt, dass ich mich auf jeden Fall zusammenreißen soll und die Situation nicht weiter kompliziert machen und so weiter. Kannst du dir ja denken. Die macht sich Sorgen, dass alles noch dramatischer werden könnte.

Ist ja auch kein Vergnügen für sie. Mit einem Fuß im Ruhestand, und jetzt das.»

«Hach, auf einmal so mitfühlend mit dem alten Aasgeier?», wunderte sich Tina.

«Tja, man wird eben reifer», flachste Annika.

«Du und reifer – höchstens älter», gab Tina zurück. «Aber mal im Ernst: Was willst du denn jetzt machen?»

«Was *kann* ich machen, wäre wohl die bessere Frage. Wie kann ich beweisen, dass niemand von uns die Patienten umgebracht hat? Und wie kann ich sicher sein, dass es wirklich niemand von uns war?»

Tina schaute Annika an und fragte erstaunt: «Aber ich denke, davon bist du fest überzeugt?»

Annika nickte leicht. «Ja, vom Gefühl her bin ich das eigentlich auch, aber wenn man die Sache nüchtern betrachtet, muss man zugeben, dass ja alles möglich und noch überhaupt nichts bewiesen ist, oder? Bei allem, was du jetzt von der Sache weißt: Hältst du es denn für möglich, dass ein Patient der Mörder gewesen sein könnte?»

«Wieso nicht?», fragte Tina zurück.

Annika überlegte kurz: «Ich denke mal, vor allem deshalb, weil doch immerhin grundlegendes medizinisches Wissen nötig war. Zumindest, wenn man Baumanns Tod als Mord betrachtet», entgegnete Annika. «Aber bei Thörnphlix – wenn man den aus dem Fenster gestoßen hat, war das ja keine besonders exotische Art zu morden. Wenn also im ersten Fall medizinisches Wissen erforderlich war und im zweiten nicht: Wären das dann nicht notwendigerweise zwei Täter?»

«Nur, wenn man davon ausgeht, dass es im ersten Fall wirklich um Spezialwissen ging. Meine Güte, Luft in der Vene. Das kann man doch im Film gesehen haben oder überall nachlesen.»

«Genau das habe ich Beimer auch gesagt», meinte Annika.

«Wer war noch mal Beimer?», wollte Tina wissen.

«Ach, das ist einer der beiden Typen von der Kripo, die den Fall untersuchen. Mit dem war ich vorgestern essen.»

«Du warst mit ihm essen?», Tina hatte ihre Augen weit aufgerissen und konnte es offensichtlich kaum glauben. «Du warst mit dem Bullen essen? Mit dem, den du demnächst nur noch nach Vorschrift abfertigen willst? Was genau meinst du denn mit «abfertigen», Schwester?», fragte sie hustend, denn sie hatte sich vor lauter Eifer verschluckt.

«Komm wieder runter, wir haben uns nur getroffen, um in Ruhe über die Todesfälle reden zu können. Ich hatte keine Lust, das auf Station im Dienstzimmer zu tun. Ein Arbeitsessen, wenn du so willst.»

«Ah ja, klar. Natürlich, Frau Kommissarin, rein dienstlich, die Sache. Ich verstehe», gluckste Tina vergnügt.

«Idiotin», versetzte Annika und fuhr fort: «Mir ist das nur noch mal eingefallen, weil Beimer der Ansicht war, dass gerade das erforderliche Fachwissen dafür spricht, dass es jemand von uns getan hat. Ich glaube ja inzwischen auch, dass das jeder gewusst haben kann. Aber das Problem ist, dass ich niemandem von unseren Patienten einen Mord zutraue. Also sind wir so weit wie vorher.»

Annika sprach leise, als redete sie eher zu sich. «Mein Gott, natürlich. Ich bin blöd, dass ich da nicht eher drauf gekommen bin.»

Tina sah verdutzt zu Annika.

«Wie oft erklärst du Auszubildenden bestimmte Dinge in Anwesenheit von Patienten?», wollte Annika unvermittelt wissen.

«Hm.» Tina überlegte kurz. «Eigentlich ziemlich oft, würde ich sagen.»

«Genau.» Annika nickte heftig. «Ich kann mich noch erinnern, dass ich Yvonne vor ein paar Tagen die Sache mit der Luft im Schlauch erklärt habe. Und zwar hab ich das ziemlich ausführlich gemacht, weil wir ja gerade diese Fortbildung hatten. Und ich hab es im Patientenzimmer gemacht. Daran kann ich mich auch noch erinnern. Es war bei …» Annika überlegte nur wenige Sekunden. «Es war bei Baumann. Jetzt fällt es mir wieder ein. Der hatte nämlich selbst danach gefragt, weil so eine kleine Luftblase in seinem Infusionsschlauch war.»

«Mein Gott, du meinst, bei dem Patienten, der an der Luftembolie gestorben ist?» Tina war genauso aufgeregt wie Annika.

«Wenn ich mich nur erinnern könnte, wer dabei noch im Zimmer war.» Annika spielte mit dem Kugelschreiber in ihrer Hand. «Es war ziemlich voll, weil Baumann Besuch hatte. Herr Engkhoff war auch noch im Zimmer. An Herrn Kowalski kann ich mich nicht erinnern. War der im Zimmer gewesen oder nicht? Verflixt.»

«Also könnte dieser Engkhoff Baumann auch umgebracht haben?», schloss Tina daraus.

«Theoretisch schon. Aber ich wüsste nicht, warum er das getan haben sollte.»

«Na ja, ein Motiv hat sich doch bisher noch überhaupt nicht gefunden, oder?»

«Ja, das ist ja das Vertrackte. Wir wissen einfach zu wenig. Wie kriege ich mehr Informationen über Baumann, Kowalski, Thörnphlix und Engkhoff?»

Tina stand auf, stellte sich hinter Annika und massierte ihr die verspannten Schultern. Dabei sagte sie: «Mir ist bis jetzt immer noch nicht klar, wieso ausgerechnet du das alles herausfinden willst. Das ist wie beim Puzzle. Was sollte einen dazu bringen, tausende von Einzelteilen zusammensetzen, die andere auseinander gebrochen haben? Hab ich nie verstanden.»

Annika musste grinsen und wollte gerade etwas darauf erwidern, als Tina fortfuhr:

«Aber man kann dich ja wohl nicht davon abhalten, hier den Detektiv zu spielen. Also: Ich würde sagen, das Einfachste wäre, wenn du die Patienten selbst ein wenig aushorchst. Die erzählen doch oft von sich aus viel über ihr Leben. Und wir Schwestern sollen doch immer ein offenes Ohr für die Sorgen und Nöte unserer Patienten haben. Dann sei in den nächsten Tagen doch einfach mal die aufopfernde Krankenschwester. Setz dich an ihre Betten, mach ihnen Tee und rede mit ihnen. Du kannst doch viel besser etwas erfahren als die Polizei.»

Annika schien davon nicht so überzeugt zu sein. «Wer weiß? Wenn die Patienten den Zeitungsartikel auch gelesen haben, dann seh ich da schwarz. Was die sich jetzt wohl denken? Auf der anderen Seite hast du natürlich Recht. Das ist die einzige Möglichkeit, mehr zu erfahren.» Sie fischte sich ein paar der übrig gebliebenen Nudeln aus dem Topf und vermischte sie mit der restlichen, ebenfalls kalten Nudelsoße. «Möchtest du auch noch was?», fragte sie und hielt ihr die Mischung vor die Nase.

Tina setzte sich halb auf den Tisch und verzog das Gesicht. «Nee, danke. Die kalten Nudeln kannst du gern selber essen.»

«Wieso, das schmeckt klasse. Die Soße ist mir mal wieder vorzüglich gelungen, oder nicht?», wollte Annika wissen, wobei sie sich den Rest der Soße mangels Nudeln pur einverleibte.

Tina schaute Annika lachend an. «Willst du noch Wein?»

«Ja, gern, aber dann müsste ich hier übernachten. Ich hab vermutlich jetzt schon zu viel intus.»

«Du kannst gern hier schlafen, das weißt du doch», bot Tina an.

Annika erhob sich. «Ich weiß, aber ich hab doch morgen Nachtdienst. Da fahr ich besser nach Hause. Wir sehen uns aber auf jeden Fall danach, ja?»

Tina nickte. «Auf jeden Fall. Aber wenn irgendwas ist, rufst du mich an, okay?»

«Du meinst, wenn ich den Mörder gestellt habe?», fragte Annika und machte mit ihrer rechten Hand eine Pistole nach.

«Zum Beispiel.» Tina sah sie lächelnd an und meinte: «Das war ein schöner Abend, und du hast großartig gekocht. Vielen Dank.»

Die beiden umarmten sich zum Abschied, und Tina sah noch, wie Annika den Wagen vorsichtig aus der kleinen Einfahrt manövrierte. Tina hoffte, dass Annika sich nicht irrte und niemand aus ihrem Team die Patienten umgebracht hatte. Es war ja alles schlimm genug, aber wenn Annika ihren Kolleginnen nicht mehr vertrauen konnte, dann würde für sie vielleicht auch ihre Arbeit nicht mehr dasselbe sein. Und was wäre dann? ‹Das wirst du um die Uhrzeit nicht mehr herausfinden›, dachte sie seufzend und begann damit, die Küche aufzuräumen.

Montag, 11. November

Draußen war es bereits dunkel geworden. Der Nachtdienst im November war wirklich nur etwas für Frohnaturen. Die wenigen hellen Stunden verbrachte man im Bett und die dunklen in geschlossenen Räumen unter gleißendem Neonlicht. So gern Annika hin und wieder nachts arbeitete, weil das ihrem Lebensrhythmus entgegenkam, tat sie das doch lieber in den Sommermonaten. «Nachtdienst in Duisburg im November – das ist wie der berühmte schwarze Rabe im Kohleneimer», hatte sie mal zu einer neuen Auszubildenden gesagt. Und: «So viel Schokolade kannst du gar nicht essen, um dabei gut drauf zu bleiben.»

Auf der anderen Seite war es im Moment nicht unangenehm, sich dem ganzen Trubel im Nachtdienst ein wenig entziehen zu können. Und außerdem ergaben sich in den späten Abendstunden eher Gelegenheiten, mit den Patienten reden zu können. Lediglich mit Yvonne würde sie sich arrangieren müssen, und die war als Auszubildende im ersten Lehrjahr noch relativ unbelastet und nicht so eingefahren wie manche ihrer Kolleginnen. Annika machte sich ihr Bett für den kommenden Morgen zurecht. Sie liebte es, vom Nachtdienst nach Hause zu kommen und ohne viel Mühe und Vorbereitungen in ihr frisch gemachtes Bett schlüpfen zu können. Auf ihrem kleinen, ebenfalls aus großelterlichen Beständen stammenden Nachtschränkchen, das sie hemmungslos bordeauxfarben lakkiert hatte, wartete außerdem ihr Lager mit Zartbitter-Marzipan-Schokolade. Erst wenn sie eine Tafel davon verschlungen hatte, konnte sie beruhigt einschlafen. Die Warnungen ihrer Mutter «Annilein, du weißt ja gar nicht, wie viele Kalorien das sind! Und deine Zähne!» hatte sie immer wieder rigoros ignoriert. Auch nach drei Jahren rituellen Nachtwachen Schokoladen-Essens hatte sie kein Gramm zugenommen, und ihr Zahnarzt hatte immer nur Kleinigkeiten zu reklamieren.

Gerade, als Annika auf ihre Armbanduhr sah, klingelte es an der Tür. Es war schon viertel vor acht, und sie hätte sich eigentlich längst auf den Weg machen sollen.

«Hey», tönte es stimmbrüchig. Vor – oder besser: in – der Tür stand Kai, der einzige Sohn des Ehepaars, das in der Wohnung unter ihr lebte, und grinste sie an. Er war trotz seiner 16 Jahre fast zwei Meter groß, und Annika musste zu ihm hoch schauen. «Kann ich mir noch mal ein Video ausleihen? Heute Abend krieg ich Besuch, und wir wollen *Star Wars* gucken. Die hast du doch? Ich meine die Kassette mit den drei Folgen – und mit den neuen Szenen drin.»

«Okay, kannst du haben. Aber nur, wenn du dich die nächsten Tage zwischen acht und drei Uhr mittags zusammenreißt. Also keinen Rap zum Tote-Aufwecken, klar?

Ich hab nämlich ab heute Nachtdienst und muss danach schlafen. Tob dich nachts aus, dann krieg ich das nicht mit.»

Kai grinste breit und sagte, als wäre Annikas Anliegen das Absurdeste, was er seit langem gehört habe: «Klar, Anne, kein Thema. Hab ich keine Probleme mit. Nie gehabt.» Um sein Versprechen zu bekräftigen, hob er die rechte Hand zum Schwur, grinste aber fröhlich weiter.

Annika musterte ihn aus zusammengekniffenen Augen und brachte ein misstrauisches: «Ja, genau!» hervor. Während sie schließlich den Schuber mit den drei Filmen aus ihrer Sammlung holte, fügte sie noch hinzu: «Und nenn mich nicht Anne. Ich heiße Annika».

Nachdem sich Kai zufrieden in seine Gemächer zurückgezogen hatte, packte Annika in Windeseile ihre Tasche. Sie schaffte es tatsächlich, pünktlich um viertel nach acht auf der Station zu erscheinen, worüber sie selbst am meisten staunen musste. Im Stationszimmer saßen Magdalene, Arndt, Pia und Yvonne. Ihren Gesichtern nach zu urteilen, war der Spätdienst ohne größere Katastrophen verlaufen.

«Hallo», flötete Annika zur Begrüßung. «Was gibt's Neues?»

«Alles im grünen Bereich», antwortete Magdalene. «Und hoher Besuch heute Morgen. Die Pleines hat den Frühdienst genervt. Und rat mal, wem wir das zu verdanken haben? Hast du die tatsächlich gestern Abend angerufen?»

Annika wusste sofort, was gemeint war. «Ja klar. Habt ihr etwa den Zeitungsartikel nicht gelesen?»

«Klar haben wir», meinte Arndt. «Wir und alle anderen, vor allem die Patienten.»

«Ach du Scheiße. Und was sagen die dazu?», wollte Annika wissen.

«Ganz unterschiedlich», sagte Arndt. «Zwei haben tatsächlich heute früh ihre Koffer gepackt und sind auf eigenen Wunsch entlassen worden. Drei wollten zwar bleiben, aber auf einer anderen Station. Die meisten glauben den ganzen Unsinn aber nicht, was wir unter anderem auch Trabert zu verdanken haben. Er hat heute fast drei Stunden Visite gemacht und sich den Mund fusselig geredet.»

«Und Bolte?», fragte Annika.

Alle sahen sich eine Weile ratlos an, bis Magdalene sagte: «Der war erstaunlich zurückhaltend heute. Ich könnte nicht sagen, ob er für irgendeine Seite Partei ergreift, aber irgendwie war er anders als sonst. Das war wirklich merkwürdig, wenn ich jetzt darüber nachdenke. Als wir beim Frühstück saßen, kam er kurz ins Dienstzimmer und wollte wissen, wie es uns geht. Kannst du dir das vorstellen?»

Annika schaute Magdalene verblüfft an. «Echt? Das glaub ich nicht.»

«Doch ehrlich, wir waren alle dabei», bestätigte Pia.

Annika schüttelte ungläubig den Kopf und meinte: «Wahnsinn. Wenn sich jetzt sogar Bolte um uns kümmert, sind wir wohl wirklich in Schwierigkeiten».

Einen Moment lang saßen alle stumm da. Schließlich brach Annika das Schweigen und begann mit der Übergabe. Danach sprach sie kurz mit Yvonne die Arbeitsaufteilung ab, denn da sie noch Unterkurs-Schülerin war, konnte sie noch nicht allzu viel selbstständig machen. Annika richtete es aber so ein, dass sie ohne Yvonne in das Zimmer von Kowalski und Engkhoff gehen konnte, denn sie wollte ihre Detektivarbeit auf keinen Fall an die große Glocke hängen.

Gerade wollte sie sich ins Zimmer 19 aufmachen, als Herr Dohle hereinkam. «Äh, Schwester ich hab da ein Problem», begann er zögernd.

Annika schaute ihn freundlich an. «Schießen Sie los. Womit kann ich ihnen helfen?»

«Also, heute habe ich dieses Röhrchen hier bekommen», erklärte er und hielt dabei ein kleines rundes Plastikröhrchen hoch, das für Stuhlproben gedacht war. «Und jetzt soll ich da eine Stuhlprobe einfüllen. Aber ich hab keine Ahnung, wie ich das hier reinbasteln soll. Das ist doch viel zu klein, erst recht, wenn man den – ähem – befüllten Spatel noch mit reinzwängen soll. Und vor allem: In diesen neuen Klos bleibt ja auch nichts mehr liegen. Wie soll ich denn an den, äh, Stoff kommen? Der liegt ja dann im Wasser», empörte er sich.

«Keine Sorge, das kann man anders machen», beruhigte ihn Annika. Sie fragte sich selbst immer wieder, wer solche Röhrchen konstruiert hatte. Und wieso baute man heute nur noch Toiletten ein, die keine Ablagefläche mehr hatten? Es war wirklich absurd. «Hat Ihnen niemand erklärt, wie Sie damit umgehen sollen?»

«Nein, der Pfleger hat nur gesagt, wenn ich zur Toilette müsste, sollte ich mich noch einmal melden».

‹Das konnte nur Kalle gesagt haben›, dachte Annika. Sie erklärte Herrn Dohle, wie er das Röhrchen handhaben sollte und versprach ihm, einen Toilettenstuhl ins Bad seines Patientenzimmers zu bringen. Herr Dohle schien beruhigter, wenn auch nicht unbedingt glücklicher als zuvor. Angesichts der Tatsache, dass er in seinen eigenen Exkrementen rühren sollte, war das durchaus nachvollziehbar. Ihr Angebot, das für ihn zu erledigen, wies er allerdings empört zurück. Mehr konnte sie in dieser Sache nun nicht für ihn tun, und so begab er sich zurück in sein Zimmer.

Kurz darauf kam sie mit einem Toilettenstuhl ins Zimmer 19. Außer Dohle war noch Herr Kowalski zugegen, der sich irgendeine der zahllosen Talkshows im Fernsehen ansah. Er sah schlecht aus, und seine Gesichtsfarbe schien noch mehr ins Gelbe gewechselt zu haben, seit Annika ihn das letzte Mal getroffen hatte. Die Wangen waren eingefallen, und er hatte wohl auch weiter an Gewicht verloren.

«Hallo, Herr Kowalski», begrüßte sie ihn und nahm auf einem Stuhl neben seinem Bett Platz, während Herr Dohle sich mit dem Toilettenstuhl ins Bad zurückzog. «Wie geht es Ihnen?»

«Ganz gut», antwortete er knapp.

«Was sehen Sie sich denn da im Fernsehen an?», fragte Annika und versuchte, ein Gespräch in Gang zu bringen.

«Ach, nur so 'ne Show. Da geht's um Schwierigkeiten, die Eltern mit ihren erwachsenen Kindern haben. Die reden ja oft nicht mal mehr miteinander. Das ist mir ja glücklicherweise erspart geblieben.» Während er das sagte, sah er sie nicht an, sondern starrte wie abwesend auf den Fernseher.

«Ja, mit Kindern kann man wirklich viel Ärger haben», knüpfte Annika an Kowalskis letzte Äußerung an und dachte dabei, dass es nicht selten auch umgekehrt war.

«Das sag ich Ihnen. Hier, der Baumann, der hatte auch nur Ärger mit seinem Sohn. Obwohl der Arzt ist. Sollte man nicht meinen.»

Annika wurde hellhörig. «Ach. Wirklich? Davon hat er nie etwas erzählt. Ich dachte immer, die beiden wären ein Herz und eine Seele.»

«Ja, von wegen. Der Sohn wollte bloß an sein Geld ran. Na, jetzt hat er's ja.»

«Der wollte an sein Geld ran?» Annika war aufgeregt und hatte Mühe, sich das nicht anmerken zu lassen. «Aber hatte er denn so viel?»

«Ja, klar. Der war richtig reich. Hat er nur niemandem gezeigt. Mir hat er gesagt, er wollte nicht wie was Besseres behandelt werden. Ganz schön blöd. Was hat er denn dann von seinem Geld gehabt? Man muss schon reich sein, um sich solche Allüren leisten zu können. Würde mir nicht passieren.»

«Und sein Sohn sollte das Geld haben? Was ist denn mit seiner Frau?» Annika rückte näher an ihn heran. War es das gewesen, was Beimer ihr nicht sagen wollte? Hier war doch ein eindeutiges Motiv: Geld. War das nicht in den meisten Fällen der Grund für Mord?

«Für Frau und Tochter war gesorgt. Baumann hatte auch eine Firma. Irgendwas mit Käse. Und die sollte der Sohn bekommen. Der hat tatsächlich geglaubt, sein Sohn würde die Firma weiter führen. Als Arzt.» Kowalski tippte mit dem Zeigefinger an seine Stirn. «Jetzt ist sie wahrscheinlich schon verkauft.»

«Woher wissen Sie das denn alles?», fragte Annika verwundert.

«Wie – woher ich das weiß?», empörte sich Kowalski.

«Ich meine, hat er Ihnen das alles erzählt?», beeilte Annika sich zu sagen.

«Nee, das hat mir alles seine Frau erzählt. Die hatte nämlich großes Vertrauen zu mir.»

Nach dieser letzten Bemerkung wandte sich Kowalski wieder demonstrativ dem Fernseher zu. Für ihn schien das Gespräch damit erst einmal beendet zu sein. Annika wagte nicht, weiter nachzufragen. Sie war auch erst einmal damit zufrieden, unerwartet so viele Neuigkeiten in Erfahrung gebracht zu haben.

Sie wollte das Gespräch aber nicht so abrupt beenden und fragte deshalb: «Kann ich Ihnen noch irgendetwas bringen, Herr Kowalski? Eine Tasse Tee vielleicht oder eine Kleinigkeit zu Essen?»

«Nein danke, im Moment nicht. Ich hab gerade erst Tee getrunken.»

«Na gut.» Annika erhob sich. «Wenn Sie nachher noch etwas möchten, dann melden Sie sich einfach, ja?»

«Mach ich», gab er knapp zurück.

Als Annika gerade das Zimmer verlassen wollte, kam Herr Engkhoff zur Tür herein. Sie musste sich Mühe geben, um sich nicht anmerken zu lassen, dass sie ihn nicht besonders mochte.

«Guten Abend Herr Engkhoff. Wie geht es Ihnen?», bemühte sich Annika, freundlich zu fragen.

«Wie soll's mir schon gehen? Nicht besonders gut, sonst wär ich wohl kaum hier», blaffte er sie an.

‹Kein Wunder, dass der einen zu hohen Blutdruck hat›, dachte Annika.

«Ist sonst noch was? Messen Sie mir jetzt noch den Blutdruck, oder wollen Sie bis morgen früh hier so stehen bleiben?»

Annika ignorierte professionell seinen barschen Ton und fragte stattdessen: «Wie sieht es mit dem Schlafen aus? Geht es inzwischen besser oder soll ich Ihnen vielleicht ein paar Baldrian mitbringen?».

«Nein, die bringen sowieso nichts. Ich will gar nichts.»

Annika nickte und verließ das Zimmer ohne weiteren Kommentar. Nachdem sie einen Blick in Frau Roses Kurve und den Pflegebericht geworfen hatte, ging sie zu ihr. Frau Rose saß lesend in einem Stuhl, den sie vor ihr Bett gestellt hatte, um ihre Beine darauf legen zu können.

Annika begrüßte sie mit den Worten: «Hallo Frau Rose? Wie geht es Ihnen?»

Die grüßte lächelnd zurück. «Ach, Frau Meinke, ich glaube ich brauche was für die Verdauung.»

«Wann haben Sie denn das letzte Mal abgeführt?», wollte Annika wissen.

«Ja, wenn ich das jetzt noch wüßte. Das ist schon ein paar Tage her.»

«Oh. Haben Sie Bauchschmerzen?»

«Nein, gar nicht. Nur so einen Druck.»

Annika nickte, gab ihr ein leichtes Abführmittel und setzte ihren Rundgang fort. Die meisten Patienten fühlten sich heute wohl und es war angenehm, ohne den üblichen Zeitdruck hier und da ein wenig Zeit zum Plaudern zu haben. Gegen halb elf traf sie sich im Stationszimmer mit Yvonne, die schon Kaffee gekocht hatte.

«Na, bei dir alles in Ordnung?», erkundigte sich Annika. Sie hatte Yvonne die beiden Dreierzimmer 21 und 23 überlassen, zwischendurch aber vorsichtshalber auch dort einmal vorbeigeschaut, um zu sehen, ob Yvonne mit allem zurecht kam.

«Ja, allen geht es blendend. Die meisten wollten sich noch den Edgar Wallace-Film im Fernsehen ansehen und dann schlafen.»

Annika wurde neugierig. «Kommt heute einer? Welcher denn?»

Der Frosch mit der Maske, sagte Yvonne betont pathetisch. «Aber wir haben ja hier selber Krimi genug, oder? Auch ohne Frosch und Maske.»

«Das kannst du laut sagen», meinte Annika und versank in Gedanken. Sie dachte über die Neuigkeiten nach, die sie gerade von Kowalski erfahren hatte, und vergaß dabei, dass sie nicht allein im Dienstzimmer war. Yvonne saß eine Weile schweigend neben ihr und beobachtete sie. Schließlich wurde es ihr zu langweilig. Sie berührte Annika am Arm und fragte:

«Wenn du nichts dagegen hast, stell ich schon mal die Tabletten für morgen. Okay?»

Annika zögerte einen Moment und sagte dann: «Ja, gute Idee. Ich hab Ulrike nämlich versprochen, mich um den Dienstplan und die Lagerbestellung zu kümmern. Dann könnte ich das jetzt machen.»

Während Yvonne mit den Medikamenten hantierte, konnte Annika ungestört weiter grübeln. Baumanns Sohn hätte also ein Motiv. Gut, das könnte dann den Mord an Baumann erklären, nicht aber den an Thörnphlix. Andererseits schien irgendetwas die beiden verbunden zu haben. Annika erinnerte sich, wie sie die beiden oft miteinander hatte reden sehen. Sprachen denn Fremde miteinander so vertraulich? Und: Würde Baumanns Sohn seinen Vater oder gar alle beide umbringen? Gut, er war

Arzt, und zumindest das mit der Luftembolie könnte er hingekriegt haben. Aber er wohnte doch in der Nähe von München? Man müsste ja erst einmal herausfinden, ob er zum Zeitpunkt der beiden fraglichen Morde überhaupt in Duisburg gewesen war.

Nachdenklich machte sie sich mit dem Formblatt für die Lagerbestellung auf den Weg zum Materialraum, der sich im hinteren Teil der Station befand. Dort begann sie, die Bestände an Infusionsschläuchen, -kanülen, Verbandsmaterial, Spritzen und was sie sonst noch alles für ihre tägliche Arbeit benötigten zu kontrollieren.

«Schwester?», hörte sie plötzlich Kowalskis Stimme hinter sich. Sie erschrak und wäre fast mit ihm zusammengestoßen, als sie sich zu ihm umdrehte. Wie konnte er nur so nah an sie herankommen, ohne dass sie etwas bemerkt hatte?

«Oh, habe ich Sie erschreckt?», fragte er und trat einen Schritt zurück.

Annika atmete tief durch und antwortete: «Ein bisschen, aber halb so wild. Können Sie nicht schlafen?»

«Nee, gar nicht. Können Sie mir vielleicht noch so einen Schlaftee machen?»

«Mach ich. Wo möchten Sie ihn denn trinken?»

Kowalski deutet mit einer Kopfbewegung auf das Ende des Flurs. «Ich wollte mich noch was in den Aufenthaltsraum setzen.»

Annika nickte. «Gut, dann bring ich ihnen den Tee da hin, ja?»

Kowalski schlurfte langsam in Richtung Aufenthaltsraum, und wenige Minuten später stand eine dampfende Tasse Tee vor ihm auf dem Tisch. Er sah völlig gebannt zum Fernseher, wo sich gerade John Wayne und ein Nachwuchsschauspieler ein Duell in Schwarzweiß lieferten. Sie hatte bisher noch nie bemerkt, dass Herr Kowalski von irgendetwas fasziniert war, aber dieser Film hatte es ihm offensichtlich angetan. Annika wollte ihn nicht dabei stören, und so schlich sie sich leise aus dem Raum.

Auf der großen Uhr im Stationsflur sah sie, dass es mittlerweile ein Uhr war. Zeit für einen Durchgang, um nachzusehen, ob alle Patienten ruhig schliefen. Von weitem sah sie, dass Yvonne gerade aus Zimmer 23 kam. Sie winkten sich kurz zu, dann verschwand Yvonne in Zimmer 21. Sie hatte offensichtlich nicht vergessen, regelmäßig nach den Patienten zu schauen, und Annika war froh, dass sie so zuverlässig war und man nicht ständig nach ihr sehen musste. Wenig später hatte Annika ihren eigenen Rundgang beendet.

Als sie gerade behutsam die Tür von Zimmer 9 schloss, nahm sie aus den Augenwinkeln einen Schatten wahr. Schnell drehte sie sich nach links und lief in Richtung Aufenthaltsraum, wo sie etwas gesehen zu haben meinte. Aber da war nichts. Sie musste sich getäuscht haben. Wäre jemand durchs Treppenhaus gegangen, hätte sie das Geräusch der sich schließenden Tür gehört. Zu dumm, dass man die Tür zwischen Treppenhaus und Stationsflur wegen der Brandschutzbestimmungen nicht abschließen konnte. Ein bisschen mulmig war ihr jetzt schon. Früher hatte sie sich darüber keine Gedanken gemacht, aber heute war das etwas anderes. Was sollte sie denn machen, wenn plötzlich ein Mörder vor ihr stand?

‹Komm wieder zu dir›, versuchte sie, sich Mut zu machen. Um auf andere Gedanken zu kommen, ließ sie sich am geöffneten Fenster des Stationsflurs den kühlen Novemberwind um die Ohren wehen. Sie sog tief die klare, frische Luft ein und genoss den Blick auf den kleinen Park, dessen Wege im Nebel von einigen wenigen Laternen beleuchtet wurden. Als es ihr nach einer Weile zu kalt wurde, schloss sie das Fenster und ging ins Stationszimmer. Yvonne saß am Schreibtisch und las in einem Anatomiebuch. Die Tablettenschachteln standen gefüllt und nach Zimmernummern sortiert auf einem Tablett.

«Möchtest du noch mal kontrollieren?», fragte Yvonne und deutete dabei auf das Medikamententablett.

«Nee, ich denke, es ist besser, wenn die das morgen früh machen.» Annika ließ sich mit einem Seufzer auf dem Stuhl neben Yvonne plumpsen. Mit einem Blick auf das Buch fragte sie: «Und wie geht's dir? Du musst ja noch ziemlich fit sein, wenn du noch Anatomie lernen kannst.»

«Fit würde ich nicht gerade sagen. Es geht gerade noch», seufzte Yvonne und legte ihre Hände auf das Buch. «Was Warmes zu trinken wär jetzt toll.»

Annika nickte zustimmend und sagte im Gehorsamston: «Kommt sofort». Sie ging in die Küche und kam kurz darauf mit zwei Bechern Kakao zurück. Sie stellte beide Tassen auf den Tisch und setzte sich wieder. Nach dem ersten Schluck fragte sie: «Sag mal, hast du vor ungefähr einer Viertelstunde jemanden über den Flur laufen sehen?».

«Nö. Es war alles ganz still, schon fast gruselig still. Ich bin echt froh, dass ich nicht allein Nachtdienst machen muss.»

Annika umfasste ihre Tasse mit beiden Händen und nippte an dem heißen Kakao. «Oh ja, ich auch», sagte sie, und in diesem Moment sahen sie fast gleichzeitig auf ihre Armbanduhren. Beide hofften aus unterschiedlichen Gründen, dass die Nacht schnell vorübergehen möge.

Dienstag, 12. November

Während Annika nach ihrem ersten Nachtdienst den Schlaf der Gerechten schlief, diskutierten Beimer und Sörensen in ihrem Büro die Todesfälle auf der Station I 41. Ein randvoller Aschenbecher, die im Hintergrund sklerotisch gurgelnde Kaffeemaschine und zwei graue, aschfahle Gesichter hätten nicht besser zum Klischee von verbissener Polizeiarbeit passen können. Beimer und Sörensen waren unzufrieden und nervös. Nicht nur die Angehörigen der Toten, sondern auch ihr Chef drängten sie immer mehr, endlich zu Ergebnissen zu kommen.

Beimer und Sörensen saßen sich abgeschlafft an ihren Schreibtischen gegenüber, und Beimer sagte gerade: «Okay, was sollen wir machen? Weder bei Baumann noch bei Thörnphlix kommen wir weiter, und auch die Hinweise von der Station bringen uns nicht voran. Was schlägst du also vor?».

Sörensen verschränkte die Arme hinter seinem Kopf und meinte: «Irgendjemand vom Pflegepersonal muss uns helfen. Die sind am nächsten dran. Was hältst du von der Rothaarigen, wie heißt sie noch gleich – Meinke?»

Beimer verzog sein Gesicht: «Ich weiß nicht, Edgar. Ich hab kein gutes Gefühl bei der ganzen Sache. Außerdem müssten wir dann ja zugeben, dass wir keinen Durchblick haben. Das würd ich uns gern ersparen.»

Sörensen kramte in seinem Bart – eine unbewusste Geste, die er immer dann machte, wenn er angestrengt nachdachte. Beimer nahm sich eine weitere Zigarette, und die beiden schwiegen sich mehrere Minuten lang an. Mittlerweile war es schon halb vier nachmittags, und der Tag schien zu verstreichen, ohne dass sie auch nur einen Millimeter weiter gekommen waren. Gerade als Beimer das Zimmer verlassen wollte, um zur Toilette zu gehen, schellte das Telefon. Sörensen nahm den Hörer ab und meldete sich. Beimer konnte sehen, wie sich dessen zuvor grimmiger Gesichtsausdruck entspannte und aufhellte.

«Ja, natürlich, ein Momentchen bitte.» Triumphierend sah er seinem Kollegen ins Gesicht, verschloss die Sprechmuschel mit seiner Hand und kündigte überkorrekt an: «Frau Meinke für Herrn Beimer.» Dann hielt Sörensen den Hörer in die Luft und schaltete den Lautsprecher an, um das Gespräch verfolgen zu können.

Beimer rollte mit den Augen und nahm ihm stöhnend den Hörer ab. «Beimer», meldete er sich und war gespannt, was sie wohl von ihm wollte.

«Hallo, Herr Beimer. Annika Meinke hier. Könnten wir uns vielleicht heute noch treffen? Ich muss unbedingt etwas mit Ihnen besprechen?»

Beimer versuchte das leichte Kribbeln im Bauch, das sich beim Klang ihrer Stimme bemerkbar machte, zu unterdrücken und antwortete so förmlich wie möglich: «Ja, gern. Wo sollen wir uns treffen?»

«Etwa fünfhundert Meter vom Krankenhaus entfernt in Richtung Süden gibt es ein kleines griechisches Restaurant. Nix Tolles, aber eben nah am Krankenhaus. Wenn Sie da um 18 Uhr hinkommen würden, wäre das prima, dann habe ich es von dort nicht mehr weit zur Arbeit.»

«Müssen Sie denn heute noch dort hin?», wollte Beimer wissen.

«Ja, ich hab im Moment Nachtdienst. Also, geht das?», fragte Annika noch einmal bestimmt nach.

«Ja, in Ordnung, dann treffen wir uns da.»

«Prima. Dann bis gleich.»

Nachdem Annika aufgelegt hatte, stand Beimer mit dem Hörer in der Hand nachdenklich neben dem Schreibtisch. Sörensen hatte ihn die ganze Zeit aufmerksam beobachtet und grinste ihn nun unverhohlen an.

«Sag mal, was grinst du denn so bescheuert?», grunzte Beimer und legte den Telefonhörer auf.

«Junge, ich glaube du brauchst mal wieder 'ne Pause», gab Sörensen väterlich zurück. «Sie will sich also mit dir treffen? Das ist doch super. Was Besseres konnte uns doch gar nicht passieren. Jetzt kommt es nur noch darauf an, was du aus der Situation machst.»

«Was soll ich denn daraus machen?», sagte Beimer und merkte nicht, dass er lauter wurde.

Sörensen ließ sich nicht beirren: «Knüpf den Kontakt so eng wie möglich. Und dann verlier die Fragen nicht aus den Augen.»

Beimer hatte sich wieder in der Gewalt. «Wenn du meinst. Dann werde ich jetzt am besten nach Hause fahren und mich auf meine Aufgabe vorbereiten.»

Nun mussten beide lachen, und sie waren auch ein wenig erleichtert, dass sich auf diese Weise zumindest ein winziger Lichtblick gezeigt hatte. Beimer schnappte sich seine Tasche und Jacke, verabschiedete sich von Sörensen, und versprach ihm, heute Abend noch zu berichten, wie das Treffen verlaufen war.

*

Pünktlich um sechs Uhr fuhr Beimer mit seinem Wagen auf den kleinen Parkplatz gegenüber dem Restaurant *Akropolis*. Als er den Namen las, der in antik verfremdeten Buchstaben geschrieben war, fragte er sich, aus welchem Grund wohl griechische Restaurants fast immer so überraschungsarme Namen wie Akropolis, Dionysos oder Hellas trugen.

Annikas Mercedes war nicht zu übersehen; sie war also schon vor ihm eingetroffen. Beimer gefiel das gar nicht, denn lieber hätte er einen Platz ausgewählt und sie dann beim Hereinkommen beobachten können. Nun würde es umgekehrt sein, und er fühlte sich, wie schon vor ihrem ersten Treffen, ein wenig unsicher. Er schloss den Wagen ab und begab sich zum Restauranteingang, der von zwei großen Büschen in tiefblauen riesigen Tontöpfen flankiert war. Das Lokal musste gerade erst geöffnet haben, denn außer Annika konnte er keinen weiteren Gast erkennen.

Sie begrüßte ihn mit einem Lächeln. «Ich hoffe, ich habe Ihre Pläne heute nicht zu sehr durcheinander gebracht, aber Sie hatten mich ja damals ausdrücklich gebeten, Sie bei Bedarf anzurufen.»

«Nein, nein das ist völlig in Ordnung», bemühte sich Beimer, so gelassen wie möglich zu sagen.

Er hatte sich kaum ihr gegenüber an einen winzigen Zweier-Tisch gesetzt, als auch schon der Kellner kam, kommentarlos zwei Ouzo in die Mitte des Tisches stellte und sie nach ihren Wünschen fragte. Annika bestellte für sich ein Weizenbier, Beimer Apfelschorle, und dann studierten sie beide aufmerksam die Karte. Wie bei ihrem ersten Treffen gab Annika eine hochkomplizierte Bestellung auf – «ohne Weinblätter, dafür mit viel Knoblauch, keine Leber, sondern stattdessen Lammkoteletts» und so weiter. Beimer fand es beeindruckend, wie sie es schaffte, die rund 80 Angebote zu ignorieren und ein eigenes Arrangement zusammenzustellen. Als sich der Kellner mit seiner sicher nicht leichten Aufgabe auf den Weg in die Küche machte, fragte er Annika: «Also, was wollen Sie mir erzählen?»

In wenigen Sätzen berichtete Annika, was sie über Baumanns finanzielle Situation erfahren hatte. Beimer war ein wenig enttäuscht, denn das hatte er alles schon gewusst.

«Ich wette», unterbrach ihn Annika, «sie wissen aber nicht, dass Sohn und Vater sich nicht mochten.»

«Ach!» Das war allerdings wirklich eine Neuigkeit, denn sämtliche Angehörigen der Familie Baumann hatten ihm genau das Gegenteil erzählt.

«Woher wissen Sie das denn?», erkundigte er sich neugierig.

«Von einem Patienten, Herrn Kowalski. Ich weiß nicht, ob Sie sich an den erinnern können. Der lag im selben Zimmer wie Baumann und hat sich häufiger mit dessen Frau unterhalten.»

«Das ist wirklich interessant», sagte Beimer.

«Ja, nicht wahr? Vor allen Dingen, wenn man berücksichtigt, dass Baumanns Sohn an dem Tag in Duisburg war, als sein Vater gestorben ist», fügte Annika hinzu und sah Beimer gespannt an, als erwarte sie eine bestimmte Reaktion.

Beimer legte die Stirn in Falten. «Von wem wissen Sie das denn? Etwa auch von einem Patienten?»

«Es stimmt also?», fragte Annika, anstatt zu antworten.

Beimer musste schmunzeln: «Sie sind sich nicht sicher?»

«Nicht ganz. Wissen Sie es denn genau?»

«Selbstverständlich weiß ich das. Sie unterschätzen uns aber gewaltig, wenn Sie denken, dass wir so was nicht recherchieren. Was glauben Sie denn, was wir den ganzen Tag lang machen?»

Annika schien ein wenig betroffen. «Ich hab keine Ahnung. Woher denn auch?»

Beimer nickte. «Auch wieder wahr. Also gut. Wenn ich Ihnen jetzt Klarheit verschaffe, versprechen Sie mir, mich sofort anzurufen, wenn Sie weitere Neuigkeiten haben?»

«Okay, warum nicht», stimmte Annika zu. «Schließlich wollen wir ja alle, dass die ganze Sache so schnell wie möglich geklärt wird.»

Beimer sah ihr fest in die Augen und erklärte: «Gut, er war an dem Tag, als sein Vater gestorben ist, in Duisburg. Und was Sie vielleicht noch spannender finden werden: Er war auch hier, als Thörnphlix gestorben ist.»

Beimers Eröffnung traf Annika völlig unerwartet. Damit hatte sie im Traum nicht gerechnet. Wenn das so gewesen ist, dann könnte sich ja vielleicht alles aufklären, und die Kolleginnen und Kollegen wären endlich aus der Schusslinie. Vor lauter Aufregung fiel ihr nicht schnell genug eine sinnvolle Entgegnung ein, und sie stammelte nur: «Aber, das wäre ja…, das hieße ja…»

Beimer war aber noch nicht am Ende seiner Ausführungen. Ohne auf Annikas Stammeln einzugehen, fuhr er fort: «Wir können ihm aber nichts nachweisen. Mutter und Tochter bezeugen, dass er zum fraglichen Zeitpunkt zu Hause, also im Haus der Mutter, gewesen sein soll. Selbst wenn er ein Motiv hatte: Ein Mord ist ihm nicht nachzuweisen. In der Richtung kommen wir nicht weiter.»

«Was haben Baumann und Thörnphlix denn für eine Beziehung gehabt? Ich meine, die waren doch oft zusammen. Gibt es da keine Hinweise?», erkundigte sich Annika.

«Auch nichts», winkte Beimer bedauernd ab. «Egal, was die beiden miteinander zu tun hatten – niemand scheint was darüber zu wissen.»

«Außer dem Mörder vielleicht», fügte Annika hinzu.

Beimer überlegte eine Weile und ergänzte dann: «Ja, genau. Oder der Mörderin».

Annika wollte gerade etwas darauf sagen, als das Essen gebracht wurde. Während sie schweigend verfolgten, wie der Kellner die Teller mit dem Hauptgericht und viele kleine Töpfchen mit Zutaten auf dem Tisch platzierte, suchte Beimer verbissen nach unverfänglichen Gesprächsthemen. Bis jetzt war die Atmosphäre noch ziemlich verkrampft, und er bereute es nicht zum ersten Mal, dass ihm so genannter Smalltalk selten gelang. Im Zweifelsfall schwieg er lieber, als sich in unverbindlichen Quasseleien zu verstricken. Gerade hatte er den Mut gefunden, Annika wegen ihrer Haare ein Kompliment zu machen, als sie ihm zuvorkam.

«Ist Sörensen eigentlich Ihr Chef?»

«Ja, formal schon. Aber praktisch merk ich das eigentlich kaum. Er ist eher so was wie ein älterer, erfahrener Arbeitskollege. Vielleicht sogar ein Freund. Wir kommen prima miteinander aus.»

Während sie weiter aßen, unterhielten sie sich noch über Probleme mit Arbeitskollegen und Freunden, bis Annika sich dann um kurz vor acht überstürzt auf den Weg zur Arbeit machte. Sie hatte die Zeit vergessen, und in der Eile vereinbarten sie kein weiteres Treffen, worüber Beimer sich im Nachhinein sehr geärgert hatte. Als Annika im Umkleideraum der Station die weiße Einheitstracht überwarf, saß Beimer noch im Restaurant und überlegte sich, was er Sörensen berichten sollte.

*

«Was sind denn das für Kartons hier?» Annika fluchte laut, weil sie fast über den kleinen Turm aus Paketen gestolpert wäre, der im Flur direkt neben der Tür zum Dienstzimmer stand. Gerd begrüßte sie mit einem verschmitzen Lachen. «Tja, Kollegin, hier hat jemand Thermometerhüllen bestellt, und zwar ein bisschen im Voraus. Damit kommen wir wohl etwa bis ins Jahr 2005. Wir können nur hoffen, dass bis dahin kein neues Thermometer eingeführt wird.» Dabei hielt er demonstrativ mehrere Hüllen in der Hand, mit denen er sich Luft zufächerte.

Annikas Gesicht überzog sich mit einer leichten Röte. «Sag nicht, dass ich das alles bestellt habe?»

«Ich fürchte, da gibt es kein Vertun.»

«Aber wir können das doch sicher ins Lager zurückgeben, oder?»

«Nö, völlig unmöglich, hab ich schon nach gefragt. Das kommt nicht aus dem Lager. So viele von den Dingern haben die gar nicht. Die sind exklusiv für uns bestellt worden. Jetzt können wir Temperatur messen, bis der Strom wegbleibt.» Nun konnte sich auch Annika ihr Lachen nicht mehr verkneifen.

«Okay, du Komiker. Lass uns mal Übergabe machen, damit ihr nach Hause kommt. Ist Yvonne noch nicht da?»

«Nee, die kommt auch nicht. Der geht's nicht gut. Sie hat schon heute Vormittag angerufen.»

In diesem Moment kamen Anne und Simone ins Zimmer. Nach der Begrüßung setzten sich alle um den Tisch und begannen mit der Übergabe. Den Berichten zufolge war – wie schon in der vergangenen Nacht – so wenig zu tun, dass die Arbeit bequem von einer Person erledigt werden konnte. Dennoch war Annika nicht wohl dabei, wenn sie daran dachte, dass sie die nächsten zwölf Stunden auf der Station allein sein würde.

«Wer hat denn von den Ärzten Dienst?», erkundigte sich Annika, als Anne die Übergabe abgeschlossen hatte.

«Mezger», meinte Gerd mit einem mitleidigen Achselzucken.

«Na super», stöhnte Annika. «Will vielleicht jemand meinen Nachtdienst übernehmen?»

«Ach komm, wenn du Glück hast, kriegst du ihn gar nicht zu sehen. Bis auf Engkhoff geht es allen ganz gut», versuchte Gerd sie zu trösten.

Annika war frustriert. Schweren Herzens verabschiedete sie sich von den Dreien und bereitete den Arbeitswagen für ihren Rundgang vor. Engkhoff ging es am schlechtesten, deshalb begab sie sich zuerst in sein Zimmer. Am späten Nachmittag hatte er einen schweren Angina pectoris-Anfall gehabt, und jetzt lag er, wie sie in der Übergabe erfahren hatte, mit bleichem Gesicht in seinem Bett. Die beiden anderen Patienten, Kowalski und Dohle, waren nicht im Zimmer. Neben Engkhoffs Bett stand ein fahrbarer Infusionsständer, an dem eine leere Flasche hing, und laut Plan sollte er gegen 22 Uhr die nächste bekommen. Als Annika ins Zimmer kam, lag er mit geschlossenen Augen im Bett. Sie trat näher zu ihm und konnte hören, dass sein Atem gleichmäßig ging. Annika sprach ihn vorsichtig mit leiser Stimme an, und er öffnete sofort seine Augen. Er schien nicht geschlafen zu haben.

«Hallo, Herr Engkhoff», begrüßte Annika ihn. «Wie fühlen Sie sich?»

«Beschissen», antwortete Engkhoff in seiner charmanten Art, was Annika beruhigend fand. Solange er noch die Kraft hatte, grob zu sein, war er wohl außer Lebensgefahr.

«Möchten Sie vielleicht Tee oder eine Kleinigkeit zu Essen? Ihr Abendbrot steht noch in der Küche, das könnte ich Ihnen auch bringen, wenn Sie möchten.»

Engkhoff wollte nichts außer seiner Ruhe, und so kontrollierte Annika nur Blutdruck und Puls: beides war für seinen Zustand zufrieden stellend.

«Okay, Herr Engkhoff. Ich schau auf jeden Fall nachher noch einmal vorbei. Gegen zehn Uhr bekommen Sie noch eine Infusion.» Annika klemmte sich das Blutdruckgerät unter den linken Arm und schob mit der rechten Hand den Infusionsständer aus dem Zimmer.

Die nächsten Stunden versprachen, mehr als ruhig zu werden, und so entschied Annika sich dazu, die Infusionsständer zu putzen. Eine Arbeit, für die in der Hektik des Tages nur selten Zeit blieb und die schon lange überfällig war. Am Ständer aus Engkhoffs Zimmer klebte eine Mischung aus verschiedenen, undefinierbaren Flüssigkeiten. Sie rollte ihn erst einmal in den Pflegearbeitsraum und setzte ihren Rundgang fort. Kurz nach neun hatte sie ihn beendet, obwohl sie sich sehr viel Zeit für die Patienten genommen hatte. Bevor sie sich um die Infusionsständer kümmerte, sah sie noch einmal nach Engkhoff. Der lag dösend im Bett, hörte leise Radio und hatte auf ihre Frage hin immer noch keine Wünsche.

Gerade als Annika die ersten beiden Ständer gesäubert hatte, erinnerte sie der Summer an ihrer Armbanduhr um Punkt 22 Uhr daran, dass die Infusion für Herrn Engkhoff fällig war. Als sie mit der Infusion zu Herrn Engkhoff wollte, schellte es in Zimmer 2. Frau Mier brauchte Hilfe auf dem Weg zur Toilette, und das hatte Vorrang. Annika ließ die Infusion vor dem Stationszimmer stehen und ging zu Frau Mier. Etwa zehn Minuten später machte sie sich erneut auf den Weg zu Engkhoff. Aus dem Aufenthaltsraum hörte sie lautstark den Fernseher: Herr Dohle und Herr Kowalski gingen ihrer Lieblingsbeschäftigung nach. Sie würde den beiden wieder einmal erklären müssen, dass die Wände zwischen den einzelnen Zimmern nur schlecht gedämmt waren, und dass sie den Apparat zu laut eingestellt hatten. Herr Engkhoff lag immer noch wach im Bett. Er hatte inzwischen wieder etwas Farbe bekommen. Bevor Annika die Infusion anlegte, maß sie noch einmal Blutdruck und Puls. Ohne Zweifel schien es ihm wieder besser zu gehen.

«Herr Engkhoff, ich häng Ihnen nur noch die Infusion an. Ich denke, die wird etwa in einer Stunde durchgelaufen sein. Wenn Sie schlafen möchten, dann tun Sie das ruhig. Ich hab eine Taschenlampe, und ich kann zwischendurch nach Ihnen schauen, ohne dass ich Sie wecken muss.»

«Ja, ist egal, ich schlaf jetzt sowieso noch nicht.»

«Gut, dann bis später, ja? Und wenn irgendetwas ist, dann melden Sie sich.»

Annika verließ das Zimmer und ging in den gegenüberliegenden Aufenthaltsraum. Wie erwartet saßen dort Dohle und Kowalski vor dem Fernseher und verfolgten gespannt ein Fußballspiel.

Ohne lange Vorrede kam sie gleich zur Sache: «Oh, das hört man ja bis in den Flur. Machen Sie doch bitte ein bisschen leiser.»

«Och, Schwester!» Herr Dohle sah sie bittend an und grinste. «Wir gönnen uns doch sonst nix.»

«Nein, wirklich. Man hört das sogar im Zimmer gegenüber bei geschlossener Tür.»

Herr Dohle runzelte die Stirn. «Wirklich? So laut kommt mir das gar nicht vor.» Er verdrängte mal wieder, dass er auf einer Seite schwerhörig war.

«Wie lange geht das Spiel denn noch?», erkundigte sich Annika in der Hoffnung, vielleicht einen Kompromiss aushandeln zu können.

Kowalski sah auf seine Armbanduhr. «Noch knapp zehn Minuten», meinte er, und sah dann weiter gebannt auf die Mattscheibe.

Annika gab nach. Sie schloss die Tür des Aufenthaltsraums hinter sich und blieb einen Moment davor stehen. Wenn sie den Fernseher nicht noch lauter drehten, würde sich wohl niemand gestört fühlen. Auf dem Weg zum

Stationszimmer überlegte sie, was sie als Nächstes tun sollte. Zunächst einmal die Tabletten stellen und um elf Uhr wieder nach Engkhoff sehen und ihre Runde drehen.

Je ruhiger und später es wurde, desto nervöser wurde Annika. Sie verspürte plötzlich den Drang, mit jemandem zu reden, am besten am Telefon. Aber wen könnte sie zu dieser Uhrzeit mitten in der Woche anrufen? Sie überlegte kurz. Klaus. Der ging immer erst sehr spät ins Bett und musste auch nicht am nächsten Tag morgens früh im Krankenhaus sein. Kurz entschlossen suchte sie seine Telefonnummer aus ihrem kleinen schwarzen Notizbuch und wählte die Nummer. Fehlanzeige, niemand hob ab. «Mist», fluchte Annika leise. Sie schaute wieder auf die große Stationsuhr. Kurz nach halb elf. Jetzt sollte sie eigentlich Tabletten stellen, aber sie war viel zu nervös, um sich zu setzen. Also lief sie noch einmal den Stationsflur entlang. Aus dem Aufenthaltsraum kam ihr Dohle entgegen. «Na, Spiel vorbei?», erkundigte sich Annika.

«Jo», antwortete Dohle.

«Sieht Herr Kowalski noch fern?», fragte sie weiter, denn sie wollte das Gespräch noch ein wenig in die Länge ziehen, um nicht so schnell wieder allein zu sein.

«Nein, der wollte noch mal Treppen steigen. Das macht er abends oft. Er meint, das hält ihn fit. Also, mir reicht das völlig, wenn ich den Flur auf und ab gehe.» Damit machte er sich gemächlich in Richtung Stationseingang auf den Weg. In diesem Moment öffnete sich die Zwischentür, die neben dem Aufenthaltsraum ins Treppenhaus führte. Atemlos trat Kowalski in den Flur.

Annika sah ihn besorgt an und meinte: «Herr Kowalski, ist das nicht etwas zu anstrengend für Sie?» Er sah etwas blass um die Nasenspitze aus, und auch wenn heute wenig zu tun war und Annika Gesellschaft vermisste, war sie nicht unbedingt scharf auf eine Reanimation oder Schlimmeres.

«Kommen Sie, setzen Sie sich erst einmal.» Aus dem Aufenthaltsraum zog sie einen Stuhl auf den Flur, auf dem sich Kowalski dankbar niederließ. Nach kurzer Zeit atmete er wieder ruhiger. Er sah Annika an.

«Sagen Sie, Schwester. Ist Ihre Kollegin schon gegangen?»

«Meine Kollegin?» Annika sah ihn erstaunt an.

«Ja, die kleine Zierliche.» Als Annika ihn immer noch fragend anschaute, setzte er hinzu: «Die mit den schwarzen Haaren.»

Annika fuhr der Schreck in die Glieder. Kowalski musste Swedlana meinen. Wo sollte er die jetzt gesehen haben? Und weshalb sollte sie hier gewesen sein? Auf keinen Fall wollte sie Kowalski jetzt verunsichern.

«Wissen Sie, heute ist nicht so viel zu tun, und da kann man gut allein arbeiten. Meine Kollegin hat bestimmt nur irgendwas vergessen.» Annika machte eine kurze Pause. «Wo haben Sie sie denn gesehen?», fragte sie und bemühte sich, ihre Frage so beiläufig wie möglich klingen zu lassen.

«Unten. Im Kellergeschoss, da wo es zum Garten rausgeht.»

«Ach so, dann war sie wahrscheinlich auf dem Weg nach Hause», sagte Annika, als ob sie damit eine zufrieden stellende Erklärung gefunden hätte. Gleichzeitig suchte sie krampfhaft nach einer Erklärung dafür, dass Swedlana zu dieser Zeit hier war, und vor allem dafür, dass sie nicht zu ihr auf die Station gekommen war.

Kowalski hatte das Interesse an der Sache verloren und schien sich auch wieder erholt zu haben. «Ich geh dann jetzt mal ins Bett, Schwester», verabschiedete er sich.

«Ja, schlafen Sie gut», erwiderte Annika gedankenverloren. Sie musste unbedingt mit Swedlana sprechen, und zwar sofort. Sie wollte jetzt endlich von ihr wissen, was eigentlich los war. Annika ging entschlossenen Schrittes in Richtung Stationszimmer, um sie anzurufen. Kurz bevor sie den Hörer abheben konnte, hörte sie einen lauten Schrei aus den hinteren Zimmern. Es hörte sich an wie Kowalskis Stimme. Sie rannte los und fand Dohle kreidebleich und mit entsetzter Miene vor der Tür zu seinem Zimmer stehen.

«Tot. Er ist tot», stammelte er.

Annika lief an ihm vorbei und sah Kowalski neben Engkhoffs Bett stehen. Sofort löste sie Alarm aus, schickte Kowalski aus dem Zimmer und begann bei Engkhoff mit der Herzmassage. Bald kamen Mezger und die Leute von der Anästhesie. Sie lösten Annika ab, die jetzt regungslos den anderen dabei zusah, wie sie Engkhoff ins Leben zurückholen wollten. Es war noch keine Stunde her, da war sie bei ihm gewesen. Es ging ihm gut, seine Werte waren in Ordnung. Genau dasselbe erzählte Annika den beiden Ärzten, als nach einer weiteren halben Stunde eindeutig feststand, dass Engkhoff tot war. Die beiden nahmen das Ganze gelassen zur Kenntnis, und auch das Anästhesisten-Trio verabschiedete sich kurz darauf. Als Annika mit Mezger im Dienstzimmer war, begann er damit, die erforderlichen Formulare auszufüllen.

«Ich werde dann jetzt noch eben seine Frau anrufen», sagte er mit einem Seufzer, denn das war wirklich keine angenehme Aufgabe.

Annika war immer noch verstört. «Glauben Sie, dass Engkhoff an ganz normalem Herzversagen gestorben ist?»

«Das glaube ich nicht, sondern davon gehe ich aus, weil ich nicht wüsste, was man vernünftigerweise sonst annehmen sollte. Das EKG, das ich heute bei ihm gemacht habe, sah alles andere als gut aus.»

«Aber wenn es ihm so schlecht ging, wieso haben Sie ihn dann nicht auf die Intensivstation verlegt?», fragte Annika matt, obwohl sie die Antwort schon wusste.

«Das Übliche. Kein freies Bett», erklärte Mezger. «Außerdem hat Engkhoff mir klargemacht, dass er auf keinen Fall verlegt werden wollte. Ja, und dann habe ich alles dokumentiert. Wenn Sie es mir nicht glauben: hier». Mit diesem Kommentar drückte er ihr Engkhoffs Krankenblatt in die Hand und sah sie erwartungsvoll an.

Tatsächlich, da stand es geschrieben. Warum hatte man ihr das nicht gesagt? Annika war wütend. Trotzdem war sie sich auch jetzt sicher, dass es Engkhoff heute wesentlich besser gegangen war. Mezgers Adrenalinspiegel war während der letzten Minuten merklich gestiegen, aber Annika wollte dennoch einen Versuch wagen, ihn noch einmal anzusprechen.

«Ja, das sieht wirklich nach einer ganz klaren Sache aus. Aber meinen Sie denn nicht, dass es besser wäre, wenn wir vorsichtshalber Kommissar Beimer anrufen? Ich meine, wegen Baumann und Thörnphlix.»

Mezgers Gesicht färbte sich verblüffend gleichmäßig in zartem Rosa ein. Er schnappte nach Luft und sagte barsch: «Ja genau. Sobald hier jemand stirbt, rufen wir die Kripo. Die werden sich bedanken. Ist Ihnen eigentlich bewusst, dass wir hier immer noch im Krankenhaus sind? Wenn die Bull…, äh, ich meine, wenn die Polizei glaubt, dass es da was zu untersuchen gibt, werden die uns das schon wissen lassen. Aber vielleicht kann ich bis dahin ins Bett gehen. Sonst krieg *ich* noch einen Herzinfarkt.»

Wenn man Mezger in diesem Moment ansah, würde man das nicht unbedingt für abwegig halten. Annika zog es vor, darauf erst einmal nichts zu sagen, sondern abzuwarten, was er als Nächstes von sich geben würde.

Metzger machte eine kleine Pause und fuhr dann fort, zu Annikas Erleichterung jetzt wesentlich ruhiger: «Glauben Sie mir, Engkhoff hatte einen ganz normalen Feld-Wald-Wiesen-Herzinfarkt. Und die Obduktion morgen wird nichts anderes ergeben.»

Ohne auf eine Entgegnung zu warten, drehte Mezger sich um und deutete mit einer Geste an, dass er die Diskussion als beendet betrachtete. Annika kochte vor Wut. Dann würde sie Beimer eben selbst anrufen, sobald Mezger verschwunden war. Sie hörte, wie er mit Frau Engkhoff telefonierte. Er ließ Annika nach dem Telefonat noch wissen, dass Engkhoffs Gattin erst morgen früh ins Krankenhaus kommen wolle, und dann verabschiedete er sich endgültig. Annika suchte in ihrer Tasche hastig nach der Visitenkarte, die Beimer ihr beim ersten Mal zugesteckt hatte. Sie schaute kurz auf die Uhr, bevor sie Beimers Handynummer wählte. Mitternacht. Ein bisschen spät für einen Anruf, bei dem sie sich nicht einmal sicher war, ob das Ganze überhaupt eine gute Idee war.

Bereits beim zweiten Klingeln wurde abgenommen. «Beimer», meldete er sich.

«Hier ist Annika Meinke. Entschuldigen Sie die späte Störung, aber heute hatten wir wieder einen Todesfall. Nichts spricht bisher dafür, dass es sich um etwas anderes handelt als einen Herzinfarkt, und Doktor Mezger meinte auch, ich solle Sie deshalb nicht extra anrufen», sprudelte sie hervor. Dann zögerte sie einen Moment, weil sie sich plötzlich ziemlich blöd vorkam. Ein Anruf um Mitternacht, um ihm klarzumachen, dass sie dafür eigentlich keinen triftigen Grund hatte. Wahnsinn. Unsicher setzte sie schließlich hinzu: «Aber ich dachte, es wäre vielleicht doch besser, Sie zu informieren.»

Eine Zeit lang sagte keiner von beiden etwas. In solchen Momenten war man sich nie ganz sicher, ob nicht die Telefonverbindung unterbrochen war. Annika hasste es zu telefonieren, weil ihr die Gesten, Blicke und Reaktionen der Leute am anderen Ende fehlten. Telefonieren war in ihren Augen von vornherein zum Scheitern verurteilte Kommunikation, auf die sie sich nur einließ, wenn sie es nicht vermeiden konnte. Während sie über die Alternativen nachdachte, die Beimers Schweigen erklären konnten, hörte sie ihn plötzlich sagen:

«Ich bin in etwa fünfzehn Minuten bei Ihnen».

Daraufhin legte er auf, ohne eine Bestätigung abzuwarten. Annika war es ganz recht zu wissen, dass sie nun nicht die ganze Nacht allein auf der Station zubringen musste. Jetzt aber hatte sie sich erst einmal um Dohle und Kowalski zu kümmern. Am besten würde es wohl sein, die beiden in Zimmer 7 unterzubringen. Ein bisschen räumlichen Abstand zu dem Zimmer, in dem gerade eben jemand gestorben war, konnte den beiden dabei helfen, ihre letzten Eindrücke besser zu verarbeiten. Außerdem wollte Beimer sich vermutlich Zimmer 19 und Herrn Engkhoff in Ruhe ansehen.

Annika schob schnell ein zweites sauberes Bett in Zimmer sieben und ging dann in den Aufenthaltsraum, wo Kowalski und Dohle sich gegenübersaßen. Ohne den sonst ständig im Hintergrund laufenden Fernseher war es beängstigend still, und die beiden Männer saßen dort regungslos mit leeren Blicken. Annika setzt sich zu ihnen und schaute sie ein paar Sekunden ratlos an. Was sollte sie nur sagen? Wollten sie getröstet werden oder einfach nur zur Ruhe kommen? Manchmal war es wahnsinnig schwierig, die richtigen Worte zu finden.

Annika entschied sich für einen sachlichen Auftakt: «Ich habe Ihnen in Zimmer 7 – das ist das Zimmer neben dem Stationszimmer –, also da hab ich für Sie frische Betten reingestellt. Es ist vielleicht besser, wenn sie heute Nacht erst mal dort schlafen.» Annika wartete einen Augenblick lang auf eine Reaktion. Statt zu antworten, nickten sie wie auf Befehl gleichzeitig.

«Möchten Sie vielleicht noch etwas Warmes zu trinken oder etwas zur Beruhigung?», fragte sie, nicht ohne innerlich ein wenig zu schmunzeln. Seit ein paar Tagen schien ihr in Situationen wie diesen nichts Besseres einzufallen, als Getränke- und Drogenwünsche abzufragen. Wenn das so weiterging, würde man sie für eine Kellnerin halten.

Auf jeden Fall wurde heute eine Bestellung aufgegeben: «Eine heiße Milch mit Honig wäre schön», sagte Herr Dohle, und Kowalski schloss sich ihm an.

Annika war dankbar dafür, auf diese Weise wenigstens eine Kleinigkeit für die beiden tun zu können. Sie zeigte ihnen ihr neues Zimmer, holte ihre wichtigsten Utensilien aus dem alten Zimmer und begab sich dann in die Küche, um die Milch aufzuwärmen. Als sie die Tür von Zimmer sieben hinter sich schloss, kam Beimer mit zwei Männern und einer Frau durch den Stationseingang. Neugierig ging sie dem Grüppchen entgegen.

«Dass ist wirklich nett, dass Sie noch gekommen sind, auch wenn es vielleicht umsonst ist», sagte Annika.

«Hallo», begrüßte er sie zwanglos und deutete dann auf die drei in seiner Begleitung. «Das sind meine Kollegen von der Spurensicherung. Könnten Sie uns vielleicht zunächst das Zimmer zeigen?»

Annika wurde mulmig, denn jetzt erst wurde ihr klar, was sie angerichtet hatte, indem sie Beimer auf eigene Faust herzitiert hatte. Das würde am nächsten Morgen einen unglaublichen Ärger geben, denn es ließ sich wohl kaum verheimlichen, von wem Beimer angerufen worden war. Vor allem nicht nach ihrem unerfreulichen Gespräch mit Mezger.

Nach Luft schnappend sagte sie: «Spurensicherung? Ist das nicht etwas … also …». Sie kicherte nervös und versuchte, zu einem verständlichen Satz zu finden: «Ich dachte, sie kommen erst mal vorbei und stellen ein paar Fragen. Wahrscheinlich ist ja alles ganz harmlos.»

Beimer verstand sofort, weshalb sie so aufgeregt war, und gab sich Mühe, sie zu beruhigen: «Machen Sie sich darüber mal keine Gedanken. Wir wollten uns ohnehin noch einmal das Fenster ansehen, aus dem Herr Thörnphlix gefallen ist.» Ohne, dass seine Kollegen es bemerken konnten, zwinkerte er ihr mit seinem rechten Auge zu, während er sagte: «Als Sie dann bei meinem Anruf erwähnten, dass heute noch jemand gestorben ist, habe ich vorsichtshalber noch eine Kollegin mitgebracht. Ich hoffe, Sie nehmen mir nicht übel, dass ich Sie vorher darüber nicht informiert habe.»

Annika brauchte eine kleine Weile, bis sie verstanden hatte, was Beimer ihr damit sagen wollte. Er würde es so aussehen lassen, dass er sie angerufen hatte und nicht umgekehrt. Was auch immer ihn auf diese Idee gebracht hatte, es würde ihr den Tag retten. Bevor sie irgendwelchen Unsinn reden konnte, fragte Beimer:

«Liegt der verstorbene Patient noch im Zimmer?»

«Ja. Wenn jemand gestorben ist, bringen wir ihn erst nach zwei oder drei Stunden in die Prosektur», erklärte Annika. «Wenn jemand nachts stirbt, warten wir damit allerdings bis zum nächsten Morgen.»

«Wohin bringen Sie die Toten? In die Pro...-was?», fragte Beimer stirnrunzelnd.

«In die Prosektur. Damit ist eigentlich die pathologische Abteilung gemeint, aber wir benutzen den Begriff gleichzeitig für die Kühlkammern, wo die Toten gelagert werden.»

«Aha, ich verstehe», meinte er nickend.

Als sie vor Zimmer 19 angekommen waren, fragte Beimer erstaunt: «Ist das nicht dasselbe Zimmer, in dem auch Herr Baumann gestorben ist?»

«Ja», bestätigte Annika, dann betraten sie gemeinsam den Raum. «Wir haben noch versucht, Herrn Engkhoff wieder zu beleben», erklärte sie das Chaos im Zimmer. Auf dem Boden lagen Verpackungen, Plastikfolie und Handtücher.

«Hier werden wir wohl nicht mehr allzu viele brauchbare Spuren finden», befürchtete Beimers Kollegin.

Beimer sah sich mit geschultem Blick um. Annika trat neben ihn. «Könnten Sie mich wohl für einen Augenblick entschuldigen? Ich hätte schon vor einer Stunde nach den anderen Patienten sehen müssen und würde das jetzt gern nachholen.»

«Ja, gehen Sie nur, wir kommen schon zurecht.»

Annika war erleichtert, dass sie das Zimmer verlassen konnte. Sie ließ sich bei ihrem Rundgang Zeit, half Frau Mier noch einmal zur Toilette und brachte Herrn Müller etwas gegen Kopfschmerzen. Die meisten Patienten schliefen erstaunlicherweise. Nur in Zimmer 20, das an Zimmer 19 grenzte, hatte man etwas von dem ganzen Tumult mitbekommen.

Etwa eine halbe Stunde später war Annika wieder bei Beimer. Er nahm sie beiseite und fragte: «Sagen Sie, wieso haben Sie mich angerufen? Wenn Sie glauben würden, dass Engkhoff ganz normal an einem Infarkt gestorben wäre, wäre ich doch jetzt nicht hier, oder?»

«Ich bin mir nicht sicher», sagte Annika. «Was mich stutzig macht, ist, dass es ihm nach seinem Angina pectoris-Anfall heute zunehmend besser ging. Da gab es nicht den geringsten Anlass zu glauben, dass er einen Infarkt kriegen würde.»

«Aber ich dachte, dass man so was nie genau vorhersagen kann», wandte Beimer ein.

«Kann man auch nicht», gestand Annika ein, «aber – ich weiß nicht, wie ich es sagen soll – in den meisten Fällen wundert man sich eben nicht, wenn so etwas passiert, da passt dann eins zum anderen. Aber hier… Das hätte eigentlich nicht passieren dürfen. Jedenfalls nicht so plötzlich.»

Beimer sah sie schweigend an und schien sie zu mustern. Während Annika auf eine Reaktion von ihm wartete, fiel ihr die Sache mit Swedlana wieder ein. Sie würde ihm davon berichten müssen, und unter diesen Umständen ließ sich das auch nicht mehr lange aufschieben.

«Sie hatten wahrscheinlich noch keine Zeit, sich das Zimmer in Ruhe anzusehen?», wollte Beimer wissen.

Annika schüttelte den Kopf.

«Vielleicht könnten Sie das ja jetzt eben nachholen. Achten Sie bitte darauf, ob Ihnen irgendetwas Außergewöhnliches auffällt.»

Annika nickte und sah sich so sorgfältig wie möglich um, was ihr in Anbetracht der Ereignisse und der fortgeschrittenen Uhrzeit nicht gerade leicht fiel. Herr Engkhoff lag mit entblößtem Oberkörper im Bett, und unter seinem Brustkorb lag das Brett vom Fußende des Bettes. Das dazugehörige Kissen und die Decke lagen auf Kowalskis Bett. Die Betten hatte man für die Reanimation an die Wand geschoben. Der Notfallkoffer lag geöffnet auf dem Tisch, und mehrere Ampullen und Spritzen lagen aufgebrochen daneben. Es war ein ziemliches Durcheinander, ganz typisch nach einer Reanimation. Annika konnte nichts Außergewöhnliches entdecken. Sie sah Beimer enttäuscht an und schüttelte den Kopf.

Der schien nicht überrascht. Er nickte und fragte sie dann: «Sagen Sie, welcher der Patienten hat Insulin bekommen?»

«Keiner. Wie kommen Sie denn darauf?»

Er ging auf Annika zu und hielt ihr eine Plastiktüte vors Gesicht, in der sich eine leere Stechampulle Insulin befand. «Das haben wir gerade unter Engkhoffs Nachtschränkchen gefunden».

Annika sah verwundert von der Ampulle zu Beimer: «Ja, das ist Insulin, keine Frage. Aber ich hab keine Ahnung, wie das hier hinkommt, denn wir brauchen das zurzeit für keinen unserer Patienten. Weder in diesem Zimmer, noch auf der Station.»

Statt darauf zu antworten, hielt Beimer ihr eine zweite Plastiktüte entgegen, in der sich eine leere Infusionsflasche befand.

«Die hat der Patient doch heute noch bekommen, oder?»

Annika wurde blass. «Meinen Sie etwa, dass Herr Engkhoff auch an einer Luftembolie gestorben ist? Aber das kann nicht sein. Die Infusion habe ich ihm angehängt.» Den letzten Satz flüsterte Annika nur noch.

«Immer langsam, beruhigen Sie sich erst mal wieder. Ich denke, wir warten erst mal die Obduktion morgen ab, und dann sehen wir weiter. Was halten Sie davon, wenn wir jetzt erst mal in Ruhe einen Kaffee trinken, und Sie erzählen mir, was heute Nacht alles passiert ist.»

Annika nickte, rührte sich aber nicht vom Fleck. Sie stand unschlüssig im Zimmer und beobachtete die routinierte und konzentrierte Arbeit der Beamten. Beimer nahm sie vorsichtig am Arm und schob sie behutsam zum Zimmer hinaus.

«Ich geh eben nach vorn in die Küche und koche uns einen Kaffee», schlug Annika vor.

«Kann ich Ihnen dabei helfen?», bot Beimer sich an.

«Nee, ist nicht nötig. Sie können so lange im Stationszimmer warten. Es dauert nicht lang.»

Obwohl Annika froh war, jetzt nicht allein sein zu müssen, brauchte sie ein paar Minuten, um sich von Beimers Fragen erholen zu können. Sie versuchte, den heutigen Abend Revue passieren zu lassen. Im Nachhinein erschien ihr das Verhalten einiger Leute doch merkwürdig. Da war zunächst Swedlana, die plötzlich unerwartet und fast unbeobachtet aufgetaucht war. Annika wehrte sich zwar immer noch dagegen zu glauben, dass sie irgendetwas mit den Todesfällen zu tun hatte, aber sie hatte sich ja mehr als eigenartig benommen. Und Mezger? Welche Rolle spielte er, oder war es reiner Zufall, dass er bei einem weiteren Todesfall dabei war? Warum hatte er nicht gewollt, dass sie die Polizei verständigte? Annika unterbrach ihre Grübeleien, als der Kaffee fertig war, stellte alles Nötige auf ein Tablett und ging zum Stationszimmer zurück. Beimer stand am Fenster und sah hinaus. Gegenüber sah man einzelne hellerleuchtete Räume eines anderen Krankenhaustraktes.

«Komisch. Ich dachte immer, zumindest nachts hätten Sie Ruhe hier im Krankenhaus, aber da drüben scheint ja einiges los zu sein.» Beimer drehte sich zu Annika um, die gerade das Tablett auf dem Tisch abstellte.

«Völlig ruhig ist es in einem Krankenhaus ja nie, aber nachts ist es schon ruhiger als tagsüber. Meistens zumindest, obwohl das in den einzelnen Bereichen und Stationen auch ganz unterschiedlich ist. Es gibt Nächte, nach denen geht man morgens wirklich auf dem Zahnfleisch nach Hause, und nach einer Woche spürt man jeden einzelnen Knochen. Und in anderen Nächten ist es so ruhig, dass Sie das Gefühl haben, die Zeit vergeht überhaupt nicht. Na ja, das ist in Ihrem Beruf vermutlich so ähnlich. Man kann nie vorhersagen, was passiert. Wenn ich gestern Abend gewusst hätte, was mich heute hier erwartet, wäre ich wahrscheinlich zu Hause geblieben.» Annika lächelte Beimer gequält an.

Beimer schüttete Annika eine Tasse ein und reichte sie zu ihr herüber. «Trinken Sie erst einmal einen Kaffee.» Er goss sich auch eine Tasse ein und nahm genießerisch seinen ersten Schluck. Dann sah er sich im Raum um und fragte: «Haben Sie denn eigentlich jetzt Zeit oder störe ich Sie hier bei der Arbeit?»

«Nein, nein, überhaupt nicht», wehrte Annika ab. «Ich bin wirklich froh, dass Sie hier sind. Und so viel ist jetzt nicht mehr zu tun.»

«Okay, dann erzählen Sie mir mal, was sich heute Nacht alles ereignet hat. Am besten fangen Sie damit an, wie Sie auf der Station erschienen sind.» Während er das sagte, stellte er ein kleines Diktiergerät auf den Tisch. Annikas sah das Gerät an, als hätte er einen toten Frosch vor ihr aufgebahrt.

«Es ist leichter für mich, wenn ich unser Gespräch aufnehmen kann, weil ich dann nicht alles mitschreiben muss.» Beimer sah Annika bittend an.

Sie verzog ihren Mund und meinte: «Ja, gut, ist in Ordnung. Ich mag eben nur nicht gern meine eigene Stimme hören. Ich finde, dass sie sich fürchterlich anhört.»

Beimer musste grinsen und sagte: «Ja, wirklich grauenhaft, aber auch in meinem Beruf muss man hin und wieder leiden».

Als Annika ihn entsetzt ansah, beeilte er sich zu sagen: «Äh, das war jetzt nicht ernst gemeint. Ich habe so meinen ganz eigenen Humor.»

Annika versetzte kurz: «Das hab ich auch schon gemerkt», und begann mit ihrem Bericht über die vergangene Nacht. Beimer hörte aufmerksam zu und machte sich zwischendurch einzelne Notizen.

Als sie mit ihren Ausführungen zu Ende war, schwieg Beimer eine Zeit lang gedankenversunken. Schließlich fragte er: «Können wir das Zimmer abschließen?»

Annika glaubte ihren Ohren nicht zu trauen, und fragte laut: «Wie bitte?»

Beimer verstand erst nach ein paar Sekunden. Dann lief er dunkelrot an und erklärte hektisch: «Nein, das mein ich doch nicht. Ich wollte sagen … nee, also ich meine das Zimmer 19. Können wir das abschließen?»

Nun war es Annika, der das Blut ins Gesicht schoss. Sie wich seinem Blick aus und stotterte: «Ja klar, das geht … ich kann das …, ich meine, ich kann das abschließen, wenn Sie wollen.»

Beimer war gerade dabei, seine Fassung wiederzugewinnen und sagte so sicher wie möglich: «Vielleicht müssen wir morgen noch einmal hinein.»

In diesem Moment kamen seine Kollegen ins Zimmer. Sie hatten ihre Arbeit beendet und wollten wieder nach Hause. Annika kramte in der ausgebeulten Tasche ihres

Kasacks, zog einen Schlüsselbund hervor und überreichte ihn Beimer. Der gab ihn mit der Bitte, den Raum zu verschließen, an einen Kollegen weiter. Nach wenigen Minuten kam der zurück, gab Beimer den Schlüssel, und dann verabschiedeten sich die drei von ihnen.

Annika wollte auf keinen Fall noch einmal auf das peinliche Missverständnis zurückkommen, und so erzählte sie Beimer von Swedlana. Der hörte sich alles gelassen an und fragte dann:

«Sind Sie denn sicher, dass es Ihre Kollegin war? Haben Sie sie selbst gesehen?»

«Nein, aber die Beschreibung von Kowalski passt nur auf Swedlana.»

«Haben Sie eine Idee, warum Sie zu dieser Stunde im Krankenhaus gewesen sein könnte?», fragte er weiter.

Wieder schüttelte Annika den Kopf und Beimer konnte Verzweiflung in ihren Augen erkennen. Er hätte sie gern getröstet, denn er war ebenfalls nicht davon überzeugt, dass Swedlana etwas mit den Todesfällen zu tun hatte. Jedenfalls war das bislang sein Eindruck, und wenn er den auch nicht durch Beweise erhärten konnte, so bemühte er sich doch, irgendwelche Erklärungen für ihr unerwartetes Auftauchen zu finden.

«Vielleicht gibt es ja einen bestimmten Grund dafür, warum Ihre Kollegin ins Krankenhaus gekommen ist. Einen Grund, der gar nichts mit den Ereignissen auf dieser Station zu tun hat. Haben Sie denn mit ihr gesprochen?»

«Nein, ich habe sie nach ihrem zweiten Auftritt bis jetzt nicht erreicht. Aber nach dem ersten Mal hat sie geschworen, dass sie nichts mit den Todesfällen zu tun hat, aber sie will nicht sagen, warum sie damals im Krankenhaus war.»

Beimer sah Annika nachdenklich an. «Ich fürchte, dass sie sich wohl dazu äußern muss, auch wenn es ihr gegen den Strich geht. Je nachdem, was die Obduktion ergibt.

Wenn da irgendetwas nicht stimmt, könnte sie in großen Schwierigkeiten sein.»

Beimer war todmüde, vor allem, weil er in den letzten drei Nächten kaum mehr als fünf Stunden Schlaf bekommen hatte. Neidisch betrachtete er Annika, der man den Nachtdienst nicht ansehen konnte. Sie sah aus, als wäre sie gerade nach erholsamem Schlaf zufrieden aufgewacht.

Eigentlich müsste Dagobert längst da sein. Während Annika in der Küche mit dem Kaffeekochen beschäftigt war, hatte Beimer im Präsidium darum gebeten, Dagobert Fromm, einen jungen und ehrgeizigen Polizisten, zu ihm ins Krankenhaus zu schicken.

Dagobert machte auf die, die ihn zum ersten Mal sahen, zwar meist einen ziemlich verschlafenen und abwesenden Eindruck, aber tatsächlich war er überaus wach, und er nahm seine Arbeit sehr ernst. Beimer hatte sich dazu entschlossen, einen Polizisten auf der I 41 zu stationieren, bis endlich Klarheit darüber herrschte, was hier vor sich ging. Er hätte nicht genau sagen können, was er sich davon versprach, aber vielleicht verhinderte die Anwesenheit von Polizei ja weitere Zwischenfälle. Beimer dachte gerade darüber nach, warum es ihm so schwer fiel, offen von Morden zu sprechen, obwohl er immer weniger daran zweifelte, dass es sich zumindest in den ersten beiden Fällen nicht um natürliche Todesursachen handelte, als Dagobert die Station betrat. Beimer stellte ihn Annika vor und erklärte ihr, warum er hier bleiben sollte.

«Gut.» Beimer erhob sich vom Tisch. «Ich denke, dann fahre ich jetzt erst Mal nach Hause. Morgen hören wir dann auf jeden Fall voneinander. Ich werde das mit der Obduktion regeln. Wann gehen Sie nach Hause?»

Annika seufzte und sagte: «Das dauert noch ein bisschen. So gegen halb sieben. Um sechs kommt der Frühdienst.»

Beimer überlegte kurz. «Es soll bitte keiner in das Zimmer gehen. Vielleicht müssen wir es noch einmal untersuchen. Ich werde mich darum kümmern, dass unsere Leute gegen sechs Uhr hier sind und der Patient dann noch runter gebracht werden kann.» Beimer machte eine kurze Pause, als überlege er, ob er noch etwas vergessen habe und meinte schließlich: «Gut. Dann mach ich mich jetzt auf den Heimweg.»

Sie verabschiedeten sich, und Annika bedankte sich noch einmal dafür, dass er sich um alles gekümmert hatte. Währenddessen hatte es sich der junge Polizist im Stationszimmer schon so bequem wie möglich gemacht. Annika beobachtete ihn aus den Augenwinkeln und fand, dass er aussah, als wäre er erst vor ein paar Minuten aus dem Bett gekrochen.

Sie fragte sich, ob er wohl sauer war, dass man ihn mitten in der Nacht gerufen hatte? Er konnte höchstens fünfundzwanzig Jahre alt sein, und Annika widerstrebte es, ihn zu siezen. Also stellte sie sich der Einfachheit halber selbst mit dem Vornamen vor: «Ich bin Annika. Von mir aus können wir uns duzen.»

Er musterte sie kritisch mit zusammengekniffenen Augen, als wolle er prüfen, ob sie solcher Vertraulichkeit wert wäre, und brummelte dann: «Dagobert».

«Hoffentlich musstest du nicht wegen mir deinen Schlaf unterbrechen?»

Mit vor der Brust verschränkten Armen presste er sich schwerfällig eine weitere Antwort ab: «Nö. Ist schon in Ordnung. Ich hätte sowieso ab morgen Nachtdienst gehabt.»

Annika hatte den Eindruck, dass ihr erster Meinungsaustausch damit beendet wäre und meinte: «Na gut. Ich muss jetzt wieder was tun. Wenn du dir Kaffee machen möchtest oder irgendwas trinken willst: Ist alles in unserer Küche zu kriegen. Das ist das erste Zimmer auf der rechten Seite, wenn du die Station betrittst.»

«Jo, gebongt. Man dankt.»

Annikas Rundgang dauerte nicht allzu lange. ‹Mit dem krieg ich noch Spaß›, dachte sie sich, musste aber auch grinsen, denn Mr. Cool hatte vorhin bei dem Versuch, sich betont locker mit dem Hinterkopf an einen Schrank zu lehnen, eine Schreibschublade auf den Schädel bekommen, deren Haltestreben er versehentlich eingedrückt hatte. Sie hatte ihm kommentarlos einen Streifen mit zwei Aspirin zugeworfen und sich dann auf den Weg gemacht.

Als sie ins Stationszimmer zurückkam, um die Tabletten für den nächsten Tag zu stellten, fand sie Dagobert in derselben Haltung wie vor einer halben Stunde, nur waren jetzt seine Augen fast geschlossen. Er murmelte etwas Unverständliches, und fragte sie dann, ob es hier immer so langweilig sei.

«Klar, wir hängen hier immer rum, trinken Kaffee, um nicht einzuschlafen, und hin und wieder folgen wir unserem Trieb und stechen wildfremde Leute mit fiesen Spritzen», sagte Annika angriffslustig.

Dagobert schien plötzlich wie verwandelt. Er richtete sich auf, öffnete seine Augen und meinte: «So hab ich das ja nicht gemeint. Joi, bist du empfindlich. Ich dachte nur, dass hier nachts ständig Leute eingeliefert werden. Herzinfarkte, blutende Leiber und so weiter.»

Annika war in ihrem Element. «Ja, genau. Das hier ist ein echtes Krankenhaus, und ich bin nicht Schwester Stephanie. Bei uns ist es auch schon mal ruhig, und hin und wieder stirbt sogar jemand. Ganz in echt.»

«Ja, davon hab ich auch schon gehört, und deshalb bin ich ja wohl hier, oder?», sagte Dagobert leise.

In diesem Moment bereute Annika ihr Temperament. Dass sie immer gleich ausrasten musste. Ob sie wohl jemals ausgeglichen und gelassen sein würde?

Bevor sie sich dazu äußern konnte, kam Gerd ins Dienstzimmer. Sie spürte eine große Erleichterung darüber, dass die Nacht endlich vorbei war. Annikas Gesicht sprach

Bände und Gerd erkannte sofort, dass sich in den letzten Stunden hier etwas Außergewöhnliches ereignet hatte. Er sah zu Dagobert, den er nicht einordnen konnte, und fragte vorsichtig: «Ist jemand gestorben?»

Annika nickte. «Herr Engkhoff. Ich …»

Sie wollte gerade mehr berichten, als die restlichen Frühdienstler, Anne, Simone und Magdalene eintrudelten. Nur Kalle fehlte noch, aber der würde wahrscheinlich erst in einer halben Stunde, wie immer zu spät, erscheinen. Bei der Übergabe war er höchst selten dabei, woran auch mehrere Gespräche mit Frau Pleines nichts geändert hatten

Annika stellte zunächst Dagobert vor und berichtete dann, was in der vergangenen Nacht passiert war. Danach wollte sie so schnell wie möglich nach Hause. «Beimer will sich heute Morgen um alles kümmern.» Nachdem das Wichtigste geklärt war, zog sich Annika in Windeseile um und verabschiedete sich. Auf dem Flur kamen ihr drei Männer entgegen, die sie nach dem Stationszimmer der I 41 fragten. Sie wollte jetzt lieber nicht wissen, wer die drei waren und was sie wollten, sondern begnügte sich damit, ihnen den Weg zu zeigen.

Mittwoch, 13. November

Obwohl Annika nervös und verspannt war, als sie nach Hause fuhr, schlief sie schnell ein, und als sie um 15 Uhr ihren Wecker hörte, hatte sie das Gefühl, nur wenige Stunden geschlafen zu haben. Mit halb geschlossenen Augen tastete sie nach dem Schalter, um das aufdringliche Summen abzustellen, und blieb noch eine Weile im Bett liegen. Schnell wurden ihr die Ereignisse des vergangenen Tages wieder bewusst: einerseits brannte sie darauf, das Obduktionsergebnis zu erfahren, andererseits würde sie am liebsten weiterschlafen, um nicht an die vergangene

Nacht denken zu müssen. Annika hoffte, dass Yvonne heute wieder fit sein würde, denn sie war nicht darauf erpicht, eine weitere Nacht allein auf der Station zubringen zu müssen.

Schwerfällig mühte sie sich aus dem Bett, zog sich ihren Bademantel an und wankte schlaftrunken in die Küche. Erst jetzt spürte sie, dass alle ihre Glieder schmerzten, als hätte sie am Tag zuvor ein paar Stunden lang gejoggt. Lustlos setzte sie den Wasserkessel auf. Heute tat sie sich schwer, einen Papierfilter zu finden und Kaffeepulver für vier kräftige Tassen abzumessen. Als sie schließlich den ersten Schwall heißen Wassers in den Filter goss, schellte es an ihrer Haustür. Annika zögerte einen kurzen Moment, konnte aber ihrer Neugier nicht widerstehen. Sie betätigte den Drücker und öffnete die Wohnungstür einen Spalt. Jemand hastete mit schnellen Schritten die zwei Treppen zu ihrer Wohnung hinauf. Erst als sie Beimer erkannte, wurde ihr klar, dass sie noch im Bademantel war. Ganz und gar nicht in der Stimmung, Besuch zu empfangen, begrüßte sie ihn mit den Worten: «Mit Ihnen habe ich ehrlich gesagt jetzt gar nicht gerechnet».

Beimer musterte sie kurz und konnte sich ein Grinsen nicht verkneifen. Dann sagte er mit ernster Miene: «Tut mir Leid, dass ich so hereinplatze. Aber ich muss unbedingt mit Ihnen sprechen.»

Annika war nach wie vor irritiert und sah ihn ratlos an. Beimer stutzte und kam erst in diesem Moment auf die Idee, dass sie um diese Zeit noch geschlafen haben konnte. Er zog die Schultern hoch und fragte verunsichert: «Oh, ich habe Sie doch hoffentlich nicht geweckt?»

Annika hatte sich mittlerweile mit der Situation arrangiert und meinte: «Nein, das hat vor fünf Minuten mein Wecker geschafft. Kommen Sie rein.»

Beimer ging an ihr vorbei in den Wohnungsflur, wobei er sich aufmerksam umsah. Annika bat ihn ins Wohnzimmer.

«Setzen Sie sich irgendwohin. Ich mach mir gerade Kaffee. Möchten Sie auch einen?»

«Ja gerne. Vielen Dank.»

Ohne weiteren Kommentar ging sie in die Küche, und Beimer hatte Zeit, sich in Ruhe umzuschauen. Als Annika mit dem Kaffee ins Zimmer kam, stand er gerade staunend vor ihrem Regal mit den Videos.

«Sie haben ja eine eindrucksvolle Videosammlung», bemerkte er bewundernd.

«Ja, und das ist noch nicht einmal die Hälfte», sagte Annika grinsend und öffnete eine Tür des Wohnzimmerschranks neben dem Regal. Der Schrank war bis zur letzten Ritze mit Videos voll gestopft.

«Der helle Wahnsinn», entfuhr es ihm.

Ehe sie sich versahen, waren sie in ein Gespräch über Kino und Filme verwickelt und schienen den Grund für Beimers Besuch völlig vergessen zu haben. Als sie bei Krimis über Gerichtsmediziner angelangt waren, kam Beimer jedoch darauf zurück.

Ziemlich unvermittelt wechselte er das Thema: «Den Leuten von der Spurensicherung ist heute Morgen etwas aufgefallen, was wir gestern überhaupt nicht bemerkt haben. Können Sie sich daran erinnern, dass Sie das Rädchen zur Regulierung der Infusionsgeschwindigkeit ganz aufgedreht haben?»

Annika antwortete ohne zu Zögern: «Auf keinen Fall». Sie dachte über seine Frage nach und setzte hinzu: «Allerdings hat Engkhoff mehr als einmal an der Infusion herumgefummelt, weil es ihm nicht schnell genug ging. Wir haben ihm das immer wieder verboten, aber natürlich kann man nicht die ganze Zeit danebenstehen. Aber selbst wenn das jemand gemacht hätte, wäre er daran nicht gestorben».

Beimer schwieg einen Moment. Sollte er ihr sagen, dass sie nach Engkhoffs Tod nun ja auch zum Kreis der Verdächtigen gehörte? Er glaubte ja selbst nicht im Mindesten daran, konnte es aber auch nicht einfach ignorieren. Wie auch immer: Was Annika über die Infusionsgeschwindigkeit gesagt hatte, wusste er bereits.

«Worauf wollen Sie denn hinaus?», fragte Annika ungeduldig.

Beimer holte tief Luft und sagte: «Ja, durch die erhöhte Infusionsgeschwindigkeit wäre der Tod vermutlich nur etwas schneller eingetreten. Gestorben wäre er aber so oder so. Bei der Obduktion wurden große Mengen Insulin und Kalium in seinem Blut gefunden. Der Pathologe meint aber, gestorben wäre er vor allem an der Überdosis Kalium.»

Annika und Beimer sahen sich schweigend in die Augen.

«Insulin und Kalium? Aber wie soll das in die Infusion gekommen sein?», gab Annika zu Bedenken.

«Das ist die Frage. Haben Sie eine Idee?» Beimer verfolgte aufmerksam Annikas Mienenspiel, während sie darüber nachdachte.

«Ich…» Annika stockte kurz. «Denken Sie etwa, ich hätte das gemacht?» Sie sah Beimer entsetzt an. «Ja, natürlich denken Sie das. Ich war die Einzige, die da war, also auch die Einzige, die an die Medikamente gekommen ist.» Annika war fassungslos.

Beimer wusste nicht so recht, wie er jetzt weitermachen sollte. Beschwichtigend winkte er ab: «Nun beruhigen Sie sich mal. Es geht ja erst mal nur darum herauszufinden, was passiert sein könnte. Die Betonung liegt dabei auf *könnte*. So, wie es aussieht, spricht einiges dafür, dass jemand vom Personal mit all dem zu tun haben kann. Nur: Wenn man davon ausgeht, dann wäre auch jedes Mal jemand anderes verantwortlich gewesen. Ich bin, ehrlich gesagt, mittlerweile ziemlich verwirrt», gab er seufzend zu.

Zugleich erschrak er über seine Offenheit. Ein solches Eingeständnis war nicht ungefährlich, und er wusste das.

Aber schließlich war er wirklich mit seinem Latein am Ende, und nun erhoffte er sich absurderweise Hilfe von einer Person, die streng genommen zum Kreis der Verdächtigen zählte.

«Lassen Sie uns gemeinsam überlegen, wie sich alles abgespielt haben könnte», bat er sie so freundlich wie möglich. «Wenn Sie an die letzte Nacht denken: Gab es da irgendeine Möglichkeit, die Medikamente unbemerkt in die Infusion zu schaffen?»

Annika hatte sichtlich Mühe, sich zu beruhigen. Sie brauchte eine Zeit lang, um den Schock zu verdauen. Schließlich verdrängte sie die Vorwürfe und ließ die Nacht noch einmal an sich vorüberziehen.

«Eigentlich fällt mir nur eine Gelegenheit ein», begann sie zögernd. «Als ich Herrn Engkhoff so gegen zehn die Infusion bringen wollte, hat eine Patientin geschellt. Ich bin aus seinem Zimmer gegangen und war dann etwa zehn Minuten bei ihr.»

«Und während dieser Zeit stand die Infusion unbeaufsichtigt auf dem Flur?», unterbrach Beimer sie.

«Ja, genau», gestand Annika etwas schuldbewusst ein. «Direkt vor Zimmer 19. Meine Güte, wir machen das meistens so. Infusionen werden fertig gemacht, auf den Flur gestellt und erst später zu den Patienten gebracht. Das ist ganz normale Routine.»

Beimer nickte. «Hat sie vielleicht jemand dabei beobachtet? Vielleicht jemand Fremdes?»

Annika schüttelte den Kopf. «Ich kann mich an niemanden erinnern. Tut mir Leid.»

Beimer überlegte. «Die Person, nach der wir suchen, ist vermutlich niemand von Außerhalb. Fremde würden sich nicht so gut mit den Gegebenheiten auskennen. Ich müsste mich schon schwer vertun, wenn wir es nicht mit jemandem von der Station zu tun haben.»

Annika zog ihre Augenbrauen hoch und gab zu bedenken: «Aber wenn Sie davon überzeugt sind, dann ist es doch – na ja – sehr mutig von Ihnen, sich darüber mit mir zu unterhalten, oder?»

«Nicht nur mutig, sondern ziemlich idiotisch, genau genommen», gab er zu.

Annika war von seiner unerwarteten Aufrichtigkeit überrascht, die im krassen Gegensatz zu den Verdächtigungen stand, die er noch vor wenigen Minuten ausgesprochen hatte. Sie musste sich zwingen, diesen Widerspruch im Moment zu ignorieren und weiter über die gestrige Nacht nachzudenken.

«Glauben Sie denn, dass die leere Insulin-Ampulle unter Engkhoffs Nachtschrank vom Mörder stammt?», wollte sie wissen.

«Ja, vermutlich.»

«Und Kaliumampullen? Haben Sie die auch gefunden?»

Beimer lehnte sich im Sessel zurück und hob die Hände. «Nein. Das ist zum Verrücktwerden. Wir haben auf der Station alles auf den Kopf gestellt.»

Dann machte er eine kurze Pause, um einen Schluck Kaffee zu trinken. «Sagen Sie», sagte er weiter, «können Sie sich denn vorstellen, warum man Engkhoff überhaupt umgebracht haben könnte? Sie kannten ihn doch etwas besser?»

Annika schüttelte den Kopf. «Ich? Überhaupt nicht. Gut, er war mein Patient, aber allzu viel kann ich nicht über ihn sagen. Und schon gar nicht, warum man ihn umgebracht haben soll. Er war auch überhaupt nicht der Typ, der von sich aus viel preisgibt. Engkhoff war nicht gerade freundlich, sondern meistens mies drauf und manchmal richtig ekelhaft. Aber das reicht ja nun nicht für einen Mord.»

«Nein», stimmte Beimer zu und schwieg.

«Wenn alle drei Patienten tatsächlich umgebracht worden sind, dann müsste es doch irgendeinen Zusammenhang geben. Oder sehe ich das falsch?», wandte Annika ein.

«Sollte man meinen», pflichtete Beimer bei. Von allen halbwegs vernünftigen Ideen bleibt immer noch das ominöse Erlösungsmotiv. Das halte ich nach wie vor nicht für ausgeschlossen. Das ist die einzige klare Verbindung zwischen den drei Toten: Alle hatten ernste Krankheiten, die nicht heilbar waren, wenn ich mich nicht irre.»

Nachdem Annika nichts darauf erwiderte, sagte er: «Es gibt da leider noch eine unerfreuliche Neuigkeit.»

Annika sah Beimer gequält an und meinte: «Wie erfrischend. Wie wär's denn mal mit was Angenehmem?»

Er nickte, und es klang bitter, als er sagte: «Tja, Sie hatten mir ja gestern Abend erzählt, dass Ihre Kollegin, Frau Wojdagowicz, im Krankenhaus gesehen wurde. Als wir heute Morgen das Obduktionsergebnis hatten, sind Sörensen und ich gleich zu ihr gegangen. Und jetzt kommt die Überraschung: Sie hat zugegeben, dass sie im Krankenhaus war. Aber dann hat sie sich geweigert zu sagen, warum sie dort war und wo genau. Und bei der Durchsuchung ihrer Wohnung haben wir einen Schlüssel gefunden, der in eine Tür im Kellergeschoss des Krankenhauses passt.»

Annika war bestürzt und verwirrt zugleich. Sie stammelte: «Ja, aber … wie kommt sie denn an den Schlüssel? Und wozu … Also, was in aller Welt will sie damit? Wenn wir uns nachts besucht haben, sind wir immer durch den Vordereingang gegangen.»

«Sie meinen den Haupteingang?»

«Ja. Das ist am einfachsten, weil wir ja die meisten Leute, die an der Pforte arbeiten, kennen.»

«Nun, vielleicht wollte Frau Wojdagowicz gerade aus diesem Grund nicht den Haupteingang benutzen», gab Beimer zu bedenken.

Annika schien sich das durch den Kopf gehen zu lassen und musste ihm zustimmen: «Ja, sonst ergibt es ja keinen Sinn. Und jetzt?»

«Wir mussten Ihre Kollegin leider vorerst unter dringendem Mordverdacht festnehmen.»

Annika stand auf, ging zum Fenster und sah hinaus. Ohne sich Beimer zuzuwenden, sagte sie: «Dann haben Sie ja jetzt, was Sie wollen. Und welche Rolle soll ich dabei spielen? Ich meine, weshalb sind Sie denn überhaupt zu mir gekommen? Wenn Sie Swedlana verhaftet haben, dann gehen Sie doch sicher davon aus, dass sie die Infusion manipuliert hat?» Bei ihren letzten Worten drehte sie sich zu ihm um und sah ihn erwartungsvoll an.

Beimer schien sich unwohl zu fühlen. Er sagte: «Ja und nein. Wir wissen nur, dass sie uns etwas verschweigt und dass sie einen Schlüssel besitzt, der ihr nicht zusteht. Und außerdem, und das wiegt am schwersten: Wir haben auf Engkhoffs Infusionsständer ihre Fingerabdrücke gefunden. Wie sollen die da hingekommen sein? Wir haben nur Ihre Fingerabdrücke und die von Frau Wojdagowicz gefunden. Sie verweigert zwar bisher die Aussage, aber solange sie kein Geständnis ablegt, ist nach wie vor alles offen.»

«Darf ich sie denn besuchen?», wollte Annika wissen.

«Ja, das dürfen Sie, aber wenn Sie mit ihr sprechen wollen, muss einer unserer Leute dabei sein. Und wenn Sie nichts dagegen haben, dann würde ich das gern tun».

Annika zog mit Daumen und Zeigefinger leicht an ihrer Oberlippe – was sie schon seit ihrer Kindheit tat, wenn sie verlegen war, und sagte: «Ja, das wär's dann wohl. Danke erst mal, wenn man das so sagen kann.»

Beimer verstand den Wink und verabschiedete sich. Bevor er seinen Wagen aufschloss, schaute er noch einmal von der Straße aus zu ihrer Wohnung hoch. Er konnte gerade noch ihre rot leuchtende Mähne sehen, die sich vom Fenster wegbewegte. Zufrieden nahm er zur Kenntnis, dass sie ihm nachgeschaut hatte.

*

Annika dachte über Swedlanas Schweigen nach. Ob sie jemanden schützen wollte? Um wen konnte es sich dabei handeln, und warum sollte sie so etwas tun? Sie hatte das Gefühl, allein nicht weiterzukommen. ‹Ich muss mit jemandem reden, der unbeteiligt ist›, dachte sie und wählte Tinas Nummer, die sie auswendig kannte.

«Beier», hörte sie nach kurzem Klingeln die vertraute Stimme der Freundin und war erleichtert, dass sie zu Hause war.

«Hi, Tina, ich bin's. Hast du gerade ein paar Minuten für mich?»

«Klar. Was ist los?»

Annika erzählte ihr in Kurzfassung, was sich in der letzten Nacht ereignet hatte. Zum Schluss sagte sie:

«Alles scheint ja darauf hinzuweisen, dass Swedlana mit der Sache was zu tun hat, aber ich glaub das nicht. Frag mich nicht warum, aber ich hab das Gefühl, dass bei ihr eine andere Sache dahintersteckt. Naja, und ich dachte: Vielleicht hast du ja eine Idee? Ich seh inzwischen den Wald vor Bäumen nicht mehr.»

Annika ließ Tina Zeit zum Nachdenken, und eine Weile war es still auf beiden Seiten.

Schließlich hatte Tina tatsächlich eine Idee. Sie erklärte Annika, was sie meinte, und beide überlegten sich, wie man die Sache am besten einfädeln konnte. Zum Schluss sagte sie: «Ich bin mir nicht sicher, und es ist auch nur so ein Gedanke, aber vielleicht ist ja was dran.»

Annikas Stimmung hatte sich merklich verbessert. Sie bedankte sich überschwänglich und verabschiedete sich von Tina: «Du hast mir wirklich geholfen. Ich fahr gleich morgen zu ihr, und dann werden wir ja sehen.»

Den Rest des Tages brachte Annika mit längst überfälligen Hausarbeiten zu. Während des Aufräumens fiel ihr ein Video in die Hände, das sie schon lange verzweifelt gesucht hatte: eine Verfilmung von Agatha Christies *Tod auf dem Nil* mit Peter Ustinov als Hercule Poirot. Kurz entschlossen stellte sie den Staubsauger wieder in den Schrank zurück und überließ sich für zwei Stunden einer grotesken Welt aus britisch-orientalischer Dekadenz, zeitloser Selbstüberschätzung und einer nicht enden wollenden Kaskade unbeschreiblicher Dialoge. Annika war jedes Mal, wenn sie Peter Ustinov als Poirot erlebte, aufs Neue fasziniert. Wer könnte wie er durch eine Verbindung von Eitelkeit, Gelassenheit und Genusssucht vergessen machen, dass er für diese Rolle rein äußerlich überhaupt nicht geeignet war. Als der Abspann zu Ende war, hatte Annika Mühe, sich von den Bildern zu lösen und auf die Stunden zu konzentrieren, die vor ihr lagen. In solchen Momenten erschien ihr das Leben, das sie führte, eng und eintönig. Andererseits war es bei längerem Nachdenken nicht wirklich reizvoller, mit einem Haufen von Psychopathen auf einem Nildampfer festzusitzen und zu erleben, wie die Besatzung von Stunde zu Stunde dezimiert wurde. Sie konnte sich ja zumindest hin und wieder in ihre Wohnung flüchten und in Sicherheit bringen. Nil hin, Station her, es half nichts. Wenn auch widerwillig: Sie musste sich in die nächste Nachtschicht begeben.

Drei Stunden später war Annika bei ihrem Rundgang auf der Station. Yvonne war zu ihrer Enttäuschung immer noch krank. Hätte nicht Dagobert Fromm im Stationszimmer gesessen – heute ganz in weiß – Annika hätte sich gefragt, ob die gestrige Nacht vielleicht nur ein Traum gewesen sei.

Vonseiten der Patienten stellte niemand unangenehme Fragen, und das irritierte Annika am meisten. Dohle und Kowalski waren davon überzeugt, dass Engkhoff einem

Herzinfarkt erlegen war, und auch die Befragung durch die Polizisten hatte sie nicht von dieser Vorstellung abgebracht. Vielleicht wollten sie das auch nur glauben, um sich selbst zu beruhigen. Auf jeden Fall fand Annika es erstaunlich, dass sie nach all dem nicht die Station verlassen hatten. Sie an deren Stelle hätte wahrscheinlich schon längst die Sachen gepackt.

Auch sonst hatten Dohle und Kowalski die Nacht gut überstanden und waren jetzt wieder in ihrem alten Zimmer. Hier zeugte nichts mehr von der letzten Nacht, wenn man davon absah, dass jetzt nicht mehr drei, sondern nur noch zwei Betten im Zimmer standen. Annika sah sich einen Moment im Zimmer um. Dann suchte sie auf Dohles Nachtschrank einen freien Platz für die Verdauungstropfen, die er bestellt hatte. Sie wollte das Fläschchen darauf abstellen, streifte dabei aber ungeschickt ein Saftglas. Das Glas fiel um, und dickflüssiger Multivitaminsaft verteilte sich über den gesamten Schrank. Er lief an den Seiten herunter und drohte sogar, in die unteren Fächer zu laufen. Annika war einen Augenblick lang überrascht, lief dann aber schnell ins Badezimmer, um sich Papiertaschentücher aus einem an der Wand befestigten Spender zu ziehen.

Schnell nahm sie alle Gegenstände vom Nachtschrank und stellte sie auf den Tisch in der Mitte des Raumes. Dann legte sie einige Papiertücher über die orange-rote Flüssigkeit, um zu verhindern, dass sie sich weiter verteilen konnte. Mit weiteren Papierblättern stoppte sie den Strom von Saft, der in das Innere des Nachtschranks zu laufen drohte. Sie öffnete die Schublade, um nachzuschauen, ob dort schon Flüssigkeit eingedrungen war. Dabei sah sie ein Buch mit dem Titel *Leben mit Insulin*. Sie nahm es heraus und schlug die erste Seite auf. Die Innenseite des Umschlags zeigte den Stempel der Krankenhausbibliothek. Also hatte Dohle es sich ausgeliehen. Aber warum? Er war kein Diabetiker, und es gab auch keinerlei Anzeichen von Zuckerkrankheit bei ihm. Annika blätterte einige Seiten weiter, bis ihr Blick auf einen kleinen Papierzettel fiel, auf dem geschrieben stand: *Insulinüberdosierung – Anzeichen und Verhaltensweisen*.

Annika konnte nicht verhindern, dass ihre Hände zu zittern begannen. Sie legte das Buch zurück und schloss die Schublade wieder. Nachdem sie den Nachtschrank gesäubert hatte, stand ihr Entschluss fest. Sie würde einfach mit Dohle reden. Dann würde sie ja sehen, wie er reagierte.

Wie schon gestern Nacht saßen Dohle und Kowalski gemeinsam im Aufenthaltsraum und sahen sich einen Spielfilm an.

«Guten Abend», begrüßte Annika die beiden. «Darf ich kurz stören, oder ist der Film grad sehr spannend?»

«Schön wär's. Der ist total langweilig», meinte Dohle und fügte hinzu: «Haben Sie an mein Schnäpschen gedacht, Frau Meinke?»

«Ja, das habe ich Ihnen auf Ihren Nachtschrank gestellt. Dabei habe ich leider das Saftglas umgeschüttet.»

«Oh!», machte Dohle.

«Ist aber sonst nichts weiter passiert. Ich hab alles wieder sauber gemacht. Dafür musste ich auch die Schublade ausräumen, weil Saft rein gelaufen ist. Das Buch hat aber nichts abgekriegt.»

«Das Buch?», fragte Dohle.

«Ja, das über Insulin», entgegnete Annika.

«Ach das. Ja, das hab ich mir vor Tagen hier unten ausgeliehen. Die würden mir bestimmt den Hals umdrehen, wenn ich denen das feucht zurückbringe», sagte er vergnügt.

Annika war überrascht, dass er die Sache so leicht nahm. «Sie interessieren sich für Insulin?»

Dohle sagte darauf: «So würd ich das nicht sagen. Das ist eher für meine Frau. Aber eigentlich könnte ich das jetzt auch wieder abgeben.»

«Für Ihre Frau?»

«Ja, wir wissen seit einer Woche, dass sie Zucker hat. Und jetzt soll sie sich Insulin spritzen. Na ja, und da wollte ich mich mal schlau machen.»

Annika wusste nicht sofort, was sie darauf sagen sollte. Sie stutzte einen Moment und meinte dann: «Ach so. Na, dann hoff ich mal, dass es ihr bald besser geht».

Seine Erklärung schien plausibel zu sein. Gut, dass sie gleich gefragt und sich nicht wilden Fantasien hingegeben hatte.

«Ach was, das wird sie nicht umbringen. Wir sind zäh, da kann uns ein bisschen Zucker nicht vom Hocker hauen», meinte Dohle übermütig.

Annika nickte anerkennend und verabschiedete sich: «Gut, meine Herren. Wenn Sie dann im Moment nichts brauchen, will ich nicht weiter stören. Bis später.»

Dohle und Kowalski erwiderten den Gruß, und Annika verließ den Raum. Auf dem Weg zurück ins Stationszimmer fiel ihr wieder ihr ein, dass sie heute ja eigentlich Gesellschaft hatte. Als sie dann aber Dagobert unbeteiligt, ja beinahe ausdruckslos vor sich hin starren sah, konnte sie sich nicht vorstellen, dass dieses Bürschchen ihr behilflich sein würde, wenn wirklich etwas passieren sollte. Trotzdem fand sie es beruhigend, nicht allein zu sein.

Als sie am nächsten Morgen um halb sieben die Station verließ, war sie im Gegensatz zur vorausgegangenen Nacht weniger erschöpft. Es war eine der ruhigsten Nächte seit langem, und all ihre Befürchtungen schienen verflogen zu sein.

Zu Hause angekommen, hatte sie sich in Sekundenschnelle ausgezogen, und schon wenige Minuten später schlief sie tief und fest.

Donnerstag, 14. November

Am frühen Nachmittag saß Beimer mit einer Tasse Kaffee in seinem Büro. Er hatte kurz zuvor in der Kantine zu Mittag gegessen, und wenn er allein war, gönnte er sich anschließend gern ein paar Minuten, um sich in seinem Büro zu entspannen. Er dachte an das Gespräch mit Swedlana Wojdagowicz zurück, das er am Morgen geführt hatte.

Zu seiner Enttäuschung war dabei überhaupt nichts herausgekommen. Er hatte immer wieder versucht, ihr klar zu machen, dass sie sich in ernsthaften Schwierigkeiten befand und dass nur sie es in der Hand hatte, dem Spuk mit einer plausiblen Erklärung ein Ende zu bereiten. Dabei hatte er ihr für den Fall, dass man sie erpresste oder unter Druck setzte, seine Hilfe angeboten.

Trotz all seinen Beteuerungen und Bemühungen weigerte sie sich nach wie vor, zu erklären, wo sie an den besagten Abenden gewesen war und von wem sie den Schlüssel bekommen hatte. Es fiel ihm immer schwerer, an ihre Unschuld zu glauben, aber selbst wenn ihr Schweigen nichts mit den Todesfällen zu haben sollte – die Tatsachen sprachen gegen sie. Je länger sie schwieg, desto komplizierter würde es für sie werden. Und für ihn auch.

Es klopfte an der Bürotür, und Beimer war froh über die Ablenkung. «Ja», rief er barscher als gewollt, und Annika betrat zögernd das Zimmer.

«Frau Meinke!», sagte er so freundlich wie möglich, was ihm zu seiner eigenen Überraschung auch gar nicht schwer fiel.

Annika kam gleich zur Sache: «Tut mir Leid, wenn ich störe, aber ich möchte gern mit Swedlana sprechen. Sie hatten ja gesagt, dass das möglich ist und dass Sie dann dabei sein wollen – oder müssen.»

Beimer dachte kurz darüber nach und griff zum Telefonhörer. Annika konnte hören, dass er jemandem den

Auftrag gab, Swedlana zu holen. Das dauerte nur wenige Minuten, in denen sich die beiden über Dagoberts zweifelhaften Charme austauschten. Beimer gab sich alle Mühe, ihn zu verteidigen. Annika gab gerade zu bedenken, dass man tiefe Wasser auch bei toten Gewässern findet, als es klopfte und eine Polizistin ins Zimmer trat.

«Frau Wojdagowicz möchte mit niemandem reden», erklärte sie Beimer.

«Aber… Haben Sie ihr gesagt, dass ich es bin?», erkundigte sich Annika.

«Frau Meinke. Ja, das hab ich ihr gesagt. Sie weiß Bescheid. Sie möchte trotzdem nicht mit Ihnen reden. Sie meint, sie hätte Ihnen nichts weiter zu sagen.»

Beimer entließ seine Kollegin und war genauso überrascht wie Annika.

«So ein Mist», schimpfte Annika laut. «Und was mach ich jetzt?»

Beimer hob seine Schultern und sagte: «Da kann man erst mal gar nichts machen. Abwarten und beharrlich bleiben. Es hätte mich auch sehr gewundert, wenn sie mit Ihnen geredet hätte. Ich habe den ganzen Morgen lang versucht, von ihr eine Erklärung zu bekommen – ohne Erfolg.

«Aha.» Annika schien niedergeschlagen und war von Beimers Empfehlung nicht sonderlich angetan, aber was sollte sie auch anderes tun?

«Nun gut, dann versuche ich es eben morgen noch mal.» Sie stand auf und sagte: «Tja, dann will ich mich mal wieder aufmachen.»

«Haben Sie denn heute wieder Nachtdienst?», wollte Beimer wissen.

«Ja. Noch insgesamt fünf Nächte. Sie glauben gar nicht, wie froh ich bin, wenn die vorbei sind.»

«Kann ich mir vorstellen.»

Beimer und Annika schienen beide nicht so recht zu wissen, was sie noch sagen sollten. Entsprechend knapp fiel die Verabschiedung aus. Swedlana hatte heute wenigstens zwei Leuten weitere Rätsel aufgegeben.

*

Gegen halb zehn hatte Annika ihren ersten Rundgang beendet und war wieder im Stationszimmer angekommen. Sie suchte gerade die Röntgentüten zweier Patienten für Untersuchungen am nächsten Tag, als Sandra, eine Krankenschwester von der Nachbarstation, hereinkam. Annika kannte Sandra, die erst seit wenigen Wochen hier arbeitete, nur flüchtig.

«Hallo. Kannst du mir ein Fläschchen Valoron leihen?», fragte Sandra.

Annika atmete schwer aus und sagte: «Hat Marc in der letzten Woche wieder die Apothekenbestellung gemacht? Das ist jetzt das fünfte Mal seit gestern Nachmittag, dass ihr euch was leihen kommt.»

«Tut mir Leid. Du hast ja Recht, aber was soll ich denn machen? Ich brauch die Tropfen.»

«Ja, und vielleicht braucht Marc auch ein paar, aber vielleicht eher welche gegen Verkalkung.» Annika ging zum Medikamentenschrank, und während sie nach den Tropfen suchte, konnte sie hören, wie ihre Kollegin Kowalski, der am Zimmer vorbeilief, grüßte.

«Kennst du den?», wunderte sie sich. Kowalski war schon wieder außer Hörweite.

«Ja, der spaziert fast täglich über unseren Flur, und da hab ich ihn irgendwann mal angesprochen, weil ich den Eindruck hatte, dass es ihm nicht so gut geht. Da sind wir ins Gespräch gekommen. Das war's aber auch schon. Was hat er eigentlich?»

«Pankreaskopf-Karzinom», sagte Annika knapp.

«Oh, verdammt», murmelte Sandra.

Annika nickte. «Ja. Ist echt 'ne arme Socke, und Familie hat er kaum noch. Trotzdem: Es ist gar nicht leicht, mit ihm ins Gespräch zu kommen.»

«Ich hab ihn einmal erlebt, wie er sich mit einer Patientin von uns unterhalten hat. Aber da ging's nicht um ihn, sondern um die Situation bei euch.»

Annika horchte auf: «Hast du das Gespräch mitgehört?»

Sandra nickte: «Ja, zumindest zum Teil. Die beiden saßen kurze Zeit auf den Stühlen vor unserem Stationszimmer, und ich war gerade am Schreibtisch.»

Annika versuchte, nicht allzu neugierig zu erscheinen, und fragte so unbeteiligt wie möglich: «Und was redet man so über uns?»

Sandra hatte ihre Frage ganz allgemein verstanden. Sie antwortete: «Na ja, die meisten Kommentare, die ich bisher von unseren Patienten mitbekommen habe, sind nicht gerade erbaulich, aber zumindest Kowalski ist eindeutig auf eurer Seite.»

«Wie kommst du denn darauf?», fragte Annika erstaunt.

«Die Frau hat ihn gefragt, ob er Angst hat. Jetzt, wo schon alles in der Zeitung steht und die Polizei hier war und so weiter. Da hat er euch in den höchsten Tönen gelobt und gesagt, dass er nicht glaubt, dass jemand von euch was damit zu tun hat.»

Annika war verblüfft. Sie hatte Kowalski ganz anders eingeschätzt – eher als jemanden, der verschlossen und nur mit sich selbst beschäftigt ist. Und das wäre ja bei Kowalskis Gesundheitszustand auch durchaus nachvollziehbar. Aber wer weiß, vielleicht machte er sich wegen der Vorfälle wirklich keine Sorgen. Immerhin war das, was ihm in den nächsten Monaten bevorstand, grausam genug. Zudem hatte Mezger ihm seine Prognose nicht gerade schonend beigebracht. Vielleicht war das für Kowalski in seiner Lage schlimmer als ein gewaltsamer, schneller Tod. Annika wurde in diesem Moment klar, dass Kowalski leicht das nächste Opfer sein könnte, wenn Beimers Theorie über das Mordmotiv richtig war.

«Geht's dir gut?», fragte Sandra besorgt, weil Annika schon seit mehr als einer Minute durch sie hindurch starrte und nichts mehr gesagt hatte.

«Äh, ja.» Annika sah Sandra irritiert an. «Doch», setzte sie hinzu, und dann erst fiel ihr die Valoron-Flasche wieder ein, die sie noch in ihren Händen hielt.

«Ach entschuldige. Die Tropfen. Hier, bitte.» Damit überreichte sie Sandra die Flasche.

«Ich bring euch morgen auf jeden Fall eine neue Flasche wieder», versprach Sandra. «Ruhige Nacht noch», sagte sie zum Abschied und ging aus dem Stationszimmer.

Am Ausgang traf sie noch auf Dagobert Fromm, der gerade von der Toilette kam. Obwohl er nun schon die zweite Nacht auf der Station zubrachte und reichlich Zeit für ein Gespräch gewesen wäre, hatte Annika mit ihm bisher nur wenige Worte gewechselt. Sie hatten beide schnell begriffen, dass sie sich kaum etwas zu sagen hatten. Zunächst bemühte Annika sich noch um ein Mindestmaß an höflicher Konversation, aber auch das war an Dagobert abgeperlt. So hoffte jeder auf seine Weise, dass diese Nächte so bald wie möglich vorbei sein mochten.

Während Dagobert es sich wieder auf seinem Sitzplatz bequem machte, dachte Annika darüber nach, ob Kowalski tatsächlich in Gefahr sein könnte. Vielleicht wäre es besser, wenn sie öfter als sonst ihre Runden drehen würde.

«Dagobert?»

«Ja?» Er sah sie mit müden Augen an.

«Ich hab noch im Pflegearbeitsraum und an den Schränken zu tun. Wenn irgendwas ist, kannst du mich ja rufen.»

«Is gebongt», gab er kurz zurück und dämmerte weiter.

Annika musste schmunzeln – einmal, weil sie bei seinem Anblick gerade an *Wachkoma* denken musste, und dann auch, weil Dagobert anscheinend gar nicht mitbekommen hatte, wie widersinnig Annikas Vorschlag war. Immerhin war er ja hier, damit sie *ihn* rufen konnte, wenn etwas sein sollte, und nicht umgekehrt.

Resigniert machte sie sich auf den Weg zu den hinteren Zimmern der Station. Im Aufenthaltsraum saßen Herr Dohle und Frau Rose, die sich beide köstlich zu amüsieren schienen. Kowalski war nicht dabei, also war er wahrscheinlich in seinem Zimmer. Annika klopfte und trat vorsichtig ein, aber niemand war da. Sie klopfte an die Badezimmertür, aber auch hier schien sich niemand aufzuhalten. Vielleicht machte Kowalski ja wieder einen seiner Abendspaziergänge, von denen Sandra erzählt hatte. Als Annika wieder auf den Stationsflur trat, sah sie ihn von weitem auf sich zukommen. Also war alles in Ordnung. Annika war erleichtert.

In diesem Augenblick sah sie, dass die Lampe über Zimmer 5 leuchtete, einem der vier Einbettzimmer, das sich direkt neben dem Stationszimmer befand. Hier lag seit vier Tagen Herr Schranz, der in denkbar schlechter Verfassung war. Seine Prognose war ähnlich miserabel wie die Kowalskis, aber es ging ihm körperlich noch schlechter. Er lag fast den ganzen Tag im Bett. Vor kurzem hatte er eine Kehlkopfkrebs-Operation über sich ergehen lassen müssen, und seitdem atmete er durch ein silbernes, fingerdickes Rohr, eine Trachealkanüle. Da man ihm den Kehlkopf entfernt hatte, konnte er nicht reden. Zwar hatte man ihm vor der Operation erklärt, dass es Möglichkeiten gäbe, auch ohne Kehlkopf zu sprechen, aber Schranz wollte nichts davon wissen. Nun hatte er zu allem Übel noch eine Lungenentzündung. Die silberne Kanüle war häufig mit Schleim verstopft, und dann konnte er kaum Luft holen.

Annika beeilte sich, in sein Zimmer zu kommen, stellte aber erleichtert fest, dass Herr Schranz lediglich Hilfe brauchte, um zur Toilette zu gehen. Sie stützte ihn bis ins Bad und ließ ihn dort allein. Während sie auf ihn wartete, schüttelte sie seine Kissen auf und glättete das Laken. «Möchten Sie vielleicht noch ein paar Minuten draußen sitzen bleiben?», fragte Annika, als sie ihm wieder aus der Toilette heraushalf.

Er keuchte vor Anstrengung und schüttelte heftig seinen Kopf. Annika trat neben ihn und half ihm dabei, ins Bett zurückzukommen.

«Gut. Brauchen Sie im Moment noch irgendetwas?» Sie wollte ihm seinen kleinen Schreibblock reichen, aber er zog es vor, nur den Kopf zu schütteln.

Annika zögerte einen Moment und sagte schließlich: «Dann schlafen Sie gut. Ich sehe später noch einmal bei Ihnen vorbei. Gute Nacht.»

Sie verließ das Zimmer mit gemischten Gefühlen und ging zu den hinteren Schränken der Station. Dann stellte sie einen Stuhl vor den geöffneten Schrank und legte den Ordner mit Bestellformularen darauf ab. Wer sie sah, sollte denken, dass sie gerade damit beschäftigt war, den Lagerbestand zu überprüfen. Von dort aus hatte sie den größten Teil der Station im Blick. Annika brachte fast die ganze Nacht an diesem Ort im Flur zu, aber nichts geschah. Alles blieb friedlich.

Freitag, 15. November

Anne sah auf ihre Armbanduhr. In einer halben Stunde würde Annika zum Nachtdienst erscheinen. Sie würden sich beeilen müssen, um bis dahin mit allem fertig zu sein. Wo steckte nur wieder Karl-Heinz? Eigentlich sollte er die Blutprobe von Herrn Schranz zur Blutgasanalyse auf die Intensivstation bringen. Statt seiner kam Pia ins Stationszimmer.

«Weißt du, wo Kalle steckt?», wollte Anne wissen.

«Aha, also wieder mal Kalle. Nein, weiß ich nicht. Dasselbe wollte ich dich auch gerade fragen. Ich bräuchte nämlich Hilfe bei Herrn Schranz. Sein Bett muss noch mal gemacht werden», erwiderte Pia gereizt.

«Geht es ihm etwas besser?»

«Ja. Der Sauerstoff scheint ihm wirklich gut zu tun.»

Anne richtet sich auf und sagte: «Na wenigstens eine erfreuliche Nachricht. Könntest du vielleicht eben auf die Intensiv gehen wegen der Blutgasanalyse? Dann suche ich in der Zwischenzeit unseren Flappmann.»

«Okay, mach ich.» Pia nahm das kleine Röhrchen von der Ablage. «Bis gleich. Und viel Erfolg bei der Suche», fügte sie grinsend hinzu.

Anne erhob sich seufzend. Eigentlich mochte sie Karl-Heinz und hatte für seine schräge Art durchaus Verständnis. Wenn sie aber für ihn mitarbeiten musste, hatte ihre Toleranz ein Ende, vor allem wenn seine Mätzchen auf Kosten der Patienten gingen. Der Junge war für die Arbeit im Krankenhaus in jeder Hinsicht ungeeignet. Erstaunlich war nur, dass er sich für diese Stelle selbst entschieden hatte. Anne hätte gerne gewusst, wie er auf diese Idee gekommen war. Irgendjemand musste ihm ein völlig falsches Bild von der Arbeit im Krankenhaus vermittelt haben.

Während ihr Karl-Heinz' Heldentaten der letzten Wochen durch den Kopf gingen, fragte sie sich systematisch von Patientenzimmer zu Patientenzimmer nach ihm durch. Der Bursche war nicht aufzufinden. Niemand hatte ihn in den letzten Stunden gesehen, und auch im Pflegearbeitsraum, im Aufenthaltsraum oder in der Küche war keine Spur von ihm. Nachdem sie in allen Räumen der Station gesucht hatte, öffnete sie zuletzt die Tür des kleinen Badezimmers, das ihnen als Personalumkleideraum diente.

Anne starrte ungläubig auf das Bild, das sich ihr da bot. Sie hätte zu gern eine Kamera gehabt, um diesen Anblick für die Nachwelt festzuhalten: Da lag der «Zuwenigdienstleistende» Karl-Heinz lang ausgestreckt in der Badewanne. Er hatte die kalte Emaille mit mehreren Kissen und einer Decke gepolstert und schlief zusammengerollt wie ein Baby. Anne konnte nicht widerstehen: Sie nahm den Duschschlauch, drehte das kalte Wasser an und hielt den kräftigen Strahl in Richtung Wanne. Der Schläfer war innerhalb weniger Sekunden wach. Er schnappte prustend nach Luft und versuchte, nach Leibeskräften zu fluchen. Dabei war ihm aber der Wasserstrahl im Weg, sodass man nur einige Wortfetzen verstehen konnte. Das war sein Glück, denn durch herzhafte Beleidigungen hätte er seine Lage wohl kaum verbessert. Anne drehte schließlich das Wasser ab und sagte im Befehlston:

«In fünf Minuten bist du im Stationszimmer. Aber trokken. Und wach.»

Damit drehte sie sich um und verließ das Bad. Als er tatsächlich in der vorgeschlagenen Zeit im Stationszimmer auftauchte, sah Anne ihn ohne Mitleid an und meinte:

«Wenn du die nassen Sachen aus der Wanne geräumt hast, kannst du noch die Wäschesäcke leeren und dann gehst du für heute nach Hause. Ich denke, das ist für uns alle am besten.»

Karl-Heinz hatte spätestens jetzt die Gewissheit, dass er den Bogen überspannt hatte. Wortlos ging er aus dem Zimmer und machte sich – vermutlich zum ersten Mal in seinem Leben – ohne zu zögern an die Arbeit.

Pia war mit dem Ergebnis der Blutgasanalyse zurückgekommen. Anne sah sich den Computerausdruck an und meinte erfreut:

«Das ist ja gar nicht mal so schlecht. Ich sag noch eben dem Doc Bescheid. Du kannst ja schon mal zu Schranz gehen. Ich komm dann nach.»

Pia sah sie verwundert an. «Und was ist mit Kalle?»

Der trat in diesem Moment auf den Flur und hielt das nasse Bettzeug in seinen Armen. Er bot den beiden ein Bild des Jammers: Seine Haare klebten ihm klatschnass am Kopf, und er schien auch nicht recht zu wissen, was er als Nächstes machen sollte.

«Was ist denn mit dir passiert?», fragte Pia amüsiert.

Bevor er etwas darauf sagen konnte, erklärte Anne an seiner Stelle: «Der Herr beliebte in der Badewanne zu nächtigen. Jetzt ist er aber erfrischt und ausgeruht, nicht wahr?»

Kalle sah sie giftig an, was in seiner Lage aber nicht besonders beeindruckend wirkte, und die beiden mussten laut losprusten. Kalle hatte keine Lust, den beiden weiter Vergnügen zu bereiten, und machte sich mit den nassen Sachen davon.

«Hoffentlich hält das eine Weile vor», seufzte Anne und griff zum Telefonhörer, um den Dienst habenden Arzt anzurufen.

*

Als Annika um acht auf der Station erschien, kamen Pia und Anne gerade aus Schranz' Zimmer.

«Habt ihr zwei heute allein gearbeitet?», wunderte sich Annika, weil sie sonst niemanden entdecken konnte.

«Ja, das kann man wohl so sagen. Gerd hatte frei und an seiner Stelle war Karl-Heinz da. Oder auch nicht da», sagte Pia mit gehobenen Augenbrauen. «Eigentlich hätten wir zu dritt gut klarkommen können, aber du kennst ja Kalle.»

Anne berichtete ihr genussvoll und ausführlich, wie sie Karl-Heinz heute zu einer ganz neuen Erfahrung verholfen hatte, und obwohl auch Annika seine demonstrative Trägheit längst nicht mehr witzig finden konnte, hatte auch sie ihren Spaß an der Geschichte.

Sie gingen zu dritt ins Stationszimmer, und Pia fiel ein, dass sie den beiden noch etwas ausrichten wollte: «Ach, was ich noch sagen wollte: dieser Dagobert kommt etwa 20 Minuten später. Er hat vorhin angerufen. Ich musste ihm versprechen, dass wir solange bleiben, bis er kommt.»

In stummer Übereinkunft setzten sie sich an den Tisch im Stationszimmer, und schon bald kam die Sprache auf die ungeklärten Todesfälle und Swedlanas Schweigen.

«Wie soll ihr denn ein Außenstehender – also jemand, der sie nicht kennt – glauben, dass sie nichts mit der Sache hier zu tun hat?», wollte Anne von Annika wissen, die nach wie vor von Swedlanas Unschuld überzeugt zu sein schien. «Ich bin mir nicht mal sicher, ob ich ihr noch traue.»

Annika sah keinen Sinn darin, weiter Swedlanas Unschuld zu beteuern. Das würde auf Bekenntnisse hinauslaufen, denn mit neuen Argumenten konnte sie nicht dienen. In dieser Hinsicht waren die Kolleginnen offensichtlich in zwei Parteien gespalten, wobei Annika denen, die nicht an Swedlanas Unschuld glaubten, keinen Vorwurf machen konnte.

«Was ist eigentlich mit Frau Dreier?», versuchte sie, das Thema zu wechseln.

«Mit Frau Dreier? Was soll mit der sein? Der geht's gut», antwortete Anne erstaunt.

Annika war überrascht: «Hast du das gar nicht mitbekommen? Sie hat sich doch vor kurzem an einer Kanüle gestochen, die irgendjemand in den Papierkorb geschmissen hatte.»

«Ach, das – nein, bis jetzt hat sich da nichts ergeben. Glücklicherweise.»

«Und Yvonne?», fragte Annika weiter.

«Wie, hat die sich etwa auch gestochen?»

«Nein, nein. Aber die war doch die letzten Tage krank.»

Anne nickte. «Ja, stimmt. Der geht's auch schon besser, aber Ulrike hat sie wieder aus der Nachtwache rausgenommen, weil du ja jetzt den Polizisten hast. Meine Güte, ich werd alt. Das hätt ich doch glatt vergessen, dir zu sagen. Gut dass du mich erinnert hast.»

«Na gut. Yvonne wär mir zwar lieber als der Trockenknödel, aber was soll's. Nicht zu ändern. Dann erzählt mal, was es Neues gibt», forderte Annika die beiden auf, und sie begannen mit der Übergabe.

«Den meisten geht es eigentlich ganz ordentlich. Mit Ausnahme von Kowalski und Schranz allerdings», fasste

Anne die Lage kurz zusammen. Und jetzt kommt der Hammer: «Mezger möchte Kowalski in den nächsten Tagen entlassen.»

«Entlassen?», wiederholte Annika entsetzt. «Wie soll der denn zu Hause zurechtkommen?»

«Ja, das haben wir auch gesagt, aber Mezger meint, die kurze Zeit, die Kowalski noch bleibt, soll er lieber zu Hause verbringen.»

«Und was sagt Kowalski dazu?»

Anne machte eine kleine Pause, bevor sie weitersprach: «Der weiß noch gar nichts davon. Er hatte heute noch eine Sonographie. Der Tumor ist ziemlich gewachsen, und sie wollen ihm jetzt noch eine Anastomose legen, damit die Galle wieder abfließen kann. Danach soll er Bestrahlungen kriegen. Wegen der Schmerzen.»

Eine Zeit lang sagte keiner etwas. Alle drei wussten aus ihrer Erfahrung sehr gut, was Kowalski in den nächsten Tagen und Wochen erwartete.

Pia sagte schließlich: «Wenn er doch wenigstens eine Familie hätte, in der man sich um ihn kümmert.»

«Wart mal kurz», unterbrach Annika sie. «Geht es ihm denn so schlecht, dass er bei irgendwas Unterstützung braucht?»

«Nein», sagte Pia. «Er läuft auch immer noch über den Flur. Aber Mezger meint, dass das nicht mehr lange so bleiben wird.»

«Und wann soll die Operation gemacht werden?», wollte Annika wissen.

«Einen konkreten Termin haben wir noch nicht, aber irgendwann in der nächsten Woche, so wie es aussieht.»

Annika fragte weiter: «Aber darüber hat Mezger mit ihm geredet, oder?»

«Ja, das mit der OP weiß Kowalski», bestätigte Anne.

«Gut», sagte Annika und notierte sich etwas in ihrem kleinen Notizblock. In diesem Moment kam Dagobert in

Motorradkluft zur Tür herein. Er sah aus, als hätte er ein paar Nächte lang nicht geschlafen. Seine Augen waren verquollen, die Haare fettig und auch sonst machte er den Eindruck, als würde ihm ein Bad nicht schaden. Mit halb geschlossenen Augen sah er trüb in die Runde und meinte:

«Mahlzeit. 'Tschuldigung, von wegen der Verspätung. Ich zieh mich eben um.» Schon war er wieder aus dem Zimmer und ließ drei Krankenschwestern staunend zurück.

Als Anne und Pia wenig später die Station verlassen hatten, sah Annika zunächst nach Herrn Schranz. Er wollte zur Toilette, und es kostete sie allerhand Mühe, ihn davon zu überzeugen, dass Aufstehen für ihn momentan nicht infrage kam. Zuerst musterte er die Urinflasche mit abschätzigem Blick, gab aber schließlich nach.

Kowalski war – wie meist zu dieser Zeit – nicht in seinem Zimmer, und auch Dohle traf sie dort nicht an. Annika vermutete die beiden wieder im Aufenthaltsraum, von wo sie die vertrauten Geräusche des zu laut eingestellten Fernsehers hörte.

«Hallo, Herr Dohle. Ist Herr Kowalski nicht hier?», fragte sie, wobei sie missbilligend auf die Mattscheibe sah, wo gerade eine Folge dieser unsäglichen *Schwester Stephanie*-Serie lief. Merkwürdig, dass auch Patienten im Krankenhaus sich solchen Schrott zumuteten. Man sollte doch meinen, dass die alltägliche Wirklichkeit hier Stoff genug auch für die exotischsten Fantasien liefern konnte.

Dohles Interesse an Stephanie schien sich in Grenzen zu halten, denn er sah ohne zu klagen vom Fernseher weg und richtete seine Aufmerksamkeit auf Annika. Während im Hintergrund die virtuelle Schwester gerade eine Kollegin mit reichlich Pathos über das Wesen aufopfernder Pflege aufklärte, musterte Dohle Annika aufmerksam und ließ sie wissen: «Nö, der wollte noch was spazieren gehen. Aber der kommt bestimmt gleich. Der ist nämlich schon längere Zeit weg.»

Annika fand es merkwürdig, dass er sie grinsend so ungeniert von oben bis unten anglotzte, bis ihr klar wurde, dass er sie offenbar mit der Fernsehversion verglich. Sie konnte ihren Ärger nicht unterdrücken, und so fragte sie ihn spitz:

«Und, welche Schwester gefällt ihnen besser?»

Dohle fühlte sich ertappt. Er hustete und stammelte: «Och, nö, also, das kann man ja nicht so richtig vergleichen.» Er deutete auf den Fernseher und setzte hinzu: «Ich mein, das ist ja jetzt ein Film, und …» Er machte eine ausladende Geste: «… das hier ist eben was anderes.»

«Das ist sogar was ganz anderes», ergänzte sie und ärgerte sich im gleichen Moment darüber, dass sie überhaupt etwas gesagt hatte. Wer weiß, was Dohle sich jetzt denken würde. Im schlimmsten Fall würde er jetzt eine Folge Stephanie nach der anderen anschauen und prüfen, ob die Wirklichkeit der I 41 harter Filmrealität standhalten konnte. Sie entschied sich dafür, nicht weiter darauf einzugehen und sagte:

«Ja, ähm, was Herrn Kowalski betrifft: Wo wollte er denn hin?»

Auch Dohle schien froh, nicht weiter darüber reden zu müssen und meinte: «Soviel ich weiß, nur wie üblich hier über den Flur laufen.»

«Ah ja, gut. Dann komm ich gleich noch mal vorbei», verabschiedete sie sich hastig. Im Stationszimmer saß Dagobert wieder auf seinem angestammten Platz. Sie verdrehte ihre Augen, als sie ihn vor sich hin dämmern sah und fragte:

«Ich geh mal kurz rüber auf die Nachbarstation. Kannst du kurz hier aufpassen?»

Wortreich wie gewohnt bestätigte er: «Jepp!»

‹Der Bursche muss zu viele Ho-Ho-Videos gesehen haben›, dachte sie, als sie aus dem Zimmer ging. So nannte Annika Filme, in denen irgendwelche Machos mit kargem Text, zu vielen Muskeln, armeegerechtem Waffenarsenal und dürftigem ideologischen Überbau die Welt umgestalteten. Aus unerfindlichen Gründen hielt ein beträchtlicher Teil der männlichen Bevölkerung diese Mixtur für unterhaltsam und die Helden für nachahmenswert. Dagobert hier wollte ohne Zweifel cool sein. Er war ohne Zweifel wortkarg, aber auch wenn er so vergrabbelt aussah, als habe er heute schon eine kleine Schlacht hinter sich, konnte man über seine anderen Qualitäten bisher nur spekulieren.

Annika wollte sich gerade auf den Weg machen, als sie Kowalski von weitem sah. Sie ging ihm entgegen und begrüßte ihn: «Guten Abend, Herr Kowalski. Haben Sie wieder Ihren Abendspaziergang gemacht?»

Statt zu antworten, brummelte er nur unverständlich.

«Soll ich Ihnen eine Tasse Tee machen oder möchten Sie vielleicht noch etwas von Ihrem Abendbrot? Sie haben ja vorhin kaum was gegessen.»

Er sah sie mit verkniffenem Gesichtsausdruck an: «Nein, ich hab keinen Hunger. Aber Tee wär nicht schlecht.»

«Ist gut. Soll ich Ihnen den Tee in den Aufenthaltsraum bringen?»

«Nee, lieber in mein Zimmer.»

Ohne ein weiteres Wort drehte er sich um und schlurfte davon. Annika sah ihm noch eine Weile nach. Es gab so wenig, was man für ihn tun konnte, und dabei hätte sie sich gern mehr um ihn bemüht. Als sie mit Pfefferminztee und Zwieback in sein Zimmer kam, saß er im Bett und hörte Radio. Er sah sie geistesabwesend an, und es dauerte einige Sekunden, bis er reagierte. Annika war unentschlossen, ob sie ein Gespräch beginnen oder ihn jetzt besser allein lassen sollte. Die Entscheidung wurde ihr allerdings abgenommen, denn es klopfte an der Tür, und Dagobert steckte den Kopf herein.

«Entschuldige die Störung, aber da ist Telefon für dich.»

Annika bedankte sich und versprach: «Ich komme gleich», woraufhin Dagobert wieder verschwand.

Zu Kowalski sagte sie: «Ich komme später noch mal vorbei. Wenn Sie etwas brauchen, dann melden Sie sich bitte. Bis dann.»

Im Stationszimmer nahm sie gespannt den Telefonhörer und sagte: «Meinke?»

«Ja, hallo, ich bin's», meldete sich Klaus.

Annika hatte mit einem Anruf von ihm gar nicht gerechnet, und als sie jetzt seine Stimme hörte, spürte sie förmlich, wie sich ihre Laune schlagartig verbesserte.

Klaus meinte: «Eigentlich wäre ich ja lieber vorbei gekommen. Dann hätten wir uns ganz in Ruhe und nicht nur am Telefon unterhalten können. Aber wenn ich das richtig verstanden habe, hast du schon Gesellschaft. Ist er wenigstens nett?»

«Nö, das kann ich leider so nicht sagen. Aber wer weiß: Vielleicht würdest du das ja anders sehen», antwortete sie amüsiert, wobei ihr eine Szene durch den Kopf ging, in der Klaus sich abmühte, ihrem *Wachtmeister* ein paar zusammenhängende Sätze zu entlocken. «Was hältst du davon, wenn wir uns morgen um sechs zum Abendessen treffen?»

«Ja, prima. Und wo?»

«Beim Griechen in der Nähe der Klinik?»

«Okay. Gute Idee. Dann noch eine ruhige Nacht, Schwesterchen», säuselte er und legte auf.

*

Swedlana wälzte sich in dem schmalen Bett ihrer kleinen Zelle hin und her. Sie versuchte verzweifelt zu schlafen, um nicht über ihre verfahrene Situation nachdenken zu müssen. Nach wie vor konnte sie nicht begreifen, wie sie in diese Lage geraten war. Die letzten Monate zogen ihr durch den Kopf, und sie dachte an den Anfang und wie alles erst so schön begonnen hatte. Aber dann wurde alles immer komplizierter, und zuletzt hatte sie schon darüber nachgedacht, ob sie vielleicht aus Duisburg wegziehen sollte. Aber wo hätte sie hingehen sollen? Allein. All ihre Freunde waren hier. Freunde? Die würde sie jetzt vielleicht alle verlieren.

Sie hatte in den letzten Wochen hoch gepokert, und das war ihr während der ganzen Zeit auch bewusst. Aber sie fand keinen Ausweg, und wie es schien gab es niemanden, mit dem sie reden konnte. Swedlana setzte sich im Bett auf und verbarg ihr Gesicht in den Händen. Sie dachte an Baumann, Thörnphlix und Engkhoff. Vielleicht war ja der Tod auch eine Lösung. Sie starrte durch das vergitterte Fenster in die Nacht hinaus. Irgendwann in den Morgenstunden schlief sie für kurze Zeit ein.

Samstag, 16. November

Annika hatte sich fest vorgenommen, heute mit Swedlana zu sprechen und sich nicht wieder abweisen zu lassen. Mit Beimer hatte sie vereinbart, dass man Swedlana ihren Besuch nicht ankündigen würde, sondern dass sie unangemeldet zu ihr gehen sollte. So hatte sie das Überraschungsmoment auf ihrer Seite.

Annika ging an Beimers Seite durch endlos erscheinende graue Gänge. ‹Das Gebäude würde jeden Wettbewerb für öde Architektur gewinnen›, dachte sie und hoffte, dass die Odyssee durch dieses Beamtenparadies bald zu Ende sein würde. Welche Idee man auch immer bei der Planung des Gebäudes gehabt hatte: Wenn es Besucher einschüchtern sollte, dann musste sie zugeben, dass es bei ihr funktionierte. Beimer beobachtete sie unauffällig.

«Alles klar?», fragte er besorgt.

«Ja, toll», meinte Annika mit deutlicher Ironie. «Wahnsinnig gemütlich hier.»

Beimer wusste nicht recht, was er darauf sagen sollte und war froh, als sie ihr Ziel erreicht hatten.

«Da wären wir also», meinte er verlegen, und beide blieben vor einer der zehn völlig gleich aussehenden Türen des langen Flurs stehen. In einem Raum am Kopfende des Flurs hielten sich mehrere Uniformierte auf, und Beimer gab einem von ihnen ein Zeichen. Ein etwa 30-jähriger, mindestens zwei Meter großer Polizist kam auf sie zu, schloss kommentarlos die Tür auf und ging wieder ins Dienstzimmer zurück. Annika sah ihm eine oder zwei Sekunden lang staunend hinterher und betrat schließlich den winzigen, schmalen Raum.

Wortlos gingen Annika und Beimer hinein. Swedlana saß im hinteren Teil des Raumes auf einem Stuhl und starrte den beiden verdutzt entgegen. Sie wollte gerade etwas sagen, aber Beimer sprach zuerst:

«Guten Tag, Frau Wojdagowicz. Das kommt jetzt für Sie sicher überraschend, aber auf Wunsch von Frau Meinke habe ich diesen Besuch vorher nicht angekündigt. Selbstverständlich können Sie sich weigern, Besuch zu empfangen. Das liegt ganz in Ihrem Ermessen. Wenn Sie mit Frau Meinke sprechen wollen, dann darf ich Sie jetzt in unseren Besucherraum führen. Es wird dann jemand von uns bei Ihrem Gespräch mit im Raum sein.»

Swedlana war sichtlich verstört. Man konnte ihr ansehen, dass sie schon länger nicht mehr gut geschlafen hatte. Sie sah den beiden traurig entgegen, und für einen Moment sah es so aus, als wollte sie protestieren. Dann aber atmete sie nur tief ein, sah zur Seite und sagte nichts.

«Hallo Swedlana», sagte Annika leise und hatte dabei das Gefühl, dass ihr Hals enger würde.

Swedlana nickte nur kurz und sagte dann: «Gut, bringen wir's hinter uns.»

Wenige Minuten später saßen sich Annika und Swedlana an einem leeren, quadratischen Tisch gegenüber. Im Hintergrund, gut drei Meter entfernt, saß eine Polizistin auf einem Stuhl und gab sich Mühe, so unbeteiligt wie möglich auszusehen. Annika musste Assoziationen an ähnliche Szenen aus Krimis unterdrücken und sich klarmachen, dass es hier um handfeste Realitäten ging. Sie gab sich einen Ruck und eröffnete das Gespräch:

«Also: Ich hab lange genug darüber nachgedacht, was ich eigentlich machen soll. Ob ich dir helfen kann oder wie ich mich überhaupt verhalten soll. Und das alles wird nicht gerade leichter, wenn du nicht mit mir redest.»

Annika machte eine kleine Pause, um Swedlana Gelegenheit zu geben, etwas darauf zu erwidern, aber ihr Gegenüber schwieg beharrlich weiter.

«Als man mir gesagt hat, dass du mich nicht sehen wolltest, war ich sauer, wie du dir wohl denken kannst. Aber jetzt bin ich eben wieder hier, und frag mich bloß nicht, warum. Jedenfalls weiß ich, dass du mir als Kollegin und Freundin wichtig bist. Und deshalb will ich einfach nicht akzeptieren, dass du einfach hier wie betäubt in einer Zelle sitzt und vor dich hin schweigst.»

Swedlana sah Annika in die Augen, und eine Weile war es mucksmäuschenstill. Dann fuhr Annika fort:

«Also, da du immer noch nichts sagst, will ich die Sache auf den Punkt bringen: Wieso bist du bereit, dir einen Mord anhängen zu lassen, bloß weil du nicht sagen willst, dass du ein Verhältnis mit einem Arzt hast?»

Swedlana sah sie ungläubig an. Spontan und ohne nachzudenken sagte sie wütend: «Wer hat dir das erzählt?»

Annika konnte ihren Triumph nur mit Mühe verbergen. Tina hatte also Recht gehabt. Jetzt musste sie herausfinden, um wen es sich handelte, und das war genauso heikel wie ihr Schuss ins Blaue zuvor. Und schnell musste es gehen; sie durfte ihr keine Zeit lassen, zu lange über ihre Behauptungen und Fragen nachzudenken. ‹Also weiter›, dachte sie, ‹nächster Versuch›:

«Man hat euch zusammen gesehen.»

Swedlana schüttelte heftig den Kopf: «Das ist nicht möglich. Wir haben so aufgepasst und uns immer nur abends getroffen. Das glaub ich nicht. *Wer* will uns denn gesehen haben?» Swedlana war aufgeregt.

«Das spielt doch jetzt keine Rolle. Irgendwann müsst ihr es doch sowieso sagen, oder willst du die nächste Zeit hier zubringen?»

Swedlana sank in sich zusammen. Sie wirkte müde, als sie sagte: «Nein, natürlich will ich das nicht. Meinst du, das macht Spaß? Ich kann doch nichts dafür, dass Jürgen eine Familie hat. Ich …»

Annika war geschockt. «Bolte?!» Sie starrte Swedlana völlig entgeistert an. «Du hast ein Verhältnis mit Bolte?! Jetzt wird mir einiges klar. Dass dieser Kackarsch dir nicht hilft, ist ja nicht anders zu erwarten. Wenn ich …»

«Aber ich dachte, du wüsstest, dass Bolte und ich …», wurde sie von Swedlana unterbrochen.

Sie sah bestürzt zu Annika, als ihr plötzlich klar wurde, dass sie beide nicht von den gleichen Voraussetzungen ausgegangen waren.

«Nein, ich hatte das so verstanden, dass es einer von den beiden neuen Stationsärzten ist», log Annika. «Aber das ist doch sowieso egal», versuchte sie die Wogen zu glätten. «Hauptsache, du bist aus dem Schneider.»

«Nein, Annika. So einfach ist das nicht. Bitte erzähl das niemandem.» Swedlana sah sie mit flehenden Augen an. «Bitte.»

Annika konnte es nicht fassen: «Swedlana. Es geht hier um dich, und du bist in echten Schwierigkeiten. Mein Gott, du stehst unter Mordverdacht, und wenn du nicht erklärst, was los ist: Wie soll es denn dann weitergehen? Und wie kommen überhaupt deine Fingerabdrücke auf den Infusionsständer vor Engkhoffs Zimmer? Was ist denn so schlimm daran, wenn du die Wahrheit sagst? Setzt er dich unter Druck?»

Swedlana sagte sofort: «Nein, das tut er nicht. Wenn es nach ihm gegangen wäre, wüsste die Polizei schon längst Bescheid. Den Infusionsständer muss ich wohl angefasst haben, als ich dich besuchen wollte. Das war in der gleichen Nacht, als Engkhoff gestorben ist.»

«Wieso wolltest du mich besuchen? Ich hab dich ja gar nicht gesehen?»

«Eigentlich wollte ich dir in der Nacht alles von Bolte erzählen, aber dann stand ich auf dem Flur, du warst nicht zu sehen, und plötzlich kam mir das Ganze total blöd vor. Ich wusste doch, dass niemand Jürgen leiden kann, und du auch nicht. Dabei ist er überhaupt nicht so ekelhaft, wie ihr ihn immer beschreibt. Er ist sehr lieb und witzig.»

‹Bolte und witzig – das ist ja kaum zu übertreffen. Was für ein Tag›, dachte Annika.

«Wo habt ihr euch eigentlich kennen gelernt?», wollte sie wissen.

«Irgendwann, als ich mal Nachtschicht hatte, kam er auf die Station. Das war an einem Wochenende. Es war nach Mitternacht, und er hatte wohl auch was getrunken und war in ziemlich mieser Stimmung. Er hat dann plötzlich bestimmt zehn Minuten lang die übelsten Beschimpfungen abgelassen. Nicht an mich gerichtet, sondern sozusagen gegen die ganze Welt. Er war wirklich verdammt mies drauf, und ich hab schon ein bisschen Angst gehabt. Ich dachte: «Gleich flippt der mir aus». Plötzlich hört er auf zu reden, setzt sich zu mir an den Tisch und fragt mich, ob ich glücklich bin. Du kannst dir ja denken, dass ich ziemlich perplex war. Na ja und das war dann irgendwie der Anfang. Er war fast noch die ganze Nacht bei mir, und in den folgenden Nächten ist er auch immer wieder hoch gekommen, um sich mit mir zu unterhalten.»

«Und jetzt? Wie soll das weitergehen? Ihr habt doch sicher darüber geredet?», fragte Annika.

«Ja, haben wir. Er wird sich scheiden lassen und auch eine andere Stelle suchen.»

Das war zu viel für Annika. Sie wurde lauter, als sie sagte: «Ja, genau. Und dann heiratet ihr, und alles wird gut. Sag mal, bist du noch ganz stramm? Das ist ja schlimmer als in jedem Arztroman. Wenn das alles so toll ist, wieso verbietet er dir denn dann, darüber zu reden?»

Swedlana gestikulierte aufgeregt und entgegnete: «Du hörst nicht zu! Das verbietet er doch gar nicht. *Ich* habe das so entschieden. Er wollte schon lange etwas sagen. Aber es geht ihm sowieso schon schlecht genug. Wenn das jetzt alles bekannt wird, bevor er eine andere Stelle hat, dann kann er sich die Kugel geben. Kannst du dir vorstellen, was dann los ist? Er ist ja jetzt schon nicht beliebt, aber dann würde es richtig rundgehen. Das möchte ich auf keinen Fall.» Swedlana klang sehr bestimmt.

«Gut, aber Beimer wirst du es sagen müssen.»

Swedlana wich Annikas fragendem Blick aus und schwieg. Annika wollte sie jetzt, nachdem sie so viel preisgeben musste, nicht zu sehr bedrängen. Zu ihrer Überraschung sagte Swedlana plötzlich entschlossen:

«Gut, dann müssen wir eben da durch. Jürgen wird mir keine Vorwürfe machen, aber ich fühl mich trotzdem beschissen. Wenn ich jetzt eine Aussage mache, dann kann ich anschließend ja wenigstens nach Hause gehen. Und wir können uns endlich wieder sehen.»

Sie lächelte hilfos und fuhr fort: «Und dann werden es doch alle erfahren, weil ich schließlich irgendwann erklären muss, wieso ich plötzlich nicht mehr verdächtig bin.»

Daran hatte Annika noch gar nicht gedacht. Über das Nachher hatte sie sich idiotischerweise keine Gedanken gemacht. Sie stand noch ganz unter dem Eindruck, dass ihr ein genialer Plan gelungen sei, aber nun hatte sie etwas in Gang gesetzt, mit dem sie sich überfordert fühlte. Vielleicht hatte Beimer ja eine Idee.

Wenige Minuten später saßen sie zu dritt in Beimers Büro, und Swedlana erzählte ihm, wie sich ihre Beziehung zu Bolte entwickelt hatte, dass sie in den fraglichen Nächten bei ihm gewesen sei und wie ihre Fingerabdrücke auf den Infusionsständer gekommen waren. Beimer hatte noch die eine oder andere Nachfrage, kam aber schließlich zu der Überzeugung, dass Swedlanas Erklärung plausibel war. Beimer ließ sich mit Bolte verbinden, der diesen Anruf anscheinend erwartete hatte. Er war sofort bereit, im Präsidium vorbeizukommen und auszusagen. Bereits am Telefon ließ er durchblicken, dass Swedlana die Wahrheit gesagt hatte.

«Sobald Herr Dr. Bolte hier eintrifft und seine Aussage unterschrieben hat, können Sie ohne weiteres nach Hause gehen», meinte Beimer, und dabei sah er die beiden an, als ob er ihnen gerade eine beachtliche Erbschaft verkündet habe.

Annika nahm verwundert zur Kenntnis, dass auch Beimer sich zu freuen schien. Da Swedlana nun nicht mehr mit den Todesfällen in Verbindung gebracht werden konnte, fing die Suche für ihn doch schließlich wieder von vorn an. Sie hatte erwartet, dass er sich darüber ärgern würde. ‹Also doch kein dumpfer Bulle. Scheint echte Gefühle zu haben›, fuhr es ihr durch den Kopf. Als hätte er ihre Gedanken erraten, sagte er:

«Dann hätten wir ja ein Problem weniger. Vielen Dank, Frau Meinke, dass Sie sich die Mühe gemacht haben, hier herzukommen.»

Swedlana war gerührt und sagte leise: «Danke, Annika, ich … ich weiß nicht, ob ich ohne deine Hilfe den Mut gehabt hätte …»

«Komm, hör bloß auf damit», fiel ihr Annika ins Wort. «Ich hab ja auch was davon. Schließlich weiß ich jetzt, dass ich bei dir richtig gelegen habe. Meine gute Menschenkenntnis eben. Das kommt gut – fürs Ego, mein ich.»

Beimer schien zu überlegen, wie ernst sie das wohl gemeint hatte. Allerdings blieb ihm dazu nicht viel Zeit. Annika wollte sich verabschieden, und er würde danach mit Swedlana auf Boltes Ankunft warten. Annika und Swedlana umarmten sich zum Abschied, und Beimer begleitete Annika noch bis zum Aufzug.

Sie drückte auf den Schalter, um den Aufzug zu rufen, überlegte kurz und fragte ihn: «Und jetzt? Was machen Sie als Nächstes? Ich meine, jetzt gibt es doch keine Verdächtigen mehr, oder?»

«Nein, im Moment sind keine im Angebot», flachste Beimer, als schien er sich deshalb keine größeren Gedanken zu machen. «Aber wenn Sie Vorschläge haben – ich bin dafür jederzeit offen.»

Annika wusste nicht recht, ob er mit seiner letzten Bemerkung noch mehr sagen wollte, und entschied sich, auf seinen Ton einzugehen.

«Abgemacht, sobald ich auf Verdächtige stoße, schicke ich Ihnen ein Fax».

Beimer wurde plötzlich ernst: «Vergessen Sie das Fax. Wenn Sie mich brauchen, dann rufen Sie mich bitte unter der Handynummer an. Und versprechen Sie mir, nicht übermütig zu werden.»

Annika sah ihm verblüfft in die Augen, doch bevor sie etwas darauf sagen konnte, öffneten sich die Aufzugtüren. Sie war mit einem Schritt in der Kabine und sagte noch schnell, bevor die Türen sich wieder schlossen: «Ich pass schon auf».

*

Als Annika um viertel nach acht eintrudelte, saßen alle einschließlich Dagobert schon im Stationszimmer. Sie hatte sich beim Essen mit Klaus reichlich Zeit gelassen. Klaus hatte offenbar mehrere Gespräche mit Kowalski gehabt, und Annika war sich mit ihm darüber einig, dass die letzten Wochen für ihn vermutlich überaus schwierig würden. Klaus wollte sich weiter um ihn kümmern, soweit er das zuließ, und auch Annika hatte sich vorgenommen, noch mehr als bisher nach ihm zu sehen. Weil die Zeit zum Reden mal wieder nicht reichte, verabredeten sie sich für den nächsten Tag zum Nachtdienst.

Seit Thörnphlix' Tod waren auf der I 41 kaum noch Neuaufnahmen zu verzeichnen. Gleichzeitig wurden nach und nach Patienten entlassen, und das führte dazu, dass immer weniger zu tun war. Momentan waren noch insgesamt 20 Patienten auf der Station, von denen Annika die Mehrzahl gut kannte. Entsprechend schnell ging die Übergabe vorüber. Als Dagobert und Annika allein im Zimmer waren, bemerkte sie einen noch unberührten Schokoladenkuchen, der mitten auf dem Tisch stand.

«Sieht lecker aus. Wem haben wir das denn zu verdanken?», wollte Annika wissen.

«Mir», sagte Dagobert knapp.

«Wie bitte? Der soll von dir sein?» Zu spät wurde ihr klar, dass ihre Bemerkung kränkend wirken musste. Schnell setzte sie hinzu: «Einfach nur so?»

«Nö, nicht ganz. Ich hab heute Geburtstag», erwiderte Dagobert verlegen.

«Du hast Geburtstag? Herzlichen Glückwunsch. Alles Gute.» Annika ging auf ihn zu und schüttelte ihm kräftig die Hand. «Dass ist ja echt blöd, dass du an deinem Geburtstag hier sitzen musst», bemitleidete sie ihn.

«Ach na ja, geht schon. Hätte auch noch schlimmer kommen können. Ganz so gruselig ist es hier ja nicht.»

«Na, wenn das kein Kompliment ist», meinte Annika.

«Oh nein, so war das nicht gemeint. Entschuldige, aber ich hab den totalen Horror vor Krankenhäusern – so lange ich denken kann. Als ich zwei Jahre alt war, haben sie mich nach einem Unfall vier Wochen in ein Krankenzimmer gesperrt, und meine Eltern durften mich nicht besuchen. Das muss wohl grauenvoll gewesen sein. Ich mein, ich weiß nichts davon, nur, was mir meine Eltern erzählt haben.»

Er machte eine ausladende Geste: «Jedenfalls mach ich seitdem einen weiten Bogen um Krankenhäuser und Ärzte. Ich krieg schon die Krise, wenn ich die ganzen Apparate, die Schläuche und das Zeug hier sehe. Als Beimer mich hier eingeteilt hat, war das schon ein ziemlicher Schock. Aber ich denke, langsam hat sich mein Blutdruck wieder normalisiert. Wie nennt ihr das noch gleich: Desensibilisierung?»

«Genau. Aber das konnte ich ja nicht wissen. Hättest du mal schon am ersten Tag was gesagt.»

Dagobert verzog den Mund und meinte: «Und was hättest du dann gemacht? Beruhigungsmittel?»

«Zum Beispiel. Aber wo du dein Gleichgewicht jetzt wieder gefunden hast, kannst du ja vermutlich leichte Drogen vertragen, oder? Zum Beispiel Kaffee», meinte sie unternehmungslustig, und Dagobert stimmte erfreut zu.

Sie machte sich in Richtung Küche auf, wobei ihr Kowalski auf dem Flur entgegenkam. Sie versprach ihm, später bei ihm vorbeizuschauen. Mit frischem Kaffee kam sie ins Stationszimmer zurück. Dagobert schnitt einige gewaltige Stücke vom Kuchen ab, legte zwei davon auf grellbunte Pappteller und balancierte sie geschickt, ohne dass die Kuchenstücke umfielen.

Annika betrachtete amüsiert das Muster auf dem Teller und meinte: «Na, wenn das nicht die Stimmung hebt…» Dann hob sie ihre Kaffeetasse und fragte: «Auf dich. Wie alt bist du eigentlich geworden?»

«Achtundzwanzig», antwortete Dagobert und prostete ihr mit der Tasse in der Hand zu.

«Noch ein junger Spund», hörten Annika und Dagobert eine Stimme hinter sich sagen. Überrascht drehten sich beide zu Beimer um, der auf Dagobert zuging und ihm ebenfalls die Hand schüttelte:

«Herzlichen Glückwunsch, Herr Fromm.»

Dann überreichte er ihm ein kleines, in Geschenkpapier eingewickeltes Päckchen und eine Flasche Sekt.

«Ich dachte, Sie möchten Ihren Geburtstag vielleicht lieber woanders verbringen. Und weil ich mit Frau Meinke sowieso noch einiges zu besprechen habe, können Sie sich vom Acker machen, wenn Sie wollen.»

Das Geburtstagskind war sichtlich irritiert und brauchte eine Weile, um zu begreifen, dass Beimer soeben angeboten hatte, ihn abzulösen. Als Dagobert ihn nach einer halben Minute immer noch fragend ansah, setzte er hinzu:

«Nun hauen Sie schon ab, bevor ich's mir anders überlege.»

Dagobert ließ sich das nicht zweimal sagen. Er schlang die Reste seines Kuchens hinunter und verabschiedete sich von den beiden in Windeseile, nicht ohne sich zuvor bei Beimer für die drei Geschenke zu bedanken.

Beimer hoffte indes, dass Annika ihm die Geschichte abkaufen würde, denn selbst Dagobert in seinem Geburtstags-Glücksrausch war nicht entgangen, dass sich hier wohl etwas Besonderes abspielte. Wenn Beimer ihn hier und vor allem nachts ablöste, war das schon mehr als ungewöhnlich.

Beimer selbst war sich darüber im Klaren, dass er nicht nur wegen seiner Arbeit hier war oder um Dagobert einen Gefallen zu tun, sondern vor allem wegen Annika. Der war Dagoberts Zögern nicht entgangen, und es kam ihr jetzt zum ersten Mal in den Sinn, dass Beimer sie vielleicht mochte und er ihretwegen dieses «Opfer» gebracht hatte. Sie konnte der Versuchung nicht widerstehen, ihn ein bisschen zu ärgern, und meinte:

«Das ist ja wirklich wahnsinnig nett von Ihnen. Ist das bei der Polizei so üblich, oder ist das eine Sonderbehandlung bei Einsätzen im Krankenhaus? Also ich hab solche Geburtstagsgeschenke hier noch nie bekommen. Wirklich nobel.»

Beimer lächelte hilflos in ihre Richtung und stammelte: «Nö, das ist natürlich nicht immer so. Aber ich dachte … ich mein … also am Geburtstag eine Nachtschicht, das ist ja nicht so doll, und wenn ich ja sowieso hier bin …»

Annika ersparte ihm weitere Erklärungsversuche, indem sie fragte: «Wie geht es eigentlich Swedlana?»

Beimer war heilfroh, das Thema wechseln zu können, und antwortete: «Der geht es mehr als gut. Sie ist vor etwa drei Stunden mit Bolte nach Hause gefahren.»

«Na Gott sei Dank», sagte Annika seufzend. Dann stand sie auf, stellte ihren Teller auf den von Dagobert und verkündete: «Gut, jetzt muss ich erst mal meinen Rundgang machen, aber danach hab ich Zeit für Sie.»

Sie zeigte ihm, wo er Essbares und Getränke finden konnte, aber Beimer war mit Kaffee und Kuchen vollauf zufrieden. Dann machte sie sich auf den Weg zu Herrn Schranz. Als sie die Tür öffnete, erschrak sie ein wenig, weil Schlincke, der Dienst habende Arzt, unerwartet neben Schranz' Bett stand.

Schlincke schien froh zu sein, dass sie gerade in diesem Moment aufgetaucht war.

«Hallo, Frau Meinke. Könnten Sie mir vielleicht eben helfen? Die Kanüle müsste gesäubert werden, und außerdem braucht Herr Schranz eine neue Braunüle. Wenn Sie eben die Sachen holen würden, dann kann ich hier mit der Trachealkanüle weitermachen.»

«Ja, klar», murmelte Annika und verschwand.

Sie wunderte sich ein wenig, denn die Kanüle war erst vor zwei Stunden gesäubert worden. Dann fiel ihr aber ein, dass Gerd bei der Übergabe erwähnt hatte, dass er die Kanüle heute häufiger als sonst säubern musste. ‹Mensch›, dachte Annika, ‹hoffentlich werd ich jetzt nicht paranoid und seh überall Gespenster.›

Nach dem Desinfektionsmittel musste sie etwas länger suchen, aber dann ging sie mit den Utensilien zurück in Schranz' Zimmer. Schlincke war gerade dabei, die Trachealkanüle einzusetzen. Behutsam steckte er sie in das Stoma, ein etwa zehn Millimeter großes Loch im Hals, und zwar unterhalb der Stelle, wo früher der Kehlkopf gewesen war. Annika trat an die andere Seite des Bettes.

«Sie müssen nicht hier bleiben», sagte Schlincke, während er die alte Braunüle an Schranz' Unterarm entfernte.

«Kein Problem», winkte Annika ab. «Im Moment ist wenig zu tun. Außerdem wollte ich gerade sowieso zu Herrn Schranz.» Dann sagte sie in dessen Richtung: «Wir haben uns ja heute noch gar nicht gesehen, nicht wahr?»

Annika hatte das Gefühl, Schranz aufheitern zu müssen. Außerdem wusste sie, dass es gar nicht leicht war, bei ihm eine Vene zu finden. Der arme Mann war schon völlig zerstochen. Die Haut an beiden Armen schillerte vor lauter Blutergüssen in mehreren Farben. Annika war sich oft nicht sicher, ob es den Patienten half, wenn jemand vom Pflegepersonal in solchen Situationen dabei war. Sie hielt seine Hand, was ihn einen Moment lang von Schlincke ablenkte. Der fand glücklicherweise schnell eine Vene. Dann verpflasterte er die Nadel und stöpselte die Infusion an, die Annika mitgebracht hatte.

«Okay, Herr Schranz, das wär's», sagte er zu ihm und verabschiedete sich dann. Annika wollte sich auch wieder auf den Weg machen, als Schranz sie am Ärmel zupfte. Er deutete auf die Infusion und machte ein fragendes Gesicht.

«Wollen Sie wissen, warum Sie die bekommen?»

Er schüttelte den Kopf.

«Nein, das hatte ich Ihnen ja auch gestern schon erklärt», sagte sie, mehr zu sich selbst.

Annika dachte darüber nach, was er wohl meinen konnte. Sie wollte nicht gleich zum Schreibblock greifen, weil Schranz mehr als einmal deutlich gemacht hatte, dass ihn das Schreiben frustrierte. Er zeigte wiederholt zur Infusion und schüttelte dabei den Kopf.

«Ach, Sie wollen die Infusion gar nicht mehr?», verstand Annika.

Schranz nickte ihr zu. Annika erklärte ihm, dass er wesentlich mehr trinken müsse als bisher, wenn man auf Infusionen verzichten wollte. Schranz flehte sie weiter mit den Augen an, und Annika schlug einen Kompromiss vor. Im Moment jedenfalls war er auf die Infusion dringend angewiesen.

«Wir können es ja so machen, dass wir diese Flasche noch durchlaufen lassen, und morgen spreche ich dann mit Doktor Mezger. In Ordnung?»

Schranz zuckte hilflos ein wenig mit den Schultern und nickte dann zweimal zustimmend. Bevor sie das Zimmer verließ, befestigte sie die Klingelschnur so, dass er sie leichter erreichen konnte. Als sie die Zimmertür hinter sich schloss, sah sie Kowalski auf einem Stuhl gegenüber dem Stationszimmer sitzen. Annika ging zu ihm.

«Na, sind Sie erschöpft vom Laufen?», erkundigte sie sich vorsichtig.

«Nö, ich wollte nur fragen, ob ich vielleicht jetzt schon einen Tee haben könnte?»

«Klar, kein Problem», versprach Annika. «Wo soll ich ihn denn hinbringen?»

«In den Aufenthaltsraum», antwortete Kowalski und fragte, ohne sie anzusehen: «Ist heute eigentlich wieder etwas passiert?»

«Passiert?»

«Ja, da ist doch der Mann von der Kripo in Ihrem Dienstzimmer, der letztens schon mal da gewesen ist, oder?»

«Ach, der Herr Beimer. Nein, da müssen Sie sich keine Sorgen machen», erwiderte Annika und gab sich Mühe, beruhigend zu wirken. «Er wollte nur etwas mit mir besprechen. Passiert ist überhaupt nichts. Sie können ganz beruhigt schlafen.»

«Na, dann will ich das mal tun», entgegnete Kowalski müde und trottete zum Aufenthaltsraum.

Annika brühte den versprochenen Tee auf, brachte ihn zu Kowalski und setzte dann ihren Rundgang fort. Nach etwa zwanzig Minuten war sie mit ihrer Arbeit fertig und setzte sich zu Beimer, der zu ihrem Erstaunen frischen Kaffee gekocht und weitere Stücke von Dagoberts Kuchen abgeschnitten hatte.

«Ich wusste gar nicht, dass der Bursche so gut backen kann», schwärmte er, während er sich gerade sein drittes Stück vornahm.

«Ja, ich fürchte, ich habe ihn auch verkannt», sagte Annika.

«Sie meinen, Sie haben ihn für einfältig und langweilig gehalten», entgegnete Beimer.

«Ja, so ungefähr», erwiderte sie verwundert. «Woher wissen Sie das? Hat er was darüber gesagt?»

«Nein, das nicht. Aber die meisten Leute, die ihn nicht kennen, denken so. Deshalb unterschätzt man ihn gern, und das kann hin und wieder ganz nützlich sein. Wir nennen das unter uns den Columbo-Effekt – Sie wissen schon: Columbo, der verknitterte Typ aus der Krimi-Serie, den immer alle Täter für einen Schluffi halten. Dagobert gehört zu unseren Besten, und so viele gibt es davon nicht. Seine Beobachtungsgabe ist hervorragend.»

Annika fühlte sich ertappt und peinlich berührt, dass sie wie alle anderen nicht genau hingesehen hatte. Wenn sie bloß daran dachte, wie sie sich auf dem Flur postiert hatte. Bestimmt hatte Dagobert alles haarklein Beimer erzählt. ‹Gut denn, zu spät, da kann man nichts mehr machen›, sagte sie sich und wechselte das Thema:

«Worüber wollten Sie eigentlich mit mir reden?»

«Ich dachte, ich könnte mit Ihnen gemeinsam noch mal die Umstände der Todesfälle durchgehen. Irgendwie kann ich mir nicht helfen: Ich hab den Eindruck, dass es da etwas gibt, was ich noch nicht berücksichtigt habe.»

«Einverstanden», sagte Annika nickend und dachte einen Moment nach. «Mir will einfach nicht aus dem Kopf gehen, dass – wer auch immer das gemacht hat – Fachkenntnisse haben musste. Das war mir zuerst gar nicht aufgefallen, aber da kommt schon einiges zusammen: Der Mörder musste Ampullen benutzen können, er musste die Wirkungsweise der Medikamente kennen, Spritzen aufziehen können, eine Infusion bedienen können und so weiter.»

«Wieso eine Infusion bedienen?», unterbrach Beimer.

«Na ja, bei *der* Menge Flüssigkeit, die er in die Infusion gespritzt hat, musste man vorher dafür Flüssigkeit aus der Flasche entfernen.»

Beimer legte seine Stirn in Falten und ergänzte: «Und für alles blieben höchstens zehn Minuten Zeit. Also war die Spritze doch wahrscheinlich schon vorher aufgezogen, oder?»

Annika machte eine ablehnende Geste: «Das glaube ich nicht, weil er dann nämlich eine neue Fünfzig-Milliliter-Spritze benötigt hätte. Aber vielleicht hat er sie ja dieses Mal besser versteckt.»

«Gibt es einen Patienten, der das kann? Ich meine, mit Spritzen und so umgehen können. Bei unserer Befragung hat sich jedenfalls in der Richtung nichts ergeben.»

Annika schüttelte den Kopf und dachte wieder an Schlincke, der plötzlich unerwartet in Schranz' Zimmer aufgetaucht war. Wieso hatte sie ihn eigentlich gar nicht gefragt, was er gewollt hatte? Statt Schlincke zu erwähnen, berichtete Annika, wie sie das Buch über Insulin und den Zettel darin in Dohles Nachtschrank entdeckt hatte.

«Das ist tatsächlich merkwürdig», murmelte Beimer. «Schließlich ist das doch der aufwändigste Weg, sich über Diabetes zu informieren. Und wieso geht es dann gleich um Überdosierung? Ich meine, seine Frau wird doch gerade erst damit behandelt, und die werden sie wohl kaum gleich zu Anfang überdosiert haben, oder? Und wann haben Sie das Buch gefunden? Gestern?»

«Nein, schon vor ein paar Tagen. Ich glaube am letzten Mittwoch.»

«Letzten Mittwoch?» Beimer konnte nicht verbergen, dass er sich darüber ärgerte. «Aber das war ja einen Tag nach Engkhoffs Tod. Warum haben Sie mir nicht Bescheid gesagt?»

«Ich hab's nicht für so wichtig gehalten», gestand Annika schuldbewusst. «Und schließlich hatte er doch eine plausible Erklärung. Aber davon mal ganz abgesehen: Ihre Leute haben doch am Abend zuvor das Zimmer untersucht. Da hätten sie das Buch doch finden müssen, oder nicht?»

Hier musste Beimer ihr zustimmen. «Aber vielleicht hat er sich das Buch erst am Tag danach ausgeliehen, und der Zettel war gar nicht von Dohle. Den hat vielleicht jemand da reingelegt, der das Buch vorher ausgeliehen hat», wandte er ein.

«Nö, mir hat er gesagt, dass er es schon ein paar Tage lang hatte. Und eigentlich wollte er das längst zurückgebracht haben.»

«Könnten wir nicht einfach kurz mit Dohle sprechen? Dann können wir uns die ganze Raterei sparen», schlug Beimer vor.

«Ich seh mal nach, ob er noch wach ist», entgegnete Annika und wäre auf dem Flur fast mit Dohle zusammengestoßen.

«Herr Dohle, gut dass ich Sie hier treffe. Könnten Sie vielleicht für ein paar Minuten ins Stationszimmer kommen?»

«Ja, ich wollte Sie sowieso grad fragen, ob ich eine Kopfschmerztablette haben könnte. Das ist nämlich gar nicht besser geworden.»

«Ja, natürlich. Setzen Sie sich, ich geb Ihnen eine.» Annika reichte ihm die Tablette und ein Glas Wasser und setzte sich ebenfalls an den Tisch.

«Herrn Beimer kennen Sie ja?»

Dohle nahm die Tablette, trank das Wasser in einem Zug aus und nickte: «Ja. Von letzter Woche, ne?»

«Genau», bestätigte Beimer. «Herr Dohle, haben Sie eigentlich noch das Buch über Insulin?»

«Nee, das habe ich wieder abgegeben. Das war nicht so toll. Viel zu kompliziert und hochgestochen geschrieben. Wieso?»

Beimer ignorierte seine Frage: «Haben Sie eigentlich zum Lesen ein Lesezeichen gebraucht oder so etwas in der Art?»

«Nee, ich benutze immer die Umschlagseiten, wenn's welche gibt. Warum wollen Sie das denn wissen?», fragte Dohle.

«Ach, ich hatte da so eine Idee, und der gehen wir jetzt nach», antwortete Beimer ausweichend.

«Aha», machte Dohle, als sei ihm jetzt alles völlig klar, und wartete auf weitere Fragen.

«Ich danke Ihnen, dass Sie uns geholfen haben, Herr Dohle», beschloss Beimer das kleine Interview. Dohle stand unter leichtem Stöhnen vom Tisch auf – seine Kopfschmerzen schienen ihm heftig zuzusetzen. Er warf Beimer einen undefinierbaren Blick zu und verabschiedete sich. Annika und Beimer wünschten ihm eine gute Nacht.

«Tja, das war ja dann wohl nicht so der Hit, oder? Ich mein, jetzt wissen wir doch nicht mehr als vorher», sagte Annika, bereute ihre Bemerkung aber sofort, als sie Beimers giftigen Blick sah.

Sonntag, 17. November

Annika war frisch geduscht und bereitete nun mit Genuss eine Kanne Kaffee auf die altmodische Art zu. Während der letzte Schwall heißen Wassers durch den Filter tröpfelte, nahm Annika ihre Lieblingstasse aus dem Schrank und stellte noch Zucker und Milch mit auf den Couchtisch. Manchmal, wenn sie in der passenden Stimmung war, rauchte sie zu frischem Kaffee ein oder zwei Zigarillos, allerdings ausschließlich Havannas. Sie hatte dazu immer eine Packung der Marke Montecristo in einem kleinen Humidor, um für diesen Fall gerüstet zu sein. Sie goss sich Kaffee ein, nahm sich ein Zigarillo und schnupperte, um die Duftmischung aus Kaffee und Tabakrauch genießen zu können. ‹Alles andere als gesund›, dachte sie sich, ‹aber ab und zu wirklich unglaublich gut.›

Nach einer weiteren Tasse Kaffee und mit dem zweiten Zigarillo in der Hand wählte sie Tinas Nummer. Sie wollte schon fast wieder auflegen, als sie leise eine müde Stimme vernahm: «Beier.»

«Ja, ich bin's», antwortete Annika mit dem grellen Schwung, den nur ausgeschlafene Nachtwachen um diese Uhrzeit verbreiten konnten. Kaum jemand war um diese Zeit wohl so wach wie sie. «Ich habe dich doch hoffentlich nicht geweckt?»

«Haha, sehr witzig», brummelte Tina. «Wie spät ist es eigentlich?»

«Halb fünf», antwortete Annika.

«Halb fünf! Ach du liebes bisschen!»

«Soll ich später noch mal anrufen?», erkundigte sich Annika vorsichtig.

«Nö, jetzt will ich auch wissen, was los ist. Gib mir ein paar Minuten, dann bin ich wieder voll da. Ich mach mir dabei Kaffee, also wunder dich nicht über die Geräusche. Du kannst mich währenddessen ja wach quatschen.»

«Einverstanden. Rat mal, wer aus der Untersuchungshaft raus ist?»

Tina brauchte eine Zeit lang, um zu begreifen, aber dann wusste sie, worum es ging:

«Ich hatte Recht? Swedlana hat was mit einem Arzt?», fragte Tina aufgeregt.

Annika erzählte Tina Punkt für Punkt, was sich inzwischen abgespielt hatte und wie Swedlana schließlich nachgeben musste. Tina zeigte sich voll und ganz begeistert. Sie hatte schon immer eine Vorliebe für Beziehungsdramatik, vorausgesetzt die Sache nahm ein gutes Ende. Allerdings nahmen in Tinas Fantasie solche Geschichten immer ein gutes Ende. Andere Möglichkeiten ignorierte sie einfach – ein Optimismus, der ihr in eigenen Liebesdingen völlig abhanden zu kommen schien.

Sie unterhielten sich noch eine Zeit lang über ihre letzten Arbeitstage, und als Annika den Hörer auflegte, stellte sie mit Entsetzen fest, dass es schon halb sieben war. Sie hatten tatsächlich zwei Stunden lang telefoniert.

‹Wahnsinn›, dachte Annika nicht zum ersten Mal nach einem solchen Telefonat, obwohl sie Telefonieren eigentlich überhaupt nicht mochte. ‹In der Zeit hätte ich auch zu ihr rüberfahren können.›

*

«Ja, und Kowalski soll übermorgen, also am 19., operiert werden.» Magdalene musste die Übergabe heute allein machen. Sie hatte Mechthild und Simone schon vor einer Stunde nach Hause geschickt, weil wenig zu tun war. Auf diese Weise konnten zumindest ein paar Überstunden abgebaut werden. Das war eine der wenigen positiven Auswirkungen der momentan schwachen Auslastung, die seit den ungeklärten Todesfällen täglich gesunken war. Fast alle hatten mehr als fünfzig Überstunden aufgehäuft, und bisher war es kaum möglich gewesen, entsprechenden Freizeitausgleich zu schaffen.

«Und wie geht's ihm?», erkundigte sich Annika.

«Unverändert», antwortete Magdalene knapp. Man merkte ihr deutlich an, dass sie schnell nach Hause wollte. Verständlich, wenn man berücksichtigte, dass sie am nächsten Morgen um sechs Uhr schon wieder auf der Station sein sollte. Annika fragte nicht weiter nach; sie konnte ja gleich selber mit Kowalski reden.

Magdalene fuhr fort. «Dohle: war auch nichts Besonderes. Der wird morgen entlassen. Und in 20, 21 und 23 ist alles unverändert wie gestern», fasste sie für die letzten drei Zimmer zusammen.

«Okay, ihr zwei.» Magdalene erhob sich ächzend von ihrem Stuhl. «Ich wünsche euch eine ruhige Nacht. Bis morgen früh dann», verabschiedete sie sich von Dagobert und Annika und verschwand im Umkleideraum. Obwohl nicht allzu viel für sie zu tun war, beeilte sich Annika mit ihrem Rundgang, um später genug Zeit für Klaus zu haben. Sie war erst seit fünf Minuten wieder im Dienstzimmer, als er hereinkam. Er trug drei gigantische Pizzakartons auf seinem Arm, und binnen weniger Sekunden breitete sich der Duft von Oregano und geschmortem Knoblauch im Raum aus.

«Du kommst keine Sekunde zu früh», flötete Annika, der schon seit Stunden der Magen knurrte. «Ich hab einen wahnsinnigen Hunger.»

«Dann sind das ja genau die richtigen Portionen. Das ist eine neue Größe, hab ich vorher noch nie gesehen. Aber den Namen weiß ich nicht mehr.»

«Das ist mir scheißegal», verkündete Annika, «die ess ich unter jeder Bezeichnung. Her damit».

Der Pizzaduft musste ihre Sinne eingenebelt haben, denn sie vergaß völlig, Klaus und Dagobert einander vorzustellen.

Klaus schien das nicht weiter zu stören. Er stellte die Kartons ab, drehte sich zu Dagobert und begrüßte ihn: «Hi Dagobert.»

«Ihr kennt euch?», fragte Annika verwundert, während sie ihre frisch gewaschenen Hände in die Pizza grub.

Klaus erklärte: «Nein, eigentlich nicht, aber ich hab vorhin die Pizzabestellung aufgenommen, und da haben wir festgestellt, dass wir beide haargenau denselben Geschmack haben.»

«Aha, auch gut. Dann mal guten Appetit, Leute», sagte Annika und machte sich weiter über ihre Pizza her. Eine halbe Stunde später saßen alle mit fettbeschmierten Fingern und vollen Bäuchen auf ihren Stühlen. Ihre Unterhaltung plätscherte noch ein paar Minuten dahin, bis Dagobert sich vom Tisch erhob.

«Ich bring die Sachen mal in die Küche, und dann vertret ich mir auf dem Flur ein bisschen die Beine.»

«Mach das», murmelte Annika. Es war ihr ganz recht, allein mit Klaus reden zu können.

Als Dagobert das Zimmer verlassen hatte, fragte Klaus: «Hast du was Neues erfahren?»

«Absolut nichts. Alle sind genauso weit wie am Anfang.» Annika machte eine kurze Pause. «Kennst du eigentlich Schlincke genauer?»

«Schlincke? Du meinst den Stationsarzt von der 42?» Klaus sah sie verwundert an.

Annika erzählte Klaus von ihrer gestrigen Begegnung mit ihm. Der sah sie zweifelnd an.

«Wenn Mezger ihm erzählt hat, dass es Schranz schlecht geht und er deshalb nach ihm sieht, dann finde ich das doch ziemlich plausibel. Du nicht?»

«Ja, schon», gab Annika zu. «Aber Schlincke ist bisher noch nie einfach so auf die Station gekommen. Der hat sich immer damit begnügt, anzurufen. Deshalb hab ich mich auch so erschrocken, als er plötzlich bei Schranz im Zimmer war, ohne vorher Bescheid zu sagen.»

Klaus wurde nachdenklich. Dann sagte er: «Weißt du, was komisch ist? Kowalski scheint Schlincke ganz gut zu kennen. Er hat mir gegenüber nämlich mehrmals gesagt, dass der doch ein unwahrscheinlich einfühlsamer Arzt wäre. Außerdem hat Schlincke ihm wohl versprochen, dass man alles tun werde, damit er nicht leiden müsse, wenn es ernst wird.» Klaus sah Annika einen kurzen Moment schweigend an. Dann fuhr er fort:

«Andererseits: Wieso sollte er Kowalski nicht Mut machen und sich ein bisschen um ihn kümmern?»

«Auch wieder wahr», seufzte Annika und setzte für sich zusammen, was sie in den letzten Tagen von Kowalski mitbekommen hatte. Dann fragte sie Klaus:

«Hältst du es für denkbar, dass Kowalski sich umbringen wird?»

Klaus schien die Frage nicht zu überraschen. «Ich hab keine Ahnung. Er ist nach wie vor sehr verschlossen. Irgendetwas wollte er mir heute Mittag noch sagen, bevor er wieder gegangen ist. Er war für ein halbes Stündchen bei mir im Büro. Aber dann hat er sich's im letzten Moment anders überlegt. Ich denke, du solltest ein Auge auf ihn haben.»

Annika erhob sich. Der Wortwechsel hatte ihre Unruhe verstärkt, und sie wollte jetzt unbedingt wieder nach den Patienten sehen.

«Ich muss jetzt wieder meinen Rundgang machen», sagte sie. «Bleibst du noch hier?»

Eigentlich wollte Klaus gegen Mitternacht zu Hause sein. Im Fernsehen liefen heute *Die Marx-Brothers in der Oper,* und darauf hatte er schon lange gewartet. Aber Annikas

Frage klang so bittend, dass er es nicht übers Herz brachte zu gehen.

«Klar. Ich hatte doch noch gar keine Zeit, Dagobert kennen zu lernen», antwortete er grinsend.

Annika verdrehte ihre Augen. «Soll ich dich über ihn aufklären, oder möchtest du's lieber nicht wissen?»

«Vielleicht weiß ich ja mehr als du», tat Klaus geheimnisvoll.

Mit gerunzelter Stirn verließ sie das Stationszimmer. Sie sah Dagobert neben dem vorderen Pflegearbeitsraum stehen und ging zu ihm.

«Und, alles ruhig?», fragte sie etwas scherzhaft.

«Ja, fast zu ruhig», antwortete Dagobert ernst.

«Wie meinst du das denn?»

«Na ja, in den letzten Tagen hat man aus den Zimmern immer noch irgendwelche Geräusche gehört, ab und an ist ein Patient über den Flur gelaufen, oder jemand hat noch Fernsehen geguckt. Aber heute – gar nichts. Nicht mal Dohle und Kowalski sitzen wie üblich vor dem Fernseher im Aufenthaltsraum.»

«Ja, wirklich komisch», stimmte Annika zu. «Aber Kowalski geht es auch nicht so gut. Der hat nicht mehr so viel Kraft für nächtliche Ausflüge. Ich werd mal nach ihm sehen.»

Damit drehte sie sich um und ging mit gemischten Gefühlen in Richtung Zimmer 19. ‹Was soll schon passiert sein?›, dachte sie und versuchte, sich zu beruhigen. Vorhin hatte sie Kowalski noch gesehen und danach war Dagobert die ganze Zeit draußen gewesen. Wie hätte da jemand unerkannt in eines der Patientenzimmer kommen können?

Vorsichtig öffnete sie die Zimmertür. Durch den Türspalt fiel Licht, und sie hörte leise Radiomusik. Als sie die Tür weiter öffnete, erkannte sie Kowalski, der bekleidet auf dem Bett lag und dabei in einer der zahlreichen Gartenzeitschriften blätterte, die sich mittlerweile auf seinem Nachttisch angesammelt hatten.

«Na, noch nicht müde?», sprach Annika ihn an.

«Nee, überhaupt nicht. Ich hab heute Nachmittag etwas geschlafen», antwortete er und blätterte weiter in seiner Zeitschrift.

«Und Herr Dohle? Noch beim Fernsehen?», versuchte Annika, das Gespräch in Gang zu halten.

«Nein, ich glaub, der wollte jemanden auf der Nachbarstation besuchen.»

Kowalski sprach, ohne aufzublicken, und auch wenn Klaus Annika des Öfteren versichert hatte, dass Kowalski Kontakt zu anderen suche, dann war das in ihrem Fall ganz offensichtlich nicht so. Sie fragte ihn wie immer, ob sie ihm noch etwas bringen könne und wünschte ihm schließlich eine gute Nacht. Auf dem Flur unterhielt sie sich noch kurz mit Dohle, der soeben wieder eingetroffen war. Er freute sich schon sehr darauf, morgen nach Hause zu kommen.

Zehn Minuten später konnte sich Annika beruhigt sagen, dass alle Patienten schlafend oder zumindest lebend in ihren Betten lagen. Weil Dagobert und Klaus gerade eine anregende Diskussion führten, als Annika das Stationszimmer betrat, nahm sie sich nur ihre Strickjacke und setzte sich wieder mit einem Stuhl auf ihren Beobachtungsposten. Sie hatte sich ein Buch mitgenommen, das keine große Konzentration verlangte, und gab sich der Vorstellung hin, dass im Moment einfach nichts passieren konnte. Dennoch blieb ein ungutes Gefühl zurück, das sie auch nicht ganz loswerden konnte, als sie am frühen Morgen in ihre Kissen sank.

Montag, 18. November

Annika kaute lustlos an ihrem Sesambrötchen, das sie sich morgens auf dem Weg vom Krankenhaus nach Hause gekauft hatte. Schon um zwei Uhr nachmittags war sie aus einem schlechten Traum aufgewacht und hatte danach nicht mehr einschlafen können. Jetzt war es halb vier, und sie fühlte sich unausgeschlafen und verspannt. Hin und wieder schellte das Telefon, aber sie hatte es einfach ignoriert. Schließlich gab es den Anrufbeantworter. Bisher allerdings konnte sie nicht die Energie aufbringen, ihn abzuhören.

Eigentlich wollte sie gemütlich ihr nachmittägliches Frühstück mit ausgedehnter Zeitungslektüre genießen, bevor um sechs Uhr ein Besuch bei ihren Eltern anstand – ihr Vater hatte Geburtstag. Stattdessen lag die Zeitung zusammengefaltet und unbeachtet auf dem Couchtisch, während sie in Gedanken versunken die Bilder verfolgte, die sich ihr in einem Zustand zwischen Wachsein und Träumen zeigten.

Schon wieder klingelte das Telefon, und jetzt – nicht zuletzt, um die Kette trüber Gedanken zu unterbrechen – gab sie nach. Schwerfällig stand sie auf und nahm das Telefon aus der Ladestation. Wie ein Weckruf quiekte die Stimme ihrer Mutter mit Festtags-Lautstärke:

«Hallo, Annilein. Schön, dass du schon wach bist. Ähm, ich suche verzweifelt unseren Raclette-Grill. Kann es sein, dass du den noch hast?»

«Ja, der ist noch hier», gab Annika ergeben Auskunft.

«Gut, dann kann ich mir ja die Suche sparen. Bringst du ihn gleich mit?» Ohne Annikas Antwort abzuwarten, setzte sie hinzu: «Komm doch ein bisschen früher. Dein Vater würde sich sehr freuen. Und ich natürlich auch.»

Annika war ganz und gar nicht in der Stimmung dazu, und sie suchte verzweifelt nach Gründen und Ausreden. Sie hatte aber nicht die Kraft für lange Diskussionen und fand es unkomplizierter, einfach Ja zu sagen. Sollte ihre Mutter heute eben ihren Willen bekommen, auch wenn *sie* nicht Geburtstag hatte.

«Okay, ich bin gleich da», versprach sie und beendete das Telefonat. Sie packte ihre Utensilien für die Nachtschicht zusammen und machte sich auf den Weg zu ihren Eltern. Als sie gerade ins Auto steigen wollte, fiel ihr im letzten Moment ein, dass sie die Geschenke vergessen hatte. Sie fluchte kurz und rannte zurück in die Wohnung. Wenige Minuten später saß sie im Auto und machte sich auf den Weg zum Haus ihrer Eltern.

*

Hauke Meinke und sein Zwillingsbruder Edi saßen im Wintergarten des zweistöckigen, großzügig aufgeteilten Einfamilienhauses der Meinkes. Sie hatten die Tür zum anschließenden Wohnzimmer geschlossen, um dem Lärm eine Zeit lang zu entgehen.

«Warum sagen wir Mechthild eigentlich nicht endlich mal, dass wir diesen Trubel an unserem Geburtstag gar nicht mögen?», sagte Edi und schüttelte verständnislos den Kopf. Selbst durch die geschlossene Tür konnten sie hören, wie ihre Frauen in der Küche werkelten. Wie in jedem Jahr bereiteten sie ein großes Büfett für den Abend vor, zu dem etwa fünfzig Personen erwartet wurden.

«Das hab ich schon mehr als einmal versucht», antwortete Hauke auf die Frage seines Bruders. «Aber sie ignoriert es einfach. Außerdem macht es ihr Spaß.»

«Ja, ihr vielleicht, aber Hanna ist langsam etwas genervt.»

Edis Frau Hanna arbeitete in einer großen Anwaltspraxis als Rechtsanwaltsgehilfin. Überstunden waren an der Tagesordnung, und ihre knapp bemessene Freizeit verbrachte sie gerne in Ruhe mit ihrem Mann.

«Warum sagt Hanna nicht einfach, dass sie keine Zeit hat?», schlug Hauke vor.

«Witzbold», sagte Edi lachend. «Wer es schafft, Mechthild von einem ihrer Vorhaben abzubringen, kriegt den ersten Preis.»

Hauke seufzte. Er wusste, dass sein Bruder Recht hatte. Aber was sollte er tun? Die beiden saßen sich wortlos gegenüber und genossen einen unerwarteten Augenblick der Stille. Plötzlich rummste es heftig. Die beiden brauchten ein paar Sekunden, um zu begreifen, dass im Raum über ihnen nicht etwa ein Schrank umgefallen war, sondern dass Thomas, der zwanzigjährige Sohn der Meinkes, seine Stereo-Anlage in Betrieb gesetzt hatte. Das war Hauke nun aber doch zu viel.

«Bin sofort wieder da», sagte er gepresst und machte sich auf den Weg in die obere Etage. Angesichts der Tatsache, dass sein Vater heute Geburtstag hatte, gab sich Thomas überraschend nachgiebig. Bevor es zum Streit kam, war die Musik abgestellt. Hauke wollte gerade etwas zu Thomas sagen, als es an der Haustüre klingelte.

«Für dich, Väterchen», flötete Thomas grinsend.

Vater Meinke ersparte sich und seinem Sohn ihre übliche Diskussion über die fließende Grenze zwischen Musik und Lärm. Er ging nach unten, um seine Tochter zu begrüßen, deren Stimme er schon von oben erkannt hatte.

«Hallo Alterchen.» Sie gab ihm einen Kuss auf die Wange und überreichte ihm mit spitzen Fingern ihr Geschenk. «Alles Liebe zum Geburtstag.»

«Danke, Annika», sagte er gerührt, und bevor man sie in die Küche schleifen konnte, nahm er sie mit sich in den Wintergarten: «Komm mit, Edi ist auch schon da.»

Annika begrüßte freudig ihren Onkel, gab auch ihm ein Geschenk und fragte übergangslos: «Sag mal, könntest du dir vielleicht gleich mal kurz den Wagen ansehen? Der gibt so komische Geräusche von sich.»

Die beiden Brüder konnten kaum gegensätzlicher sein. Während Annikas Vater der klassische Intellektuelle war, der beim Auswechseln einer Glühbirne fremde Hilfe brauchte, war Edi als Autoschlossermeister ein handwerkliches Naturtalent. Zwar hatte man in der Familie einen gewissen Respekt vor Haukes akademischen Leistungen, aber Edi schaffte es immer wieder, dass sein Bruder sich angesichts fehlender handwerklicher Fähigkeiten wie ein kleiner Idiot fühlte. Dieses Spiel spielten sie schon seit vielen Jahren, und alle spielten mit. Das letzte Kapitel in diesem Stück war die feierliche Übergabe des frisch restaurierten Oldtimers an Annika, bei der Hauke mit gemischten Gefühlen zugesehen hatte.

«Komische Geräusche? Dann lass uns mal nachsehen, ob wir noch was machen können, oder ob wir den Abdekker holen müssen», meinte Edi gut gelaunt. «Oder wie heißen die Typen noch gleich bei euch?»

Annika grinste ihn an und nickte. «Ja, genau so heißen die.»

Auf dem Weg nach draußen gab sie ihm eine kostenlose Lektion über den Unterschied zwischen Autos und Patienten. Sie einigten sich darauf, dass man es in beiden Fällen mit einer wahnsinnig komplizierten Materie zu tun habe und nur die Besten in den entsprechenden Berufen bestehen konnten. Wie sich nach kurzer Untersuchung herausstellte, hatte Annikas Wagen noch Überlebenschancen, und so fuhr sie wenig später in aufgeräumter Stimmung zur Klinik.

*

‹Endlich die letzte Nachtschicht.› Mit diesem Gedanken betrat Annika die Station. Im Stationszimmer saßen Gerd und Mechthild mit ernsten Gesichtern. Dagobert telefonierte leise.

«Ist was passiert?», fragte Annika vorsichtig.

«Nein.» Gerd schüttelte resigniert den Kopf. «Herr Beimer war heute Nachmittag noch mal hier. Er hat sich den ganzen Tag lang auf der Station alles noch mal angesehen, hat uns mit Fragen gelöchert und ist dann frustriert wieder abgezogen. Bombenstimmung hier, kannst du dir ja denken.»

«Und neue Patienten haben wir wahrscheinlich auch nicht bekommen?», vermutete Annika.

Gerd und Mechthild schüttelten wortlos den Kopf. «Dafür hat die Pleines heute Morgen Ulrike vorgerechnet, wie hoch der finanzielle Verlust für die Klinik durch die leer stehenden Betten ist. Als wenn wir was dafür könnten.»

«Das nenne ich Unterstützung», meinte Annika höhnisch. «Wozu sollte das denn gut sein?»

«Ulrike meint, sie hätte gesagt, dass wir uns hier ja wohl gegenseitig auf die Füße treten und dass jemand von uns auf eine andere Station müsste, wenn sich nicht bald was ändert», erklärte Mechthild.

«Wie bitte?» Annika riss die Augen weit auf. «Das kann die doch nicht ernst meinen.»

«Komm, Annika, lass uns mit der Übergabe anfangen. Ich will jetzt nach Hause», meinte Mechthild und nahm sich die Kladden mit den Patientenkurven. «Für heute hab ich die Schnauze gestrichen voll.»

Etwa anderthalb Stunden später, nachdem Annika ihre Routinearbeit erledigt hatte, breitete sie die Skizzen auf dem Tisch im Dienstzimmer aus, die sie zu Hause von der Wand genommen und mit in die Klinik gebracht hatte. Sie überlegte kurz, holte sich den Ordner mit den Bettenbelegplänen und notierte auf einem weiteren Blatt Papier die Namen aller Patienten, die am 1. November auf der Station lagen. Dann kontrollierte sie mithilfe der Listen, wer in den letzten vierzehn Tagen die Station verlassen hatte, und markierte die Namen dieser Personen entsprechend.

Als sie beim Dienstag, dem 12. November, angekommen war, standen nur noch drei Patienten auf ihrer Liste: Frau Rose, Herr Seidel und Herr Kowalski. Sie waren als einzige Patienten während der gesamten infrage kommenden Zeit auf der Station gewesen. Zu diesem Ergebnis war auch Beimer schon gekommen, aber Annika wollte lieber auf Nummer sicher gehen und kontrollierte alles noch einmal. Den Namen Seidel klammerte Annika ein, weil der in der Nacht von Baumanns Tod auf der Intensivstation war. Es ging ihm ja auch zum Zeitpunkt von Thörnphlix' Tod noch so schlecht, dass er nicht allein aufstehen konnte. Blieben noch Frau Rose und Herr Kowalski. Das würde bedeuten: Sollte ein Patient von dieser Station für die Tode verantwortlich sein, dann kamen dafür nur diese beiden infrage.

Annika runzelte ihre Stirn. Dass Frau Rose oder Kowalski etwas mit den Todesfällen zu tun haben könnten, war mehr als unwahrscheinlich. Die beiden waren doch froh, wenn man ihnen nichts antat. Bevor sie weiter darüber nachdenken konnte, kam Dagobert ins Stationszimmer.

«Sag mal, habt ihr hier irgendwas gegen Durchfall?», fragte er verlegen.

«Dir geht's nicht gut, was?», meinte Annika teilnahmsvoll. Erst jetzt fiel ihr auf, wie blass er aussah. «Ist dir auch übel?», erkundigte sie sich besorgt, während sie im Medikamentenschrank nach Imodium-Kapseln suchte.

«Schon, ja, wenigstens ein bisschen», gab er zu, aber Annika hatte den Eindruck, dass es etwas mehr als «ein bisschen» war.

«Vielleicht solltest du besser nach Hause fahren», schlug sie vor.

«Nein, lass mal, bis morgen früh komm ich schon. Keine Sorge.»

Er bemerkte, dass Annika ihn aus den Augenwinkeln beobachtete, als er die zwei Kapseln schluckte, die sie ihm gegeben hatte. Er nahm noch einen Schluck Wasser und sagte:

«Ich setz mich wieder auf den Flur.» Er versuchte zu lächeln, als er hinzufügte: «In die Nähe der Toilette.»

Annika sah ihm nachdenklich hinterher. Dann suchte sie in ihrem Notizbuch nach Beimers Telefonnummer. Schon beim ersten Klingeln meldete er sich, und sie schilderte ihm die Lage. Dann fragte sie ihn:

«Meinen Sie, Sie könnten vielleicht eine Vertretung schicken? Dagobert will zwar unbedingt bis morgen früh durchhalten, aber ich glaube, dass es ihm ziemlich schlecht geht.»

Beimer machte eine kurze Pause. «Gut, ich kümmere mich darum. Meinen Sie, er kann noch etwa eine Stunde aushalten?»

Annika erwiderte knapp: «Ich hoffe es.»

«Ich melde mich so schnell wie möglich», meinte er und verabschiedete sich. Annika legte auf und warf einen Blick auf den Flur. Dagobert saß stocksteif auf seinem Stuhl neben der Toilette. Sie lächelte ihm kurz zu und ging dann wieder zum Tisch, auf dem ihre Unterlagen ausgebreitet lagen. Ihr Blick fiel wieder auf die Namen Rose und Kowalski. Was wusste sie über die beiden? Auf jeden Fall konnte sie über den verschlossenen Kowalski mehr sagen als über die redselige Frau Rose. Sie versuchte, sich jedes auch noch so kleines Detail wieder ins Gedächtnis zu rufen, schrieb alles auf und versuchte, Zusammenhänge herzustellen.

Plötzlich fiel es ihr ein. ‹Verdammt! Dass ich das nicht eher bemerkt habe›, sagte sie zu sich selbst. Sie musste unbedingt Thörnphlix anrufen. Er war der Einzige, der ihr dazu mehr sagen konnte. Nervös blätterte sie im Telefonbuch. ‹Wie hieß er noch mit Vornamen? Michael.› Da war seine Nummer. Sie wählte mit fliegenden Fingern, und als es im Hörer tutete, hoffte sie inständig, dass er ans Telefon gehen würde.

«Thörnphlix», meldete sich jemand nach dem fünften Klingeln am anderen Ende. Fast hätte sie seine Stimme nicht wiedererkannt, so leise und müde sprach er.

«Guten Tag, Herr Thörnphlix. Hier ist noch einmal Annika Meinke.» Stille. – Nach ein paar Sekunden schien Thörnphlix sich an sie zu erinnern.

«Hallo, Frau Meinke. Guten Tag ist gut. Also auf meiner Uhr ist es jetzt halb zwölf durch. Ich war schon fast im Bett. Jetzt bin ich aber gespannt, was es gibt», sagte er nicht ohne ironischen Unterton.

«Bitte entschuldigen Sie, dass ich Sie um die Zeit noch anrufe. Aber ich hab eine wichtige Frage, und ich glaube, dass nur Sie mir die beantworten können. Sie haben mir doch damals erzählt, dass Herr Kowalski, Ihr Schrebergarten-Nachbar, seine Frau gepflegt hat, bevor sie gestorben ist.»

«Ja. Und?», kam es etwas verwundert von Thörnphlix zurück.

«Können Sie sich erinnern, ob er Ihr auch Spritzen gegeben hat?»

«Ja, hat er.»

«Das wissen Sie ganz sicher?», fragte Annika. «Also, ich mein, weil das ja sonst meist vom Pflegedienst oder vom Arzt gemacht wird. Es sei denn, bei den Angehörigen kennt sich jemand aus.»

«Ja, aber Kowalski kannte sich ja aus», erklärte Thörnphlix.

Annika glaubte ihren Ohren nicht zu trauen. «Er kannte sich aus? Aber er hat doch früher bei der Post gearbeitet, wie …»

«Jaha …» unterbrach Thörnphlix sie. «Bevor er bei der Post angefangen hat, hat er als Sanitäter gearbeitet.»

Annika wurde immer aufgeregter, je mehr ihr klar wurde, was das bedeuten konnte.

«Vielen Dank für Ihre Hilfe, Herr Thörnphlix, ich melde mich später noch mal», antwortete sie hastig und legte auf, ohne eine Antwort abzuwarten. Sie ließ einen verwirrten Michael Thörnphlix zurück, der im Schlafanzug im Flur seiner Wohnung stand und den Telefonhörer in der Hand hielt, aus dem jetzt nur noch ein langes Tuten zu hören war. Heute würde er jedenfalls nicht mehr erfahren, was genau man eigentlich von ihm gewollt hatte.

Nachdem sie das Telefonat beendet hatte, starrte Annika einige Minuten wie benommen vor sich hin. Dann schwirrten ihr Bilder, Worte, ja ganze Szenen durch Kopf: Kowalski, der überall zu sein scheint, Kowalski der als Einziger bei allen Todesfällen immer in nächster Nähe war, Kowalski, der auch auf der Nachbarstation anzutreffen war – Kowalski, der in sich gekehrte, etwas schüchterne, von allen bemitleidete schwer kranke Mann. Annikas Gedanken überschlugen sich. Voller Panik und Entsetzen stand sie auf und lief auf den Flur. Dagobert war nirgends zu sehen. Als Nächstes rannte sie in Kowalskis Zimmer, aber auch dort war niemand. ‹Oh mein Gott, er wird doch nicht etwa …›, schoss es ihr durch den Kopf.

Im gleichen Augenblick stürzte sie aus dem Zimmer und lief so schnell sie konnte in das Zimmer von Herrn Schranz. Sie riss die Tür auf, und vor ihr eröffnete sich eine groteske Szene: Schranz lag in seinem Bett, und Kowalski saß rittlings auf ihm. Keuchend drückte er ihm ein Kissen auf den Kopf. Ohne lange nachzudenken, rannte sie los und war mit wenigen Sätzen am Bett. Es kostete sie nur wenig Kraft, den schmächtigen und mittlerweile völlig entkräfteten Mann zu packen und vom Bett zu stoßen. Kowalski hatte sich in das Kissen verkrallt, und jetzt lag er zusammengekrümmt auf dem Boden, hielt das Kissen vor sein Gesicht und schluchzte hemmungslos. Annika musste sich gewaltsam von diesem Bild lösen, um sich um Schranz kümmern zu können. Sie sah sofort, dass die Trachealkanüle nicht mehr an ihrem Platz war. Schranz bekam kaum noch Luft. Sie blickte suchend umher, und erst jetzt kam sie auf die Idee, um Hilfe zu rufen. Sie schrie aus Leibeskräften, bis sie die Kanüle auf dem Boden liegen sah. Schnell hob sie das Röhrchen auf und versuchte, so behutsam ihr das mit zittrigen Händen möglich war, es wieder in das Stoma einzuführen. Als ihr das im zweiten Anlauf gelang, stellte sie den Sauerstoff an und beobachtete die Reaktion ihres Patienten. In diesem Moment stürzte Dagobert ins Zimmer. Er blieb zunächst unschlüssig in der Mitte des Raumes stehen und sah entgeistert auf das seltsame Bild, das sich ihm bot.

«Kowalski hat versucht, ihn zu ersticken», sagte Annika hastig.

Dagobert wollte sich gerade in Bewegung setzen, den jetzt nur noch leise wimmernden alten Mann aufzuheben, als Annika entschlossen sagte:

«Um den können wir uns später kümmern. Drück den Alarmknopf, schnell.»

Dagobert schien die Situation in Sekundenschnelle zu begreifen. Er drückte die Alarmtaste der Rufanlage neben der Tür, und wenig später war schon das Notfallteam auf der Station. Vielleicht wäre das gar nicht nötig gewesen, denn Schranz atmete jetzt schon wieder fast gleichmäßig. Dennoch wollte Annika kein Risiko eingehen. Nicht noch einmal. Kurz darauf erschien Schlincke und kümmerte sich um Schranz, sodass Annika erst einmal aus dem Zimmer gehen konnte. Sie lehnte sich an die Wand neben der Zimmertür, schloss die Augen und versuchte, das Zittern ihrer Hände unter Kontrolle zu bekommen. Jetzt erst merkte sie, wie wackelig sie sich fühlte. Sie ging ins Bad, spritzte sich Wasser ins Gesicht und unterdrückte den drängenden Impuls, einfach loszuheulen. Nach ein paar Minuten kam sie wieder aus dem Bad, und hörte, wie aus dem Stationszimmer lautes Klagen und Weinen auf den Flur drang.

Dort saßen Klaus, Kowalski und Dagobert am Tisch. Klaus redete mit ruhiger Stimme auf Kowalski ein, und Dagobert telefonierte gerade. ‹Klaus? Wo kommt der jetzt um diese Zeit her?›, ging es ihr kurz durch den Kopf. Auf der anderen Seite war ihr das eigentlich völlig egal. Wichtig war, dass sie jetzt nicht allein war. Erst als sie in das Stationszimmer hineinging, konnte sie Beimer erkennen, der in der hinteren rechten Ecke des Zimmers stand und nachdenklich zusah, wie Klaus versuchte, Kowalski zu beruhigen. Er musste gerade erst eingetroffen sein. Annika nickte ihm wortlos zu. Dann gab sie sich einen Ruck und setzte sich neben Kowalski. Sie schaute ihn einfach nur an, als warte sie auf eine Erklärung. Es schien eine Ewigkeit zu dauern, bis er plötzlich mit leiser Stimme zu ihr sagte: «Ich wollte ihm nur helfen.»

«Sie wollten ihm helfen? Sie wollten ihn umbringen Wie die anderen drei.» Annika schaute ihn fassungslos an.

Kowalski schien nicht gehört zu haben, was Annika ihm vorgeworfen hatte: «Ich wollte ihm helfen. Damit er nicht so leiden muss.»

Sie wusste nicht, was sie in diesem Moment darauf sagen sollte, und schwieg. Schließlich wandte sich Beimer an ihn und sagte: «Herr Kowalski, wir müssen Sie jetzt erst einmal mitnehmen. Wir werden auf der Wache weiterreden, und dann sehen wir weiter.»

Kowalski jedoch schien immer noch in seiner eigenen Welt zu sein. Klaus nahm ihn vorsichtig beim Arm und führte ihn zu seinem Zimmer. Dagobert, dem es nach der Aufregung noch schlechter ging als zuvor, begleitete sie. Er schien bedrückt, weil er ausgerechnet in dem Moment auf der Toilette war, als Annika mit Kowalski kämpfen musste, und man konnte ihm ansehen, dass er deswegen ein schlechtes Gewissen hatte. Schweigend packte er Kowalskis Sachen zusammen, und dann sollte es weiter zum Verhör ins Polizeipräsidium gehen. Dort sollte auch entschieden werden, wie es danach mit Kowalski weitergehen würde.

Mittlerweile war auch Bolte eingetroffen, der die Transport- und Haftfähigkeit von Kowalski bescheinigen musste. Bolte schien durch die Ereignisse der letzten Wochen geläutert: Er gab sich freundlich wie nie zuvor und bot sogar an, Kowalski persönlich zu operieren, ‹wenn die juristischen Details geklärt sind›, wie er es ausdrückte. Klaus sollte auf Kowalskis Wunsch bei den Verhören dabei sein, und als auch Beimer damit einverstanden war, brachen Dagobert, Klaus und Kowalksi gemeinsam auf.

Vor dem Stationseingang warteten schaulustige Patienten auf eine Sensation. Sie kamen allerdings kaum auf ihre Kosten, denn was gab es schon zu sehen: einen schwer kranken, alten Mann, der, von einem Polizisten und einem Krankenhauspfarrer gestützt, vor dem Aufzug wartete. Erschöpfte Gestalten, ganz und gar nicht Furcht erregend. Wenig spektakulär, von außen besehen, aber gewiss so tragisch und dramatisch wie ein Aufsehen erregender Mord, wenn man die Geschichte kannte, die dahinter stand. Vielleicht sogar dramatischer, denn hier war der Täter schon vor der Verhaftung verurteilt – seine Perspektive war in allen Richtungen verstellt. Was hatte er schließlich noch zu erwarten?

Annika blieb mit Beimer allein zurück. Eine Weile sprach keiner von beiden ein Wort. Dann räusperte er sich und sagte: «Wenn ich ehrlich bin, weiß ich nicht, was ich jetzt sagen soll. *Herzlichen Glückwunsch* ist ja wohl kaum angebracht. Andererseits haben sie gerade das Leben eines ihrer Patienten gerettet und so ganz nebenbei drei Morde aufgeklärt.»

«Wie kommen Sie denn darauf?» Annika sah ihn verständnislos an.

Beimer wies auf die Skizzen, die auf dem Tisch verteilt waren, und meinte: «Das ist doch nicht Dagoberts Handschrift, oder?»

«Ach das.» Annika machte eine wegwerfende Handbewegung. «Ich versteh trotzdem immer noch nicht, warum Kowalski das getan hat. Glaubt der denn tatsächlich, dass er da was Gutes tut?»

«Daran besteht wohl kein Zweifel», entgegnete Beimer.

Annika ließ diesen Gedanken eine Zeit lang auf sich wirken und sagte dann traurig: «Wissen Sie, was ich dabei am grauenhaftesten finde? Ich hab mir wirklich immer eingebildet, dass ich einen guten Draht zu den Patienten hab. Und auch bei Kowalski hätte ich angenommen, dass ich so ungefähr weiß, was mit ihm los ist. Aber was taugt denn meine so genannte Menschenkenntnis, wenn ich nicht mal in der Lage bin zu unterscheiden, ob jemand ein ganz normaler Mensch oder ein Massenmörder ist? Im Grunde genommen hab ich doch überhaupt nichts über ihn gewusst.»

«Das sehe ich anders», sagte Beimer entschieden. «Wenn Sie nichts über ihn gewusst hätten, dann wäre der heutige Abend anders verlaufen. Denken Sie doch mal daran, wie viel Zeit *ich* in den letzten vierzehn Tagen hier verbracht habe. Mit wie vielen Leuten ich geredet hab – und wie viele Akten gelesen. Ich hatte nicht die leiseste Ahnung, dass ausgerechnet Kowalski drei Leute umgebracht haben könnte. Im Gegenteil: Ich dachte sogar, dass *er* in Gefahr sein könnte. Wenn sich hier einer Sorgen um sein Selbstbewusstsein machen muss, dann bin ich das.»

Annika musste lächeln, denn Beimers Bekenntnis hatte in seiner Ehrlichkeit etwas Entlastendes. Erst jetzt wurde ihr bewusst, dass sie sich vielleicht zu sehr in die Ereignisse hineingewühlt hatte, und auch sie hatte Kowalski ja zunächst als Opfer gesehen. Und schließlich war es ja auch wirklich nicht ihre Aufgabe, Morde aufzuklären. Außerdem war sie es gewesen, die dafür gesorgt hatte, dass sich Herr Schranz jetzt in Ruhe weiter erholen konnte. Nein, sie durfte nicht zu hart mit sich selbst sein. Was immer in den nächsten Tagen auf sie zukommen würde: Ab jetzt konnte sie sich wieder auf ihre eigentliche Arbeit konzentrieren. Mit diesen Aussichten lehnte sie sich zurück, schloss die Augen und meinte zu Beimer:

«Wenn man zusammen ein kleines Abenteuer bestanden – und vor allem überlebt hat: Sollte man sich da nicht langsam duzen?»

Beimer hatte mit allen möglichen Kommentaren gerechnet, am ehesten vielleicht mit einer Diskussion über Selbstbewusstsein und berufliche Grenzüberschreitungen, aber nicht damit. Er brauchte einen Moment, um das unerwartete Angebot zu verdauen, bevor er schließlich sagte:

«Aber gern. Ich heiße Harry.»

«Ich weiß: Harry. Wie der Assistent von Derrick», kommentierte Annika amüsiert. «Und ich heiße Annika. Auf keinen Fall Anni, also bitte keine Abkürzungen, Spitznamen oder sonst irgendwelche Verunglimpfungen.»

Beimer musste grinsen, als er versprach: «Ich werde mein Bestes tun – Annika. Ein erstaunlicher Name!»

«Für eine erstaunliche Frau», meinte Annika kokett.

Beimer nickte ergeben: «Oh ja, da will ich nicht widersprechen.»

Mittwoch, 20. November

Annika sah blinzelnd in die Sonne. In dicke Pullover gehüllt saß sie am offenen Fenster und rauchte eine Zigarette. Heute würde sie ihren dreißigsten Geburtstag feiern, und anschließend konnte sie sich sieben arbeitsfreie Tage lang davon erholen. ‹Verrückt, wie schnell man Abstand zu allem bekommt›, dachte sie und nahm einen tiefen Zug.

In Gedanken zogen die Personen an ihr vorüber, mit denen sie während der letzten Tagen zu tun hatte: Klaus, der sich aufopfernd um Kowalski kümmerte, Dagobert, der mit sich selbst und seiner Verdauung kämpfte, Bolte, der sich in einen ganz neuen Menschen zu verwandeln schien, die schlaue Tina, Kowalski, dem eine Operation und eine Gerichtsverhandlung bevorstanden, und schließlich Beimer – distanziert und kühl, aber auf eigenartige Weise auch unsicher und längst nicht so souverän, wie er glauben machen wollte. Und sie selbst? Jetzt, aus einiger Distanz betrachtet, fragte sie sich, ob sie alles richtig gemacht hatte. Sie fragte sich trotz Beimers Ermutigung auch jetzt wieder, ob sie nicht eher hätte sehen müssen, was in Kowalski vorging. Sinnlos – die Dinge hatten sich eben so entwickelt, und jetzt kam es vor allem darauf an, auf der Station wieder halbwegs normale Zustände zu schaffen.

Frau Pleines hatte sich zwar bei ihr für ihren Einsatz bedankt, war aber nicht so weit gegangen, sich für ihre Unfreundlichkeit in den letzten Tagen zu entschuldigen. ‹Was soll's›, dachte sich Annika. ‹Immerhin wird es dafür reichen, dass sie eine Weile die Klappe hält.›

Mit der Zeit wurde es ihr zu kalt, und als sie gerade das Fenster geschlossen hatte, klingelte das Telefon. Harald war am anderen Ende, und er begrüßte sie mit den Worten:

«Hallo, alte Frau. Willkommen im Klub der alten Säcke.»

«Charmant, wirklich charmant», meinte Annika. «Vielen Dank auch.»

«Na gut, dann eben klassisch: Herzlichen Glückwunsch zum Geburtstag», versuchte er es im zweiten Anlauf.

«Schon besser», ließ Annika vernehmen und fügte hinzu: «Außerdem spüre ich nicht den geringsten Unterschied.»

«Keine Sorge, das kommt noch. Irgendwann kriegen alle die Krise beim Dreißigsten. Und die, die sagen, bei ihnen wär das nicht so, die lügen einfach dreist.»

«Aha. Danke für die Warnung. Übrigens mache ich heute Abend ein paar Flaschen auf, und Tina organisiert so etwas wie ein Buffet. Kommst du auch?»

«Tina macht ein Buffet? Gott sei mit uns. Aber davon abgesehen: Ich komme gern. Wann denn?»

«Gegen sieben.»

Die beiden machten sich noch eine Weile über Tinas Kochkünste lustig, und dann beendete Annika das Gespräch, weil sie sich für heute Abend gründlich in Form bringen wollte. Sie erwartete Tina, Klaus, Swedlana, ihre Eltern und ihren Bruder, Onkel Edi und nicht zuletzt Harry Beimer. Harry hatte erst nach längerem Zögern zugesagt. Zu ihrer Überraschung schien er ziemlich schüchtern zu sein. Das war ihr zwar nicht unsympathisch, machte sie aber selbst unsicher, und das gefiel ihr gar nicht. Annika war sich ohnehin nicht völlig darüber im Klaren, weshalb sie ihn eingeladen hatte. Die letzten zwei Wochen hatte sie ganz selbstverständlich immer wieder mit ihm gesprochen, sich mit ihm getroffen, und das alles schien ihr ganz natürlich zu sein. Schließlich gab es immer einen Grund, aber jetzt? Es schien ihr nicht richtig zu sein, so mir nichts dir nichts zur Tagesordnung zurückzukehren, aber als er zögerte zuzusagen, hatte sie den Eindruck, als wäre sie einen Schritt zu weit gegangen.

‹Egal, jetzt kommt er, und wir werden ja sehen, was daraus wird›, sagte sie sich und begab sich ins Bad. Hier verbrachte sie gute zwei Stunden, und als sie das Ergebnis ihrer Bemühungen im Spiegel betrachtete, war sie nicht unzufrieden: ‹Nun denn›, sagte sie laut und ruderte mit ihrer rechten Hand in der Luft, ‹ich lasse bitten›.

*

Bis auf Beimer waren bereits alle Gäste eingetroffen. Überraschend war noch ein neu ins Haus eingezogenes Pärchen aus der Wohnung nebenan dazu gestoßen. Annika unterhielt sich gerade mit den beiden über ihre gemeinsame Vorliebe für Vorspeisen aus der italienischen Küche. Tina hörte mit halbem Ohr zu, denn sie hatte ihr Büfett unter das Motto *Skandinavische Spezialitäten* gestellt, wobei der Schwerpunkt offensichtlich auf dem berüchtigten Smörebröd lag. Ihre Begeisterung hierfür musste für alle reichen, denn mit Ausnahme von Onkel Edi saßen alle mit langen Zähnen vor ihren Broten und waren mehr höflich als enthusiastisch.

Als Beimer dann mit einem mächtigen Strauß Blumen vor der Tür stand, spürte Annika, wie sie ganz gegen ihren Willen verlegen wurde.

«Hallo Herr Bei…, äh, Harry.» Sie kicherte. «Also, das muss ich erst üben, ich hab mich total an die Siezerei gewöhnt.»

Harry winkte ab. «Kein Problem. Aber erst mal Herzlichen Glückwunsch zum Geburtstag. Wie alt bist du», und er betonte das *Du*, «denn geworden?»

«Das ist zwar die total falsche Frage, soviel ich weiß, aber was soll's? Es kommt ja doch raus: Ich bin jetzt alt und dreißig.»

«Dreißig vielleicht, aber nirgendwo alt, so weit ich sehen kann», meinte er daraufhin und drückte ihr die Blumen in die Hand.

«Ja, das ist der richtige Text. Herein mit dir», erwiderte sie begeistert.

Nachdem er seinen Mantel abgelegt hatte, musste er eine ausführliche Begrüßungsrunde durchstehen. Harry lernte Annikas Familie und ihren Ex-Freund kennen, wechselte einige Worte mit Swedlana und überstand sogar einen Schlagabtausch mit der angeheiterten Tina, die sich als Expertin für Kriminologie erweisen und ihm den einen oder anderen guten Rat für seinen weiteren Berufsweg geben wollte. Es wurde ein ausgelassener Abend, der von der Erleichterung bestimmt war, die alle Beteiligten nach den Tagen der Anspannung empfanden. Nach Mitternacht waren nur noch Annika, Harry und Tina übrig, die sich im Laufe des Abends völlig verausgabt hatte und sich vernünftigerweise ein Taxi bestellen ließ. Als der Fahrer an der Tür klingelte und Harry sich anschließen wollte, hielt Annika ihn zurück:

«Ich möchte noch etwas mit dir besprechen, wenn du nichts dagegen hast.»

Er nickte, setzte sich wieder und Annika begleitete Tina zur Tür. Tina umarmte Annika, deutete mit ihrem Kinn in Richtung Wohnzimmer und sagte:

«Du hältst dich wirklich nicht lange auf. Von dir können wir alle noch was lernen, oder?»

«Unsinn», sagte Annika bestimmt. «Werd wieder nüchtern.»

Damit schob sie Tina zur Tür hinaus, bevor sie weitere Kommentare abgeben konnte. Dann begab sie sich zurück ins Wohnzimmer, wo Harry im Sofa saß und in ein mit Rotwein gefülltes Glas starrte. Er sah auf, als sie hereinkam und meinte:

«Eine schrille Type, diese Tina.»

«Oh ja, das steht mal fest. Ich kenn sie schon seit Jahren, und ich glaub, sie ist sogar immer schriller geworden.»

Annika zündete sich eine Zigarette an und nahm einen tiefen Zug. Dann fragte sie: «Was mir bei der ganzen Sache noch überhaupt nicht klar ist: Wie konnte Kowalski Thörnphlix aus dem Fenster stoßen? Ich meine: Wie hat er das kräftemäßig bewerkstelligt?»

Harry lachte trocken und sagte: «Das war wohl eher Zufall. Die Gardine hing irgendwo fest, und man konnte das Fenster nicht schließen. Thörnphlix ist auf die Fensterbank gestiegen und hat Kowalski gebeten, ihn – Ironie des Schicksals – vorsichtshalber an den Beinen festzuhalten.»

«Wahnsinn», murmelte Annika. Sie erschauerte, als sie sich die Situation in Gedanken ausmalte.

«Und Baumann und Engkhoff?»

«Eigentlich ist alles so verlaufen, wie wir es rekonstruiert hatten. Kowalski hat sich die nötigen Utensilien einfach im Laufe der Tage bei euch zusammengeklaut – die Medikamente und diese große Spritze. So wie er's beschrieben hat, war das wohl nicht allzu schwierig. Baumann hat er die Luft über den Schlauch direkt in die Vene gespritzt und …»

Annika unterbrach ihn ungeduldig: «Aber woher wusste er, dass man damit jemanden umbringen kann?»

«Auch das hatte er von euch. Irgendjemand hat Baumann wohl bei Gelegenheit ausführlich erklärt, wieviel Milliliter Luft tödlich sind.»

Annika stöhnte auf. «Das war ich. Dann hat er die anderen Informationen wohl auch von uns.»

«Nicht nur. Das mit dem Kalium und dem Insulin hat er nachgelesen.»

«Ach du Schreck. Dann hat er das in dem Buch gelesen, das Dohle ausgeliehen hatte. Und wir haben dem armen Dohle Löcher in den Bauch gefragt. Der muss uns für bescheuert gehalten haben. Aber wie ist Kowalski denn bloß auf die Idee gekommen, Insulin und Kalium zu mischen?» überlegte Annika.

Harry zuckte mit den Schultern. «Vermutlich, um auf Nummer Sicher zu gehen. Wenn das eine nicht wirkt, dann vielleicht das andere oder die Kombination.»

Eine Weile hingen beide ihren Gedanken nach. Annika goss sich nun ebenfalls ein Glas Wein ein und sagte dann: «Was denkst du: Hat Kowalski auch seine Frau umgebracht?»

Harry sagte lange Zeit gar nichts und starrte weiter auf sein Glas. Dann sah er sie fest an und sagte: «Bist du eigentlich sicher, dass du den richtigen Beruf gewählt hast?»

Annika antwortete irritiert: «Aber ja, absolut. Wieso?»

«Weil das genau die Frage ist, die ich mir heute auch gestellt habe. Nur: Was ändert sich denn, wenn er es getan hat? Wollen wir das denn wirklich wissen?»

Annika nickte nachdenklich und sagte lächelnd: «Das ist genau die Frage, die *ich* mir heute den ganzen Tag immer wieder gestellt habe.»

Die beiden schwiegen einige Minuten gemeinsam und nippten hin und wieder an ihren Gläsern. Schließlich stand Harry auf und ging zu dem Schrank, in dem Annika ihre Videos aufbewahrte. Er nahm den einen oder anderen Film heraus und stellte sie wieder zurück, bis er fündig geworden war. Dann zog er die Kassette aus einer ziemlich ramponierten Hülle, drehte sich zu ihr um und sagte: *Arsen und Spitzenhäubchen!* Was hältst du davon, wenn wir uns den ansehen?»

Annika zögert zunächst, aber dann stimmte sie zu: «Perfekt. Einverstanden.»

Harry gab ihr den Film, und während sie den Videorekorder in Gang setzte, sagte er: «Ich mag vor allem den Schluss.»

Annika schaltete den Fernseher ein, setzte sich neben ihn aufs Sofa und antwortete grinsend: «Dann sag mal dem Taxifahrer, dass er sich noch ein paar Stunden gedulden muss.»

***

Glossar

Unsere Erklärungen richten sich an pflegerische bzw. medizinische Laien und dienen ausschließlich dem besseren Verständnis der Geschichte. Das heißt, auf Einzelheiten, beispielsweise zu bestimmten Krankheiten, gehen wir hier nicht ein.

Anästhesie
: Im ursprünglichen Sinne „Unempfindlichkeit gegen Schmerzen-, Temperatur-, Berührungsreize" (Pschyrembel 1994, S. 62). Hier wird der Begriff im Klinikjargon benutzt und meint die Anästhesieabteilung.

Anastomose
: Eine natürliche oder künstliche Verbindung z.B. zwischen Blutgefäßen. Hier bezieht sich der Begriff auf eine künstliche, durch eine Operation hergestellte Verbindung zwischen Galle und Darm.

Anatomie
: Aufbau vom menschlichen Körper bzw. seiner Organe.

Angina pectoris
: Plötzlich auftretende starke Schmerzen im Brustbereich, meist hinter dem Brustbein. Häufig berichten die Betroffenen von einem extremen Engegefühl, weshalb man von *Angina* (Enge) spricht.

AVK
: Abkürzung für **A**rterielle **V**erschluss**k**rankheit;

Bereich (Pflegebereich)
: Auf etlichen Krankenstationen in deutschen Krankenhäusern arbeiten die Pflegenden mittlerweile nach dem so genannten Bereichspflegesystem bzw. bemühen sich darum, dieses System einzuführen. Das heißt, die gesamte Station ist in mehrere voneinander getrennte Bereiche aufgeteilt. Ein Bereich besteht aus einer be-

stimmten Anzahl an Patienten bzw. Patientenzimmern und wird von einer ausgebildeten Pflegeperson geleitet. Der Vorteil im Verhältnis zu früheren Arbeitsorganisationen besteht darin, dass man eine geringere Anzahl an Patienten zu betreuen hat. Statt bei vielen Patienten nur einzelne Tätigkeiten durchzuführen, betreut man hier weniger Patienten «ganzheitlich». Mit diesem veränderten Pflegesystem wird das Ziel verknüpft, dass man über den einzelnen Patienten und seinen Gesundungsprozess besser informiert ist und eher eine Beziehung zum Patienten aufbauen kann. Im Gegenzug soll der Patient immer wissen, welche Pflegende für ihn verantwortlich ist.

Bettenbelegpläne

In einzelnen Kliniken benutzter Fachjargon für einen Bogen, auf dem die Namen der auf einer Station liegenden Patienten vermerkt und die Anzahl der freien Betten angegeben sind. Diese Informationen werden von den Stationen an die Verwaltung weitergeleitet, die ihrerseits täglich einen aktualisierten Bogen für jede Station ausgibt.

Bettenzentrale

Hier werden Krankenhausbetten gelagert, gesäubert und desinfiziert.

Blutgasanalyse

Blutgase sind Gase (hauptsächlich Sauerstoff, Kohlendioxid und Stickstoff), die in einer bestimmten Konzentration im menschlichen Blut vorkommen. Mit einer *Blutgasanalyse* wird diese Konzentration überprüft. Schwankungen können z.B. Hinweise auf die Funktionstüchtigkeit der Lunge (Gasaustausch) geben.

Braunüle

Hiermit wird eine Kunststoffkanüle (Venenverweilkanüle) bezeichnet, die in eine Vene (meist am Unterarm oder Handrücken) eingeführt wird, um dem Patienten darüber Flüssigkeit und Medikamente zuzuführen. Der Name für die Kanüle geht auf die Herstellerfirma zurück.

Bricanyl

Ein Medikament, das Patienten mit bestimmten Atemwegserkrankungen verabreicht wird, damit sie besser durchatmen können.

Dauernachtwachen

So werden Krankenschwestern bzw. -pfleger bezeichnet, die ausschließlich im Nachtdienst arbeiten.

Durchgängig

Wenn man im Klinik-Fachjargon davon spricht, dass z. B. ein Venenkatheter nicht mehr *durchgängig* ist, dann heißt das, es kann keine Flüssigkeit mehr durch den Katheter in die Vene fließen. Meist bekommt der Patient dann einen neuen Katheter.

Herzinsuffizienz

„Unzureichende Funktion des Herzens, bei der das Herz nicht mehr imstande ist, eine den Anforderungen entspr.[echende] Förderleistung zu erbringen." (Pschyrembel 1994, S. 624).

HIV-Infektion

HIV ist die Abkürzung für ***h**uman **i**mmunodeficiency **v**irus*; eine HIV-Infektion liegt also vor, wenn man sich mit dem genannten Virus infiziert hat. Eine Infektion ist nicht gleichzusetzen mit einer HIV-Erkrankung. Diese verläuft in verschiedenen Stadien, und erst wenn sie das dritte Stadium erreicht hat, spricht man von AIDS.

I 41

Abkürzung für die Bezeichnung der Station, auf der unsere Hauptdarstellerin *Annika* arbeitet. Das «I» steht für «Innere» Abteilung (zum Beispiel im Gegensatz zur chirurgischen Abteilung).

Imodium

Immodium ist ein Medikament, das bei Durchfall verabreicht wird.

Infusion

Einführung größerer Flüssigkeitsmengen in den Körper

Infusionsgeschwindigkeit

An jedem Infusionsschlauch befindet sich eine so genannte Rollenklemme, mit der man die Infusionsgeschwindigkeit festlegen kann, also die Zeit, in der die Infusionsflüssigkeit in die Vene fließt.

Infusionsschlauch

Der Infusionsschlauch ist die Verbindung zwischen Infusion und Venenkatheter. Über diesen Schlauch gelangt die Flüssigkeit in die Vene. Schlauch und Infusion müssen vor Gebrauch miteinander verbunden werden, d. h., sie werden nicht als ein fertiges System von der Industrie geliefert. Diese Arbeit wird in der Regel von den Pflegenden ausgeführt. Dabei ist es u. a. wichtig, darauf zu achten, dass sich im Infusionsschlauch keine Luft befindet, sondern dass dieser vollständig mit Flüssigkeit gefüllt ist.

Insulin

Insulin ist ein Hormon, das normalerweise in der Bauchspeicheldrüse produziert wird. Bei angeborenen oder erworbenen Störungen der Bauchspeicheldrüse muss dieses Hormon ersetzt werden. Die Betroffenen müssen sich das Insulin zu bestimmten Zeiten selbst spritzen.

Intravenös

In eine Vene hinein; eine intravenöse Injektion ist z. B. eine Spritze, mit der ein Medikament direkt in die Vene gegeben wird. So kann das Medikament auf schnellstem Wege wirken.

Kalium

ist eines der wichtigsten Elektrolyte in den menschlichen Zellen. Bestimmte Erkrankungen können zu einem Kaliumverlust führen, sodass dem Körper künstlich Kalium zugeführt werden muss. Das ist u. a. durch eine Infusion möglich, in die Kalium gespritzt wird. Weil Kalium z. B. auf das Herz wirkt, ist es wichtig, dass das Medikament nur ganz langsam und in niedriger Dosierung zugeführt wird. Andernfalls kann es zu lebensbedrohlichen Herzrhythmusstörungen bis hin zum Herzstillstand führen.

Kasack

Hier ist damit ein Kleidungsstück Pflegender gemeint; anstelle eines «Kittels» können Krankenschwestern während der Arbeit auch eine Hose mit einem hemdähnlichen Oberteil (Kasack) tragen.

Krankenpflegehelferin

dürfen sich Pflegende nach einer einjährigen Ausbildung und bestandener Abschlussprüfung nennen.

Kurvenwagen

In Kurven- bzw. Visitenwagen sind die Akten aller auf der Station liegenden Patienten nach Zimmernummern geordnet untergebracht. Diese Wagen werden in der Regel zu den Visiten mitgenommen.

Logorrhöe

Krankhafte Geschwätzigkeit

Luftembolie

Zu einer Embolie kommt es, wenn ein Blutgefäß «verstopft» ist, sodass kein Blut mehr hindurch fließen kann. Das kann u. a. auch passieren, wenn eine bestimmte Menge Luft in den Kreislauf gelangt. Je nach Größe bzw. Wichtigkeit des betroffenen Gefäßes kann die Embolie schnell zum Tod führen.

Lungendrainage

Drainage ist ein Begriff, der aus dem Englischen übersetzt werden kann mit «Abfluss und Kanalisation». In der Medizin werden Drainagen (Schläuche mit unterschiedlichem Durchmesser) meist dazu benutzt, um flüssige Substanzen aus dem Körperinneren abzuleiten. Das ist etwa nach einer Operation notwendig. Aber auch Luft im Brustfellraum kann über Drainagen (Pleura- bzw. Lungendrainagen) abgesaugt werden. Die Patienten sind dann über die Drainage an einen Saugapparat angeschlossen, der in einer bestimmten Stärke, die variiert werden kann, die Luft aus dem Brustfellraum absaugt. Das ist z. B. erforderlich, wenn durch eine Erkrankung oder eine Verletzung Luft in den Brustfellraum eingedrungen ist.

Medikamente stellen

Diese Formulierung gehört zum pflegerischen Fachjargon und meint, dass die Medikamente, die jeder Patient am folgenden Tag einnehmen soll, in mit Namen und Zimmernummern versehenen und nach Tageszeiten aufgeteilten Kästchen verteilt werden.

Medikamententablett

Auf diesem «Tablett» werden die Medikamentenkästchen aller Patienten nach Zimmernummern sortiert für den folgenden Tag bereit gestellt.

Notfallkoffer

Jede Krankenhausstation verfügt über einen Notfallkoffer oder einen Notfallwagen. Darin sind sämtliche Medikamente und Instrumentarien enthalten, die in einer Nofallsituation (z.B. bei einem Herzstillstand) benötigt werden.

Notfallteam

Hiermit ist besonders geschultes medizinisches und pflegerisches Personal gemeint, das in einer Notfallsituation herbeigerufen werden kann.

Ohrthermometer
Thermometer, mit dem man die Körpertemperatur im Ohr messen kann.

OP
Abkürzung für Operation oder Operationssaal.

Pankreaskopf-Karzinom
Die Bauchspeicheldrüse (Pankreas) wird anatomisch unterteilt in Kopf, Körper und Schwanz. Ein Pankreaskopf-Karzinom ist eine Krebserkrankung am Kopf der Bauchspeicheldrüse. Da die Gallenblase in der Nähe liegt, führt es schnell zu Störungen des Gallenabflusses.

Pathologe
Im Krankenhaus wird damit eine Person bezeichnet, die Organe, Gewebeproben, Blut o. Ä. daraufhin untersucht, woran Patienten erkrankt bzw. gestorben sind.

Patientenkurve
Medizinisch-pflegerischer Fachjargon, der sich meist auf die Dokumentation medizinischer Informationen (Medikamente, Therapien, Untersuchungen, Blutdruckwerte, Temperatur u. Ä.) bezicht.

Perfusor
Elektronisches Insfusionsspritzen-Pumpsystem, mit dem Medikamente ganz exakt über einen sehr dünnen Infusionsschlauch in die Vene gebracht werden können. Für dieses System werden spezielle Spritzen benötigt, die so genannten Perfusorspritzen.

Pflegearbeitsraum
Hier verrichten die Pflegenden bestimmte Tätigkeiten, die z. B. aus hygienischen Gründen nicht im Stationszimmer erfolgen sollten. Hier werden beispielsweise mit Hilfe einer speziellen Vorrichtung Steckbecken (Bettpfannen) und Urinflaschen geleert oder Instrumente desinfiziert und gesäubert.

Pflegebericht

Im Pflegebericht halten Pflegende fest, wie es dem Patienten geht, wie und ob sich sein Befinden im Laufe des Krankenhausaufenthalts verändert, welche pflegerischen Maßnahmen ergriffen werden und wie diese wirken. Unabhängig vom Krankheitszustand und Wohlbefinden muss für jeden Patienten ein Pflegebericht geschrieben werden. Dieser muss mindestens einmal in jeder Arbeitsschicht aktualisiert werden, sodass man mit Hilfe dieser Aufzeichnungen ein aussagefähiges Bild vom Gesundheitsverlauf des Patienten erhält.

Pflegewissenschaft

Die Pflegewissenschaft bzw. -forschung begann sich in Deutschland als einem der letzten europäischen Länder Ende der 80er, Anfang der 90er- Jahre zu etablieren. Ende 1987 wurde die erste Professur für Pflege eingerichtet. Mittlerweile gibt es über 40 Fachhochschul- und Hochschulstudiengänge.

Pneumocystis carinii

Erreger einer Form der Lungenentzündung, die speziell bei Menschen auftritt, die mit HIV infiziert sind (-› HIV-Infektion)

Prosektur

So wird u.a. die pathologische Abteilung einer Klinik genannt (-› Pathologe). In manchen Kliniken (wie z. B. in unserer Geschichte) wird der Raum, in dem die Toten aufbewahrt werden, auch mit diesem Begriff bezeichnet.

Pschyrembel

Der Pschyrembel ist ein medizinisches Wörterbuch, das 1894 erstmals auf dem Markt erschien und mittlerweile in der 257. Auflage vorliegt. Er kann sicher als das klassische klinische Wörterbuch bezeichnet werden, das nicht allein von Medizinern, sondern vermutlich von den meisten Berufsgruppen des Gesundheitswesens benutzt wird. (Pschyrembel. Klinisches Wörterbuch. 257. Aufl. de Gruyter, Berlin, New York 1994.)

Rundgang

Mit diesem Begriff bezeichnen die Pflegenden regelmäßige, zu bestimmten Zeiten erfolgende Besuche bei allen Patienten, um sich nach deren Wohlbefinden zu erkundigen und – je nach Bedarf – bestimmte pflegerische Handlungen durchzuführen. Solche Rundgänge erfolgen zu allen Tageszeiten, also auch nachts.

Serotonin

Hormonähnliche Substanz, die im Körper produziert wird, deren Wirkungsweise allerdings nicht eindeutig geklärt ist. Ihr wird u. a. nachgesagt, sie wirke stimmungsaufhellend.

Sog

An einer Lungendrainage (→ Lungendrainage) muss ein konstanter Sog durch eine Apparatur aufrechterhalten werden; dadurch werden Lungenfell und Rippenfell aneinander gehalten, wie es auch normalerweise der Fall ist.

Sonographie

Sonographie ist der Fachbegriff für Ultraschalluntersuchungen.

Stationssekretärin

Sie erledigt die administrativen Aufgaben auf einer Krankenhausstation, d. h. sie verwaltet z. B. die Unterlagen der Patienten, nimmt Telefonate entgegen und organisiert Untersuchungstermine.

Stechampulle

Hierbei handelt es sich um eine Glasampulle unterschiedlicher Größe (z. B. 10 ml oder 40 ml), die mit einer Gummikappe verschlossen ist. Durch diese muss man durchstechen, um die Flüssigkeit entnehmen zu können. Der Vorteil im Gegensatz etwa zur Glas-

Brechampulle besteht darin, dass man die Flüssigkeit bzw. das Medikament nicht vollständig entleeren muss, sondern zu einem späteren Zeitpunkt noch weiter verwerten kann (wenn man bestimmte Hygienevorschriften beachtet).

Thermometerhüllen

Aus hygienischen Gründen werden im Krankenhaus Plastikhüllen oder -kappen über die Thermometer gestreift, die nach jeder Messung ausgewechselt, also nach einmaligem Gebrauch weggeworfen werden.

Toilettenstuhl

Hierbei handelt es sich um einen Stuhl mit Rädern, in dessen Sitzfläche sich ein Loch befindet. Den Stuhl kann man entweder direkt über die Toilette schieben, oder man kann unter dem Loch ein Steckbecken (Bettpfanne) anbringen. Dadurch kann man es Patienten, die sich kaum oder gar nicht alleine bewegen können, ermöglichen, ungestört zur Toilette zu gehen.

Trachealkanüle

Hierbei handelt es sich um eine Kanüle, die nach einem Luftröhrenschnitt (z. B. Operation) in die Luftröhre (Trachea) eingesetzt wird. Das ist beispielsweise nach einer Kehlkopfentfernung erforderlich, damit der Betroffene über diese Kanüle weiter atmen kann.

Tramaltropfen

Schmerzmittel

Übergabe, Übergabebericht

Die Übergabe ist ein Arbeitsgespräch der Pflegenden, das dreimal täglich geführt wird und mit dessen Hilfe der Arbeitsablauf einer Station organisiert wird.

Unterkurs-Schülerin

Die Ausbildung zur Krankenschwester bzw. zum Krankenpfleger dauert drei Jahre. Je nachdem, in welchem Ausbildungsjahr sich die Auszubildende befindet, spricht man von der Unterkurs-, Mittelkurs- oder Oberkurs-Schülerin.

Valoron

Schmerzmittel

Visitenwagen

(-› Kurvenwagen)

ZVK

Abkürzung für *zentraler **V**enen**k**atheter;* Kunststoffschlauch in einer Länge von 30 bis 70 cm, der vom Arzt in eine Vene eingeführt wird und bis kurz vor die rechte Herzhälfte geschoben wird. Im Gegensatz zur Venenverweilkanüle (-› Braunüle), die nach wenigen Tagen entfernt werden muss, kann dieser Katheter wesentlich länger in der Vene belassen werden. Das heißt, für eine längerfristige Infusionstherapie, wenn Patienten sehr schlechte Venen haben oder wenn sie mittels Infusionen ernährt werden, legt man ihnen meist einen ZVK.

Dank

Für viele anregende Tipps, Verbesserungsvorschläge und fachlichen Rat danken wir den folgenden Personen:

Elisabeth Cölfen M.A. (Duisburg), Dr. Andreas Gerlach, Arzt (Lünen), Rechtsanwältin Elisabeth Kasparek (Gelsenkirchen), Fachkrankenschwester für Intensivpflege Sabine Krause (Zürich), Robert Schleusener, Arzt (Münster), Stationsleitung Gudrun Schwenke (Duisburg), Markus Traub (Ludwigshafen).

*

Für ärztlichen Beistand und sportmedizinische Ratschläge während des Schreibens danken wir unserem Hausarzt, Herrn Dr. Hemming (Duisburg).